U0960487

大周互娱
DA ZHOU HU YU

让我爱你，永远为期

锦竹 著

JUST WANT TO GO WITH YOU

百花洲文艺出版社
BAIHUAZHOU LITERATURE AND ART PRESS

图书在版编目（CIP）数据

让我爱你，永远为期 / 锦竹著. —南昌：百花洲文艺出版社，2018.4
ISBN 978-7-5500-2748-0

Ⅰ. ①让… Ⅱ. ①锦… Ⅲ. ①长篇小说—中国—当代
Ⅳ. ①I247.5

中国版本图书馆CIP数据核字（2018）第056549号

出 版 者 百花洲文艺出版社
社　　址 江西省南昌市红谷滩世贸路898号博能中心Ⅰ期A座20楼　邮编 330038
电　　话 0791-86895108（发行热线） 0791-86894790（编辑热线）
网　　址 http://www.bhzwy.com
E-mail bhzwy0791@163.com

书　　名 让我爱你，永远为期
RANG WO AI NI YONGYUAN WEI QI
作　　者 锦 竹
出 版 人 姚雪雪
出 品 人 周 政
特约监制 杨翔森 曾筱佳
责任编辑 袁 蓉 兰 瑶
特约编辑 柒柒若 四 月
封面设计 周 丽
版式设计 李映龙
封面绘制 卜若梨
经　　销 全国新华书店
印　　刷 湖南凌宇纸品有限公司
开　　本 880mm × 1230mm 1/32
印　　张 9
字　　数 225千字
版　　次 2018年4月第1版
印　　次 2018年4月第1次印刷
书　　号 ISBN 978-7-5500-2748-0
定　　价 36.80元

赣版权登字：05-2018-131

目录

CONTENTS

目录
CONTENTS

第一章

CHAPTER 1

有个失忆的女人

沈浅是个对过去没了记忆的女人。她21岁之前的记忆，都是一片空白。她只记得当自己在病床上醒来的时候，就有一个中年女人扑了上来，不停地叫她“浅浅”。

那个女人自称是沈浅的母亲。沈浅告诉那个女人自己已不记得所有的事，女人却只是微笑了之，看起来她并不因沈浅的失忆而手足无措。

沈浅没有爸爸，在她后来的记忆里，她与母亲相依为命。沈浅的家境不好，沈母没有固定职业，再加上沈浅还要反复治疗身体，经济已经是捉襟见肘。沈浅醒来以后，为了重新回到校园，疗养了几个月她就拾起了课本。她在培训学校认真补习了几个月，终于考上了这座陌生小城的一所高校。

沈浅的年龄其实很大了，她昏迷前的记忆，停留在自己的21岁。

她也好奇过自己是怎么失去记忆的，沈母有些伤心地告诉她，是她下楼梯的时候不小心摔下去导致的。沈浅就信了。沈浅问起自己以前的事情，沈母也会耐心地告诉她一些琐事，但是家里却没有一张沈浅以前的照片，能让她回想过去。

头几年，沈浅还是会好奇自己的过去，主要是因为她左耳上那整齐的七个耳洞，从耳垂到软骨处，一共七个，貌似是同时打的，而且年代久远，而她的右耳却只在耳垂中部规规矩矩地打了一个耳洞。不过想的时间久了，沈浅的好奇心也就消耗殆尽了。她想：过去就过去了，没了记忆就没了记忆，反正现在过得好就是了。是的，她过得还不错。

由于所学的专业，沈浅将来会是一名兽医，专门给动物看病的医生。与沈浅在同一胡同的女孩菁菁时不时地说沈浅悲剧，不能给人看病，沦落到给动物看病。

沈浅确实很悲剧，她当初是想当农民来着，所以志愿填了农业大学，不想成绩没达到要求，被学校调剂到兽医专业。

经过几年的认真学习，沈浅算是有些能力了。于是毕业后，沈浅到一家小型宠物医院上班，做了一名兽医，主要工作是为动物接生。

25岁那年，沈浅终于耐不住寂寞，养了一只三个月大的公狗。沈浅的同事兼闺密兼大学校友李美丽说沈浅没有眼光，养什么狗不好，偏偏要养一只不是纯种的牧羊犬。

要知道，牧羊犬虽然很贵，但是由于非纯种的档次太低，只能沦落成肉狗，满足人的口腹之欲。沈浅却不以为然，她非常喜欢这只小狗狗，还很有爱地给它取名为“混血儿”。

混血儿虽然小，但很懂得讨好主人，总是温顺地窝在沈浅的脚边。沈浅上班它就趴在医院门口，沈浅下班它就跟着她一起回家，一人一狗几乎是同进同出，形影不离。

李美丽年前刚结了婚，但沈浅身边唯一的异性却还只有那只“混血儿”。李美丽语重心长地说：“我说浅浅，你能让狗陪你一时，但你也不能指望它陪得了你一辈子啊。你还是得找个男人成个家。”

沈浅微微一笑，作为一个25岁的女人，她却连个异性朋友都没有，没有比这更令人心酸的了。李美丽的老公高长丰是沈浅在英语补习班认识的一位同学，可以说他是沈浅记忆里最有印象的人之一。两人在那时关系就不错，李美丽与高长丰能相识相爱到结婚，也是沈浅介绍并撮合的。

平时李美丽劝沈浅多认识些异性，找个人相亲什么的，高长丰总是笑呵呵地说："要男人，我们队里全是男人啊。"

高长丰是一个特警，在特殊行动时负责拿枪狙击危险罪犯。

沈浅在宠物医院工作了两年，这家医院的总部在相邻的副省级市里。总部一时人手短缺，想调几个兽医过去帮忙。

沈浅和李美丽都在调遣名单之中。李美丽自然高兴，因为高长丰的部队就在邻市，虽然高长丰常常跑案子，但俩人在同一个城市，相聚的时间肯定会比以前多。在沈浅拥有的五年记忆里，她从来没离开过这个地方。这里只是个小城市，经济发展一般，人文环境一般，默默依附着邻市。沈浅也想借此机会见见世面，便回家跟妈妈商量，不想遭到她的断然拒绝。

在沈浅的印象中，她妈妈是个淡定且坚强的女人，但她对这件事情的强烈反应，倒使沈浅深埋许久的好奇心又被挖了出来。

难道邻市与她的失忆有关吗？看到妈妈眼神游离，沈浅更加坚定地相信，自己的失忆肯定与邻市有关。

"妈，你不肯告诉我，那我自己去找，这也不行吗？"

"浅浅，那个地方不属于你。"

沈浅有些吃惊，看着母亲那无奈又伤情的表情，只听她说："那边是一线城市。首先，你的学历所能挣的工资会让你很拮据；况且，你在那里的记忆没必要找回来。"

她的记忆果然和邻市有关。

沈浅愣怔地看向妈妈，只见她从酿酒的瓷缸底下掏出一张泛黄的照片，照片里是个男人，头上戴一顶军帽，肩章版面是天蓝色底色，上面依稀能辨别出是一颗大金星。他笔直地坐在椅子上，目光如炬地看着镜头。

沈浅疑惑地看着妈妈，妈妈说："这是你爸爸，他就在邻市。"

沈浅顿感震惊："那为什么……"为什么她们母女却在这里？

"因为你爸爸是个军人，军人不允许犯错。"沈母笑道，"他不知道你的存在，而且，现在他已经有了新的家庭。"

沈浅几乎要窒息了，她看着自己的母亲。这个女人忽然卸下了多年伪装坚强的面具，无声地落下泪来。沈浅不知道在自己21岁之前发生过什么，但她知道一定是痛苦的事情，至少会让母亲很不痛快，让她也不好受。她抱着此时看起来无比脆弱的母亲，说："我不会再好奇以前的记忆了。"

沈浅很想去看看那个男人，到底是怎么样的男人，能让母亲隐忍如斯，独自生下她，含辛茹苦地抚养她长大，用一生去付出？

所以，她给母亲留了纸条，跟着李美丽去了邻市，她要去见那个男人一面。

纸条上，沈浅只留下简单的几个信息："我去那个给我生命的男人那里一趟。妈，你放心，我不会去寻找以前的记忆，永远不会。"

"我说浅浅，你去一趟大城市，带这只狗干什么啊！"李美丽坐在驾驶位上，通过前车镜瞄着后座上一人一狗坐在椅子上互相逗弄，她简直想吐血。

沈浅从包包里找出一块奶糖，放到混血儿的嘴里，混血儿张着嘴“咔咔”地嚼着，表情既享受又慵懒。李美丽一直看这只狗不爽，见它这么享受，更是吹胡子瞪眼，道：“这只狗，我早晚把它宰了。”

混血儿仿佛能听懂一样，因为这句话而吓得被糖卡住了，它一直干呕甩头，头晃荡几下，尖尖的耳朵抖啊抖，那颗奶糖突然从它喉咙里飞出来，直接粘在李美丽的头发上。

沈浅顿时瞠目结舌。

李美丽似乎没发现任何状况，还在一阵念叨：“浅浅，你要买狗也买只纯的，这样呢以后交配出来的种也能卖出好价钱。”

“可是不同种族交配出来的狗免疫能力比纯种狗强，容易养。”

李美丽一甩头，那飘逸头发上粘着的奶糖随之而动，一把又被甩到脑袋后面，她毫无知觉，继续说：“可是那样赚不了钱，没人要。”

沈浅不说话，表情无辜地看着李美丽。李美丽见她这副可怜样，一脸无奈，每次一说她她就知道装无辜，自己也没辙了。李美丽又对沈浅说：“我把你送到兽医院提供给你们的宿舍，我就去我新房睡了。”

“好……”沈浅一脸担忧地看着李美丽，她在想象当李美丽知道自己后脑头发上粘了混血儿吃过的奶糖后会有何反应，想必是会直接开车把她和混血儿撞死吧。

一到宿舍门口，沈浅就赶紧拉着混血儿跳下车，若无其事地对李美丽say goodbye。

在宿舍楼下，沈浅四处张望，怎么也找不到能让混血儿暂住的地方。沈浅烦躁地挠了挠混血儿的头："混血儿，你可怎么办啊？宿舍里不准养狗。"

混血儿睁着一双乌溜溜的大眼望向沈浅。沈浅见混血儿那可怜兮兮又无辜的样子，只好撇撇嘴，扯着它的狗绳站在原地打电话给李美丽，很快，李美丽接了电话："喂？"

"美丽，求你帮我个忙。"

"怎么了？"

"给你安排两个活，你自己选择。要么给我找个小公寓，要么……你帮我养混血儿。"沈浅其实也舍不得混血儿。她很清楚李美丽不喜欢混血儿，而混血儿也不喜欢李美丽。

这一人一狗相看两厌，沈浅这两年已经习惯了。

"沈浅，你是不是想被我揍两拳？"李美丽当即在电话那端咆哮起来。对于沈浅这样欺负人的女人，她只能以咆哮表示抗议。

沈浅嘿嘿地笑着。李美丽是个心软的老好人，虽然脾气有点暴躁，但是对于闺密一向是有求必应。果然李美丽的态度立马软了下来："得了，我明天给你找房子，你先把你的伴侣丢在楼下住一晚吧。"

沈浅挂了电话，对混血儿摆了个胜利的手势。

沈浅拽着混血儿来到宿舍楼梯底下，拍拍它的头，温和地叮嘱道："老实在楼下待着，明天早上跟我一起上班。"

混血儿摇晃着尾巴，瞪着那双乌溜溜的大眼看着沈浅。沈浅很满意，提着行李就上楼去了。这就是沈浅喜欢混血儿的原因，因为它乖顺。

可当第二天沈浅下来，却发现她的混血儿不见了。沈浅顿时慌了神，赶忙到四周寻找，却在附近的一个公园里见到混血儿正在和一只看起来非常漂亮，非常有气质的黄色拉布拉多犬玩耍，那情景相当的欢乐。

沈浅身为兽医，一眼就看出那只拉布拉多犬是纯种狗，而且从它的身形和毛色看，堪称极品。沈浅想：这主人想必很宠这只拉布拉多犬。瞧它那身毛，理得多顺。她都有伸手摸摸的冲动了。

混血儿似乎也感受到沈浅的目光，在玩耍的空隙朝沈浅这个方向看过来。看到沈浅，它的尾巴忽而大大地摇摆起来，撒丫子朝她飞奔过来。那只极品拉布拉多犬也跟着跑了过来。

沈浅蹲下来抚摸混血儿，那只极品拉布拉多用鼻子拱了拱，谄媚地看向沈浅。沈浅这才发现这只拉布拉多犬是只母的，这么说来它是在向“伯母”献殷勤了？沈浅另一只手刚准备去抚摸它，却看到它脖子上挂着一块明晃晃的牌子。

一看那名字，沈浅差一点儿要吐血：浅浅……

她的小名竟然与这只拉布拉多犬的名字一样！

“快看，这不是尤司令家的浅浅吗？”几个路人走过他们身边，指着拉布拉多犬说。他们用古怪的眼神打量沈浅，仿佛她会拐卖这只狗似的。

路人走远后，沈浅到公园门口的早餐车处买了三个肉包子，身后跟着两只又高又大的狗。沈浅买好后一转身，就给两只狗各丢了一个包子，自己也留了一个。

混血儿一口接住那个包子，狼吞虎咽起来。那只叫浅浅的拉布拉多犬则对着包子嗅了嗅，然后把包子叼到混血儿嘴边，一副谦让的端庄样。混血儿毫不客气地又大口吃起来，一只非常享受，一只非常淡定。这就是素质的差别啊！

沈浅愣了一下，忽然身后驶来一辆劳斯莱斯幻影。沈浅第一次见到这种车，不过她并未好奇，只是身前这只叫浅浅的拉布拉多犬一跃身奔跑到那辆车旁，对着车里叫了两声。

然后车门被人从里面打开，拉布拉多犬浅浅就跃身上了车。

沈浅稍稍一瞥，见到车后座上坐着一个身穿白色衬衫的男人。那男人眉宇相当清秀，英挺的鼻梁下是一张微微抿住的薄唇。他的脸色极其苍白，即便如此，沈浅也不得不承认，他长得真好看，至少是她见过最好看的男人。

车门自动关上，劳斯莱斯幻影发动，很快便在街角消失了。

沈浅耸耸肩，低头看向混血儿，只见它一边嚼着剩下的包子，一边目送那辆渐行渐远的豪华轿车。

沈浅一直不知道，她工作的那家宠物医院的总部这么大。当她和李美丽去总部报到，看到那座宏伟的大厦时，情不自禁惊地叫了一声。沈浅的嗓音本身不算尖锐，不粗不重的一声，不过由于她一直不是大惊小怪的人，所以这声“惊鸿一叫”倒是把旁边的李美丽吓得号了一嗓子，李美丽的声音又尖又细，引得周围一些人侧目。

李美丽顿时红了脸，杵了杵沈浅的胳膊：“神经病啊，那么大嗓门叫什么啊！”

沈浅其实想说：到底是谁的嗓门大，谁比较大惊小怪些？但迫于李美丽的淫威，她忍着没说。

两人进了医院，带她们的是个三十多岁的女人，她姓江，单名萍，她让她们叫她江姐。

江姐是个热心肠的人，也是个八卦好事的女人。到新办公室上班的第一天，沈浅和李美丽就体会到了江姐了解小道消息的功力，那简直到了炉火纯青的地步。

“我跟你们说，我们院的院长是个女的，四十多岁都没有结婚，你们知道为什么吗？”闲来无事，江姐就开始聊天。

沈浅和李美丽齐齐摇头，一副天真无邪、虚心求教的样子。

“院长有一个初恋，那个男人是个高官，她为了那高官一生不嫁。”

“……”

“有人传这高官有可能是带有军衔的，而且是师长级别。”

沈浅还记得照片里军帽下那张严肃的脸，尤其是他那刀削的下巴配上那微紧的薄唇，似乎带了点小小的伤感，所以她对带有军衔的人多少会有点上心。

“这市好像有海军基地吧？”李美丽插上一句。

“还有空军基地。”江姐加了一句。

沈浅什么都不知道，只能坐在一旁听着。不过她唯一知道的一个小道传闻就是本市有一队很有潜质的飞行员，自然，这里所指的“潜质”不是单单指飞行技术操作，里面还包含着各种元素。论家世背景，几乎都是高干子弟；论身高，都是180厘米以上；论外形，听说比明星还要上镜，而更重要的是他们全是单身贵族，带钻的。

沈浅记得那个队伍的名字叫……

“提到空军基地，必须得提飞龙小队。”李美丽随声附和。沈浅暗自应和：对，那队的名字就叫飞龙小队来着！当时她觉得这名字奇土无比，自然想象那些飞行员都是土包子。

“呵呵，这飞龙小队确实在这市以及附近城市火了一把。当年上电视时那队队员一亮相，不知迷煞了多少少女的心啊。”江姐声调提高了一下，忽而又降了下来，带着惋惜的语气说，“可惜没了队长，这队也解散了。”

李美丽眨巴着双眼：“呀，那里面最好看的那个队长怎么了？”

“你不知道？”江姐的声音一下子又提高起来，“那个队长是尤司令的宝贝儿子，三年前也不知道因为什么事，直接从基地逃跑，开车上了高速，结果出了车祸，把视神经弄伤，失明了。”

李美丽瞠目结舌道：“太不小心了，可惜了一根苗啊。”

“说也奇怪，他的主治医生说能治好，但他却拒绝治疗。”

“啊？”李美丽一下子激动起来，“为什么啊？能治还不治？”

江姐拉了拉李美丽的衣袖，示意她别激动，神秘兮兮地说：“听说那队长有个宝贝女友，死了快一年了，他才知道。”

这么劲爆？连沈浅也好奇起来了。她靠近了些，准备听江姐的细细分析。不想江姐半天也没再吐出半句话。李美丽急了：“怎么不接着说了？”

“我知道的也就这些，这都是听我老公说的。”江姐笑呵呵的，“我老公是那基地的御用厨子。”

“话说，当年我在电视上看他们操演，那队长的气质真是震撼人心，带着军人那种巍峨不动的气魄，却又有优质少年那股不食人间烟火的淡然。”

沈浅适时插上一句话：“多酸啊，用得着这么文艺吗？”

李美丽哈哈大笑，江姐也捂着嘴偷笑。

沈浅被分配到宠物医院的第一层和第二层，妇科兼职儿科。想当初在家里那小镇上，那医院就一层，哪用得着上下折腾？沈浅主攻兽医产科，待在一楼好生接待那些大着肚子的宠物妈妈。

兽医院只要没人查，一般不注重穿什么白大褂。当枝头的知了开始聒噪时，高温炙烤的暑日是真的到来了。偏偏在38℃高温的天气里，沈浅诊室的空调坏了。她坐在一楼的诊室里，穿着白色的大T恤衫，掀起下摆，不断往上扇。由于是在夏日最热的午后两点，她认为此时不会有什么人来。

不想，蹲在门外的混血儿突然蹿了进来，跑到她身边用鼻子拱了拱，好像有什么事情。沈浅一边掀着下摆扇风，微微露出肚皮也不在意。突然有人跑了进来。沈浅吓了一跳，赶忙放下衣服下摆，匆忙地站起来，不想膝盖撞在桌子边上，疼得她龇牙咧嘴的。

来人是个中年男子，见到沈浅时他微微一愣，也许是被她的鲁莽吓到了。他手里牵着一条遛狗绳，绳子另一头是一条黄色的拉布拉多犬。

沈浅倒不是认得那条狗，而是认得它脖子上那块牌子。上面的字跟她的小名一样：浅浅。

混血儿见到“情人”，立马变得非常殷勤，贴到它旁边，蹭了蹭。浅浅似乎也很兴奋，很享受地让它蹭。沈浅在心里暗骂混血儿：就这点出息！

“你是医生？”中年男子问了一句。

沈浅这才把目光转向他，对他点了点头。

“你来看看这狗，最近什么也不爱吃，嗜睡。”

沈浅仔细看了看，为它做了些检查，不禁讶然道：“这狗怀孕了。”

“什么？谁拐跑了我家少爷的浅浅？”中年男子突然提高嗓门，表情异常愤怒。沈浅吓了一跳，她听这话怎么觉得那么别扭呢？

“先生，你冷静些。”沈浅本想再说些什么，她身边的混血儿忽然对那中年男子吼了起来。那一声连着一声的大吼，像是发威一样。沈浅被混血儿这反应弄得有些迷糊，这情况太反常了。

“呀，一定是这只狗，我家少爷的浅浅唯一接触过的狗就是你了。上次在公园，就是你把我家少爷的浅浅拐跑的！”中年男子指着混血儿，指责起来。

沈浅愣怔了一下。混血儿成年一年多了，很少发情，连沈浅都以为她的混血儿只要她一个女人了，没想到这次居然都要做爸爸了！

中年男子突然把目光转向沈浅，问道：“这只狗是谁的？”

“我的……”沈浅的声音颤抖。

中年男子不禁蹙眉道：“你跟我来，这事你跟我家少爷说，浅浅是我家少爷的宝贝。你作为监护人，应该知道要做什么。”

沈浅惊悚道：“要钱一毛都没有！”

中年男子直接白了她一眼，率先走出门口。沈浅愣愣地站在原地，与她家混血儿无辜地对视了一下。那中年男子忽而又转身说：“傻愣着干什么，赶紧过来。”

沈浅抿了抿嘴，只好跟了出去，还不忘回头瞪了下混血儿……要是赔钱，就算把它送到屠宰场，也值不了多少钱。

穿过那道长长的走廊时，沈浅想了很多赔礼道歉的话。当光线越来越明亮时，沈浅的眼前顿时出现一个颀长的身影，他站在一楼走廊的尽头，头微微仰着，面向骄阳，金灿灿的阳光打在他的脸上，投射出一种说不出来的耀眼。那样刺眼的阳光，他竟然敢如此直面地迎上去？沈浅有着稍纵即逝的错愕，但定睛仔细看他英俊的侧脸，才认得这个男人。

是那个很好看的男人，白衬衫帅哥。

“少爷……”中年男子牵着浅浅走到他身边。

“检查怎么样了？”白衬衫帅哥微微低下了头。浅浅蹭到他的脚下，看起来相当的温顺。

“怀孕了。”中年男子轻轻咳嗽一下，瞟了沈浅一眼，向她使个眼神，好似叫她做准备。

白衬衫帅哥微微蹙起他那好看的眉，很浅，好似不经意间。

沈浅勇敢地迈出一步，用认错的语气说：“先生对不起。我是这儿的兽医，是我家的混血儿让你家浅浅怀孕了。”

沈浅低眉，没看见男人那张过于平静的脸上流露出的惊讶，他喃喃自语：“浅浅……”

沈浅条件反射地抬起眼睑，看向眼前的白衬衫帅哥。

第二章

/ / / / / CHAPTER 2

有个盲眼的帅哥

当沈浅看着白衬衫帅哥，发现那深邃的眸子里毫无聚光之时，她错愕了。她把目光转向中年男子，希望证实下自己的猜想。那中年男子只是对她稍微摇了摇头，皱了皱眉毛。沈浅随即懂了，带着探索的目光再次看向眼前的这位帅哥。

白衬衫帅哥并未再开口，明明没有焦距的眸子里却带着特有的深意。他慢慢伸出手来，微笑着说道："你好，我叫尤然。"

沈浅愣了愣，盯着他伸出来的手，他的指骨细长，手型很漂亮。沈浅忙不迭地伸出手与他相握，自我介绍："你好，我叫沈浅。"

尤然的手顿时一紧，沈浅被他突然的动作惊了一下，条件反射地想将手抽离。尤然反而先松开手，依然含笑道："名字很好听。"

沈浅呵呵笑了下，目光下移，看向蹲在尤然脚下的浅浅："那个……关于你家浅浅怀孕这事……"沈浅本想说，她家的混血儿不是纯种狗，生出的狗崽没啥前途云云，不想尤然却接口道："那以后我跟浅浅就麻烦你了。"

"啊？"沈浅以为她听错了，眨巴下眼睛，鼻子嘴唇都在颤抖，"您刚才说什么？"

尤然只是淡淡一笑："浅浅第一次怀孕，这些我都不懂。你是兽医，自然得你来照顾。"

沈浅觉得这个说法蛮合理的，轻轻地咳嗽一下，咽了口口水："那……"

"我眼睛有疾，浅浅是我专用的导盲犬，你应该懂导盲犬对于失明的人而言，有多么重要。”尤然继续保持微笑，看起来相当淡定，优雅。但对沈浅而言，这话当然让她无法消化。

一旁的中年男子一脸的莫名其妙。对于尤然少爷，他是知道的，自少爷失明开始，他就跟着少爷了。尤然有着严重的洁癖，他不喜欢与别人触碰，除非必要，一般是尽量不与人打交道。而尤然刚才的行为，不说本就是他主动，再加上那罕见的微笑，足以让中年男子瞠目结舌了。现在自家少爷居然还编出这么个勉强的理由，终于让中年男子完全傻掉了。

沈浅咬咬牙，一时也不知道该如何回答他。尤然却面容平静，嘴角勾起好看的弧形，虽然目光毫无焦距，但总让人有种错觉：他正在看着她……

“一定，一定。”沈浅点了点头，脸上带了些尴尬。尤然似乎也感受到了，不过他还是轻轻笑着接口：“那么请沈浅小姐留个电话，方便以后联系。”

沈浅抿着嘴唇，道：“我没名片。”

尤然伸出手掌：“在这上面写。”

“没笔。”沈浅盯着眼前这只有些消瘦，但指骨纤长，看起来特别适合弹钢琴的手发了下呆。

“没关系，你比画一下我就知道了。”尤然含笑而对。

沈浅气闷，不禁对着他翻了翻白眼，过后又意识到虽然他是盲人，但他旁边还有个保镖呢。沈浅忍不住偷偷地瞟了一眼旁边的中年男子，果然……他在怒目瞪着她。沈浅哆嗦一下，竖起食指，在尤然的手掌上比画出自己的手机号。

“知道了，下次再联系。”说完，尤然就被浅浅牵引上车了。沈浅看过去，有种天旋地转的感觉，她一向觉得自己对美少年有一种与生俱来的抗体。可当她的手指触到他手掌的那刻，她的心居然扑通扑通地跳个不停。

混血儿开始在沈浅的脚下蹭她，好似在提醒她：她还有它呢，不准想别的男人。沈浅低头看向混血儿，气呼呼地指着它说：“都是你，发春招惹谁不好，招惹帅哥的狗狗干什么？害得我也跟着不正常。”

混血儿一脸无辜地抬起头，那双水汪汪的大眼让它看起来相当的可怜。

沈浅张牙舞爪，原本就燥热的天，此时更是让她一怒热冲冠了。

李美丽和同事阿和一起进来的时候，一只手死死捏着鼻子，两条秀气的眉毛死死地拧在一起。她一脸嫌弃地睨着正啃韭菜包子啃得不亦乐乎的阿和，随后火速奔到柜子旁，从自己的提包里翻出香水，开始了小园丁般的劳作。

“嗞——嗞——嗞——嗞——”此刻的李美丽一点都不心疼她平常当家传宝贝似的限量版香水，沈浅光听瓶子压嘴快速反复上下的声音，就可以感受到此刻李美丽心里的小宇宙燃烧得有多厉害。因为她恨透了这种味道！

“喂喂喂，李美丽你干吗啊？把值班室弄这么香。”

“是某人太臭了啊！”李美丽继续勤劳地“浇灌”自己。香水分子正在欢快地运动着，味道浓得连一旁的沈浅也开始有点头晕。

突然阿和身子一抖，尖叫起来：“我的天啊！我媳妇昨天才和我吵了一架，怪我昨晚加班加太晚。我今晚还得加班啊，你这么浓的香水味弄我身上，是要害我今晚跪搓衣板呢还是跪搓衣板呢？”

李美丽一听，立即扬扬得意地笑起来："哈哈，快带着你的韭菜包子上天台吹北风去吧！这款香水可是以留香时间长而闻名的。"

阿和二话不说，以壮士赴死的姿态夺门而出，直奔天台。

李美丽回头看到也在捂着肚子笑的沈浅，才醒悟过来自己忙着开玩笑却忘了正事，赶紧窜过来问："刚才那辆劳斯莱斯幻影的车主是谁？"

"问这个干什么？"沈浅坐在自己的位子上，随手翻了下手中的几本关于疫苗的书。

"想知道有钱人呗，能开得起这种车的人，非富即贵。"

"是吗？那车确实蛮好的。"沈浅随口道，"我也不知道是哪号人物，只知道叫尤然。"

"嘣！"李美丽放了个巨响的屁，腾地站起来，非常激动地说："啊，尤……尤然？飞龙队队长？"

沈浅顺势抬眼，有些茫然。

"臭女人，也不叫我来看看我的梦中情人！"李美丽的脸居然红了起来，然后慌忙跑了出去，丢下一句，"我先去上个厕所。"

沈浅哭笑不得，然而脑海中一直想着李美丽说的"飞龙队队长"。尤然的气质是那种苍白却让人有点看不透的，他的体格说不上健硕，却有伟岸的感觉，眼睛虽然看不见，但总给人一种安全感。沈浅以为他只是一个有钱人家的公子，却想不到，这样的男人就是传说中那个让大名鼎鼎的野豹子尤司令引以为傲的儿子？

尤司令的儿子三年前因为车祸导致眼睛受伤，虽然主治医师说可以治好，偏偏他不愿意去治疗。这是个谜，没人能知道其中原因。

成了谜，便有人想去探索，沈浅就是其中之一。也许女人都是好奇的猫。这样一个前途似锦的男人，为何不去治好自己的眼睛？不过沈浅也不妄自菲薄，自己是没有这个本事知道答案的，也就想想而已。当天下午一过，沈浅就忘记这回事了。

到了晚上，李美丽带沈浅去看房子。沈浅要求不高，只要能满足基本的生活就行，可她没想到这个城市的房价这么高。她预计的房租只能租这样的房子：一个位于旧宅区里的一处阁楼，到她的工作医院要转三次公交，路上要花费一个半小时。就算是乘地铁，也不能直达。

李美丽强调，沈浅出的价钱，只能在老旧的小区找房子，并且阁楼的概率最大。

沈浅这才感到生活的压力是如此巨大。她工作两年存的钱，也只够在这边租一年的房子，而且还是这样的贫民窟。正如沈母所说，她的学历以及经验能拿到的工资在这座城市生活会非常拮据。

沈浅顿感无力地看着脚下乖乖坐着的混血儿，心想她还是住宿舍吧，能省钱。可是这只狗怎么办？沈浅正纠结的时候，她包里的电话响了起来。她拿出手机接通："喂？"

"你好，是沈浅小姐吗？"电话里传来略带深沉的声音，沈浅听出了是谁。

"你好，尤然先生。"

"现在方便吗？"

"呃。"沈浅抬头看向李美丽，只见李美丽半眯着眼探究地看着她，她只好委婉道，"不好意思，我现在在看房子。"

"房子？"

“呵呵，找房子住。”沈浅干笑道。

电话那头沉默了一会儿，才道：“找到了吗？”

沈浅沉吟道：“没。”

“那你来滨湖区的江夏小区。”

“啊，干吗？”沈浅有些迷茫了，她不知道这个男人想干什么。

“你来看看这里的房子吧，保证有你想要的。”手机那头，那个男人的声音很温柔，惹得沈浅心头一热，于是脑子也热了起来，居然说：“嗯，我去看看。”

沈浅挂了电话，对“司机”李美丽说：“去滨湖区江夏小区看看。”

“啊？”李美丽眨巴眨巴自己的大眼，难以置信地说，“那个地方你看什么啊？全是非富即贵之人的个人豪宅，不外租，就算能租也是天价啊。”

沈浅被李美丽这么一说，也动摇了，一时也不知道要不要去，但既然都答应了，去看看也无妨吧。

“去看看吧。”沈浅再道。

李美丽耸肩：“随便，兜兜风也不错。”在李美丽的认知里，江夏小区，是个让她不敢想象的地方。

沈浅轻轻一笑，她也是抱着无所谓的态度去的，或者说是抱着侥幸的心理去看看到底是什么情况。那个叫尤然的男人要她去那个地方，到底是出于什么目的呢？

江夏小区在这座城市很有名。不仅因房价最贵，还有个特殊原因，那就是这个小区的房子，不是有钱就能买得了的，没有一定的人脉关系，照样不能竞拍到。

小区门口有着严格的出入制度，沈浅和李美丽的车刚开到江夏小区门口，就被起落杆拦住，不得不停下车。

两人一狗一下车来，门口传达室的保安从里面出来，上下打量她们几眼，然后把目光锁定沈浅："沈浅小姐？"

"咦？你怎么知道？"沈浅愣了。

保安憨厚一笑："您的一大特征，一看见分晓。"

沈浅一时还不明白。然而敏感的李美丽腾地跳了起来，双手抱胸道："你是谁派过来的？"

"呃……"保安连连后退，声音明显小了，"我们区的尤然尤先生。"

李美丽倏然瞪大眼睛："他怎么说的？"

保安咳嗽两声，略带尴尬地说："尤然尤先生说，在这一个小时内，要是有一个身材很……很好的女人来，那就是沈浅小姐。"

"身材？"李美丽按得手指骨发响。

"尤先生说了，叫我注意一下，在这一个小时内出现的女人中谁最吸引人眼球，谁就是沈浅小姐。"保安被李美丽的咄咄逼人弄得无力招架，只好全招了。

此话一出，李美丽和沈浅都有些回不过神来。还是李美丽先反应过来，她把沈浅拉到一旁，一只手死死握着沈浅的手臂，眼神带着质问，问道："说，你和他发展到哪一步了？"

"开……开什么玩笑！"沈浅蹙眉否认。

"那尤然大少爷怎么可能知道你身材好？他眼睛又看不见。"

此话一出，沈浅也觉得莫名其妙了。她和尤然正式见面的次数统共就一次，而且肢体接触不过手握手，他怎么知道她长得很吸引人眼球？

“沈浅小姐。”身后的保安唤了下，沈浅转头看过去。保安接着说，“尤先生还在里面等你呢。”

沈浅点点头，对李美丽说：“这事以后慢慢分析，先进去打个招呼吧。”

李美丽将信将疑，虽然沈浅表现得很淡定，但她无法想象一个失明的男人怎么会知道沈浅长什么样。沈浅心里其实也在打鼓，难道就握了下手便知道她的身材是什么样？

带着疑问，沈浅和李美丽走进小区大门。保安带她们步行于江夏小区，路上不仅有荷塘配月色，还有杨柳依依。朦胧的白色路灯照在路上，让人有种昏昏欲睡的安逸感。沈浅不禁深呼吸一口气，觉得这里的环境果真宜人。

江夏小区不是一般的住宅区，而是几栋大别墅组成的小区。每栋别墅都占了很大的面积，他们路过的别墅都有小花园，里面种着各色娇艳的花朵，看起来很美。

这个地方，美得真是没话说。

走了一会，在他们正前方的路灯下，有一位身着白色衬衫、米色长裤，踩着咖啡色人字拖的男子。他牵着一只狗安静地立在路灯下，英俊的侧脸神色平静，目光空远，不知道他看向何处。

“尤先生。”保安先喊了出来。

听到叫声，尤然微微侧脸，很神奇地把目光转向沈浅，对她微微一笑。

沈浅不禁错愕，呆愣在原地，还是李美丽看了她一眼，她才跟了上去。

“你来了。”尤然竟然能把目光准确无误地锁定沈浅。

“你好。”沈浅朝他点点头，有些不自在。

尤然只是轻轻一笑。保安任务完成，圆满离场。在路灯下，只剩下三人。李美丽是第一次如此近距离看她的梦中情人。她有点怀疑眼前这个肤色过分苍白的男人，真的是当年自己在电视上看到的那个面色健康，带着梨窝浅笑的腼腆男人吗？不过，李美丽还是注意到，即使此时这个男人看起来有些病态，但浑身还是散发出一种清新的味道，一如当年电视里那位阳光美少年散发出来的一样。

“喂，我说，你怎么知道我们浅浅身材，你跟我家浅浅是什么关系？”李美丽陶醉于男人的容颜一会儿，又大大咧咧地问了自己心中的疑惑。

沈浅一听，一张脸顿时红透了，拼命地皱眉，对李美丽摇头。

李美丽把目光移开，不去看沈浅那无措的窘迫。

“呵呵，胸大无脑而来。”尤然如此说。

“噗……”李美丽忍不住笑了起来。沈浅由于害羞的红脸顿时煞白，对他怒目而视。

尤然依旧一脸笑意。

尤然脚下的浅浅和沈浅脚下的混血儿此时又交颈热乎起来。

尤然的保镖来后，带沈浅他们走向了一栋别墅。沈浅刚进去，就觉得屋子十分宽敞。明晃晃的金黄色灯光打在整个大厅里，竟让她不由得产生一种很亲近的感觉。

宽阔的大厅，中间摆放着米色的长沙发，配上别致的玻璃茶几，十分大气。台阶上摆着一架白色钢琴，使得整个大厅更显出一分优雅。沈浅坐在沙发上，有些拘谨。倒是李美丽笑嘻嘻地对沈浅咬耳朵：“光是这大厅就比我那新家大三倍多，这就是命啊。”

沈浅白了她一眼：“这是我们羡慕不来的。”

坐在对面的尤然笑着问道：“你看这房子怎么样？”

“啊？”沈浅不大明白尤然这话的意思。

尤然兀自说道：“大厅的右侧有娱乐房，里面有健身器材，左侧是厨房。楼上有三间卧室，每个卧室都配有洗手间。三楼是个阁楼，不过只有一架望远镜，是用来看星空的。”

沈浅瞠目结舌，尤然的意思再明白不过了，这地方要租给她？

“那关于房租……”

“这地方你可以免费住三个月。”尤然不等沈浅发问，直接说，“算是报酬，我家浅浅怀孕孕期差不多两个月，再加上调养一个月，这三个月还要劳烦你了。”

原来如此。沈浅这才明白尤然的用意。虽然这样，她还是感觉自己占了很大的便宜。在这三个月里，她有足够的时间找房子，不用那么仓促。

沈浅很不好意思地道：“我不知道怎么感谢你，尤先生。”

尤然面带微笑，从兜里摸出两把钥匙递给她：“尽早搬来吧，浅浅这几天食欲不振，我有些担心。”

“尤先生不用担心，这是正常的妊娠反应。”

没过多久，沈浅便要告辞回去。尤然微笑着点头，坐在沙发上说：“那么我们以后就请你多多关照了。”

“啊？”沈浅一时不明白这话的意思，她要关照什么？

“我离不开我家浅浅。”尤然笑得像一个天使，然而在沈浅眼里，他是雷公，给了她一道闪雷。他就那么淡定又专注地对她说话，像是一句情话在她耳边轻轻响起：“我离不开浅浅。”

可这浅浅不是她。不过这句话也传递了另外一个信息：沈浅要照顾浅浅，而尤然离不开浅浅，那么这拐着弯的意思就是沈浅将要在这三个月里与尤然同居？

沈浅这才意识到自己贪便宜欠缺考虑。想反悔吧，见到尤然那面带微笑的脸，她把话又咽了下去。人家能对她做什么？他条件那么好，想要什么女人得不到，还会打她主意？

沈浅这么一想，深呼吸一下，笑嘻嘻地应承：“我会照顾好你家浅浅的。”

“谢谢。”

尤然的保镖把她们送出江夏小区后，一直安静的李美丽终于按捺不住问沈浅：“我怎么感觉有那么点不对劲呢？”

沈浅侧过脸扫了她一眼，没作声。

李美丽蹙眉沉思：“无事献殷勤，非奸即盗。”过了会儿，她又烦躁地挠头道，“我的梦中情人他什么都有，他能图你这个无脑的女人什么啊？”

沈浅差点因她这话而惊得摔倒，有李美丽这损友，“妇复何求”？

沈浅再次来到别墅里的时候，尤然正坐在花园的吊椅上，他身穿白色T恤、亚麻七分裤，双手随意地放在膝盖处。一只手里还牵着狗链，狗链的另一边拴着拉布拉多犬浅浅。浅浅匍匐在草地上，闭目养神，看起来很享受。

沈浅站在围栏外面看着，围栏里花园中的一人一狗很和谐的画面不禁让她想起一个人，那人也是沈浅五年里记忆最深刻的人之一。那个人穿着白色球服，手里牵着一只阿富汗犬，对着她微笑。那年沈浅对李美丽说："这真是一个干净的男孩。"

而看着此刻的画面，沈浅只想说，她又遇见了一个干净的人。

保镖站在沈浅旁边，轻轻咳嗽一声，唤道："少爷。"

坐在吊椅上的尤然抬起头，长长的眼睫毛轻轻地颤抖了一下，目光直视前方。他脚下的浅浅迅速站了起来，见到沈浅脚下的混血儿后，它快速地窜了过来。

尤然跟了过来，微笑道："你来了？"

沈浅点头："让你久等了。"

尤然不答，只是微笑。由于两人离得比较近，沈浅能闻到一股淡淡的柠檬味，这是她很喜欢的味道，而这味道正是出自尤然的身上。

"老张，帮沈小姐把行李搬进去。"尤然扯了扯狗链，浅浅便舍弃与混血儿交颈，率先走了进去。沈浅看着尤然颀长的身影，不禁感到遗憾，这么优秀的男人，看不见多可惜。

老张帮沈浅把行李搬到二楼角落里的卧室，把行李放下，沈浅便感谢他道："谢谢你，麻烦你了。"

老张弯曲的身子顿了顿，侧脸看向沈浅，脸上有着错愕，随即苦笑道："你是少爷的贵宾，这些都是应该的。"沈浅呵呵笑了笑，觉得有些不自在，她"贵"在何处？

老张接着说："沈小姐，我家少爷以后就交给你了。"

"啊？"沈浅诧异地问道，"你这是什么意思？"

"我啊，告老还乡。"老张憨笑，"你上岗了，我自然下岗。"

"等等，我只是照顾浅浅的，顺便照顾你们家少爷。"沈浅的大脑一下子迟钝起来，对于老张出其不意的话，她一时手足无措。

“我相信你的顺便照顾会让我们少爷更加精神的。”老张说完，转身踱步出了房门，沈浅立马跟上他。

两人来到大厅，尤然倚靠在沙发上，安静地等着他们，两只大狗匍匐在他脚下，不断地吐着大舌头，哈着气。

“少爷，东西放好了。”

“嗯，你去吧。”

“好。”老张点头转身，正好对上沈浅那无辜的表情。老张单眼眨了一下，眼里带着似是而非的意味。这下，沈浅更是迷茫加疑惑了。

“沈小姐，我突然感觉肚子饿了。”尤然微微侧着脸，落落大方地吐出这么一句话。

沈浅顿时哑然。

“你稍等，我去厨房看看。”沈浅立马迈起步伐，窜到厨房那里，她懊恼地想，以后她就是保姆了。唯一值得庆幸的是，她这保姆升级了，以前是动物的保姆，现在是人的保姆。

沈浅比较独立，早在重新读大学的时候，她就自己抄起锅铲开始下厨。虽不能保证色香味俱全，但味道还是能令人入口叫好的。

沈浅从厨房出来，见到坐在饭桌旁的尤然时，很是哭笑不得。他的面前摆着一大盒巧克力，而他正在剥着巧克力包装，一口一个地吃着。看来他是真的很饿啊……

沈浅刚一往前挪步，尤然脚下的浅浅立即跳了起来。浅浅这么大的反应，尤然自然知道是沈浅来了，再加上已经闻到的越来越浓的菜香，他的嘴角勾出一个好看的弧度。

“我饿得不行，吃了点巧克力充饥。”尤然斯斯文文地放下巧克力，把盒子放在一旁，端端正正地坐着等沈浅开饭。沈浅又忙不迭地去盛饭，而后递给他。

尤然感到面前有股热气：“我看不见，你得喂我吃。”

“……”

沈浅没辙，自动把自己又升级了：从保姆变成了专职奶妈。沈浅喂他吃饭的时候，本来是随意地一瞥，偏巧由于离得太近，竟看到尤然的左耳耳垂上有个耳洞，虽然上面什么都没有，极容易被忽略，但是她还是注意到了。很难想象，像尤然这样干净的男人，怎么会打耳洞的？

由于心思跑到太平洋去了，沈浅一时竟把喂饭这事给忘了，拿着饭勺的手直接把饭送到尤然的鼻子上去了。

“哎呀，对不起。”沈浅手忙脚乱地抽出纸巾，帮尤然擦拭。尤然淡定地握住沈浅的手，一点儿也不介意，说：“刚才想什么呢？”

沈浅顿了顿，也不知道自己该不该问出口。

尤然也不吭声，静静地等她开口。沈浅被他的淡定弄得更是焦躁不安，只好试探地问了句：“你介不介意我问几个问题，而且还是可能让你不高兴的问题？”

尤然轻笑：“请问。”

沈浅深吸一口气，支支吾吾地问出她一直想问的问题：“听人说你的眼睛能治好，你为什么拒绝治疗呢？这个世界多美好啊！”

“想听主要的原因还是次要的原因？”显然，尤然看起来没有一点儿不高兴，反而脸上的表情带着很特别的宠溺。沈浅被他的豁达弄得反而有些不好意思，只好说：“我能知道多少就多少吧。”

尤然顿了顿，略带伤感地说：“我的世界都见不到她了，还要看什么？”

沈浅其实知道，尤然所指的“她”，应该就是传闻中他的那个宝贝女友吧。沈浅呵呵笑道：“尤先生你应该看开点。”

尤然却不置可否，问道：“沈小姐，你的初恋你还记得吗？”

“呃……”沈浅抿了抿嘴，十分不自在地回道，“我21岁之前的记忆都没有了，不知道有没有过。之后嘛，单恋算不算？”沈浅说完，觉得自己在说一堆废话，单恋哪算是初恋？

尤然没再说话。

沉默了好一阵子，尤然才开口说：“我想，是时候再看看这个世界了。”他突然转脸对上沈浅的脸，“我还要。”语气里竟带着一股撒娇味道。

沈浅差点背过气，舀了一勺饭，喂进他嘴里。

“这个世界变得美好起来了。”尤然忽而笑了起来。沈浅古里古怪地瞟了一眼有点不正常的尤然。刚才他还挺深沉，现在竟然面带微笑，还说出这么奇怪的话。

“为什么突然说这世界美好啊？”其实沈浅想问的是，为什么要突然这样没头没脑地感慨一下啊？

“因为可以看见我家浅浅了。”尤然忽而低头，对着脚下一直蹭他的狗笑着说。沈浅顺势瞟了一眼那只狗，偷偷翻了个白眼，心想：这狗都跟了他那么多年了，现在才想看看？

“我还要。”

“……”

这个人又撒娇了，沈浅呆了。

第三章

CHAPTER 3

有段同居的日子

浅浅的妊娠反应比一般的狗强烈许多。沈浅对此一直感到纳闷，最后以“不同种族相恋，必须要付出更多辛酸”的理由搪塞了尤然。

怀孕的女人要常常动一动，怀孕的狗自然就更要动来动去。沈浅的上班时间是交替的，上班一天休息一天，算是极其轻松了，不过工资也是多做多得，少做少得。沈浅为了钱是极想多加班的，可叹院长“暗恋”她已久，舍不得她辛苦，每次加班的活，都被别人霸占了，可怜沈浅只能闲得怨天尤人。

夏日的早晨天亮得很早。六点多时阳光已经投射入屋，明晃晃地照耀着。沈浅一大早醒来，伸个懒腰，打了个哈欠，再看一眼自己床头的小孩闹钟，见才六点多，又倒在床上继续睡觉。

沈浅定的闹铃是七点，不能浪费一点挤出来的时间。她正渐渐进入睡梦时，她的房门突然被人敲响，声音有一阵没一阵的，却足够把人吵醒。

沈浅被吵醒，烦躁得眉毛蹙成了一团，爬下床去开门，准备对这位扰人清梦的不速之客发发牢骚。她把门一开，一看，对面怎么没有人？她低下头，只见混血儿蹲坐在门口，睁着它乌溜溜的眼睛可怜巴巴地看着她，身后的尾巴在地上扫来扫去。

沈浅本来积攒的脾气，被这个小家伙这么一看，全没了。沈浅一直知道心软是自己的致命伤，就连对狗也不例外。李美丽曾经明确指出她这一毛病，叫她有时心狠点。可是沈浅始终做不到，她自己也没辙。

“你想干吗？”沈浅双手叉腰，做出母夜叉的样子，但语气软绵绵的，实在是气场不足。

混血儿摇着尾巴站起来，扭着屁股带她走。沈浅虽然有点疑惑，但还是跟了过去。混血儿在尤然的卧室门口停了下来。沈浅顿了顿，不知其意。只见混血儿伸出一爪，开始挠门。

浅浅跟尤然住在一间卧室里，而沈浅反感混血儿晚上有爬床的习惯，于是怎么也不肯跟混血儿共处一室。尤然深明大义，正好有三间卧室，剩下的那间卧室就留给混血儿住了。

混血儿这么想进尤然的卧室，显然是想见孩子它妈。沈浅悠闲地看着混血儿伸着爪子一次次挠门，丝毫没有帮忙的意思。意外的是，经过混血儿挠几下，再推搡几下，这门竟然自动开了。

混血儿立即钻了空进去。沈浅吓了一跳，想招呼混血儿出来，但它只管自己进去，完全不理睬她。沈浅这下吓得脸都白了，私闯别人的卧室的行为是极不好的，要是被尤然嫌弃，她还要不要在这里住下去了？

她正焦急万分，却没听见里面有什么响动。沈浅眨巴着眼，心下的疑惑更重了，她站在门口引颈期盼，可里头却什么也看不到。

沈浅是个喜欢胡思乱想的人，按照她与尤然这几天相处的了解，知道尤然是个极其内敛的男人，大多时间喜欢沉默，不过也不至于不声不响啊。沈浅脑子里立马浮出了一个画面：一个英俊的帅哥不小心走路滑倒，头部撞地，顿时躺在血泊之中。沈浅这么一想，脑子一热，急忙冲了进去，只见浅浅伏趴在地毯上，混血儿蹲在一旁舔着浅浅的脸。沈浅四下张望，卧室里竟然见不到尤然。

怎么回事？他眼睛看不见怎么还自个儿出去了？而且还不带导盲

犬？沈浅满肚子的疑惑。

躺在地毯上的浅浅抬起眼皮看向来人，知道是熟悉的人，动了动耳朵，又闭目休息起来。

也许尤然只是下了楼而已。沈浅又想到，要是他突然上来怎么办？她这样私闯私人领域太没礼貌了。沈浅赶紧对混血儿招手，示意它过来。混血儿回首，却对她不屑一顾，又开始照顾孩子它妈了。

沈浅气呼呼地想上前拉混血儿走，混血儿的倔脾气一上来，立即钻进床底下。沈浅的火气也一下子上来了，这狗太得宠，已经开始恃宠而骄了。一只小家伙，居然开始嚣张了？沈浅想，一定要教训一下不知天高地厚的混血儿，让它见识一下，违抗主子命令的下场是什么！于是沈浅趴到地上，跟着爬进床底下。

混血儿也许认为床底下能让自己发挥全部力量，而沈浅只能发挥百分之十，于是开始兜兜转转流连于床底不肯出来。沈浅气得咬牙切齿，几次被床板撞了头。终于外边的浅浅动了一下，混血儿看见，连忙窜出了床底。沈浅气喘吁吁地也爬出床底，但还来不及站起身来，就扫到眼前多了一双脚。沈浅惊了一下，顺着那双脚往上看，竟见到围着浴巾的尤然在眼前。他显然是刚刚洗完澡出来，头发还在滴水，上半身湿漉漉的，腰间松松垮垮地围着浴巾，看起来浴巾随时会掉下来。沈浅第一次见男人这样出现在自己眼前，一口气没顺上来，直接打了个嗝，发现自己出了声，立马用手捂住嘴。

“浅浅？”尤然愣住，不大确定地说道。

沈浅不敢出声，睁大眼睛看着眼前的秀色。尤然见没人回答，脚向前迈了一步，沈浅大惊，还来不及后退，尤然已经被她绊住了，他随即整个人俯身朝她压来，她甚至来不及惊呼……

沈浅被尤然压倒在地，头直接撞上地板，发出沉闷的“砰”的一声。沈浅龇牙咧嘴地揉了揉自己的后脑勺，但想必是刚才被撞傻了，她竟然一直盯着倒在她身上的尤然……

直到尤然莫名其妙地笑着说：“是我熟悉的感觉，没有错。”

沈浅仿佛被一道雷劈了，飞快地缩身，蹲在一个角落里，像防备色狼一样用双手护住胸口，古里古怪地看着尤然。尤然也站起身把姿势摆正，笑着问道：“沈小姐怎会来我房间？”

沈浅原本厌弃的表情一下子变了，这里不是她的房间，不是他有意冒犯，而是她自己送上门让他冒犯！这句话一下子让她丧失主动权，变得被动。

她结结巴巴地说：“那个……混血儿想看浅浅，它独自不好意思进来，就叫我一同进来。”

“那你应该敲门。”尤然脸上依旧保持着他标志性的微笑，看不出一丝一毫的异样。但沈浅却有种不知名的害怕，总觉得他的笑容别有深意。

“我下次会的。”沈浅立即回答。

尤然笑眯眯地继续说道：“也就是说以后你还会来我卧室，那么下次来是什么借口呢？”

“……”沈浅沉默了。这只是她一时口快而已，她敢保证，她一点非分之想都没有。沈浅无法用语言表达，只能拼命地摇头证明自己的无辜。

然而人一紧张就会忘记一些事，比如，沈浅忘记了尤然的眼睛看不见。

尤然只是笑，笑得如一个天真的孩子，温暖而又纯洁。

“今天为浅浅准备了什么食物？”

“牛肉。补蛋白质，还有一些微量元素。”沈浅被突然转移话题的尤然弄得有些蒙，相当机械地回答。

尤然只是轻轻点了头：“那么沈小姐，麻烦你出去一趟，我换个衣服。”

“啊？”

“如果你不介意，我也可大方地当着你的面换。”

尤然话还没说完，沈浅就一溜烟跑了出去，还顺手带上了门。尤然低头微笑，抬起自己的手，轻轻握了又握，脑里浮现曾经的一段对话。

“浅浅，你小时候吃什么长大的？”

“吃奶粉长大的。”

“难怪长得跟头牛似的。”

“尤然，你去死。”

少年顺利躲避少女的踢腿，跑得飞快，身后的少女锲而不舍地追着他。

“尤然，你跑得跟马一样快。”

“那是。”

“你知道你为什么跑得那么快吗？”少女贼兮兮地说。

“为什么？”

“因为爱情的力量呀。”少女开始大笑。

少年顿时红了脸，低声说：“沈浅，你太不要脸了。”少女却摇晃着脑袋，纵身一跃，骑上了他的背，趴在他背上说：“我就是厚脸皮呀。你说，以后我要是死了你怎么办？”

“那我再找一个女人，她会住你的房子，花你的钱，打你的娃。看你还敢不敢死。”少年笑得很开心。

少女立马咬住他的耳朵，大声说道：“你在威胁我。”

“谁叫你敢比我先离开，这是对你的惩罚。”

原来，爱情一直没有随着时间褪色，只是他还记得，她却忘记了而已。

尤然的脸色很苍白，记忆里的点点滴滴早已经渗透他的骨髓，形影不离。他想过找其他女人，去惩罚她的离弃。可最后，他还是选择了惩罚自己，因为自己没能好好地照顾好她，守护她一辈子。

在没有她的日子里，他每次飞行时仰望天空，总感觉蔚蓝的天空透析出太多的依恋。可他心中总有一种信仰：她还在这同一片蓝天下生活着。

直到有人告诉她，她真的不在了。那一刻，他的蓝天塌了下来，失去了整个世界。

烈日炎炎的夏天还在持续，沈浅中午必须顶着烈日去上班，其实她很想中午不回来的，医院虽然没有食堂，但是有个专门的热线可以订外卖。一般上下午都有班的同事会一起订餐解决，但沈浅却选择顶着毒辣辣的太阳去菜市场买菜，再回江夏小区做饭。

没办法，家里有两狗一人在等她，要是她不回去做饭，他们就没饭吃了。

这天下了班，沈浅正在收拾包包，准备去菜市场买菜回家做饭。李美丽见沈浅这么尽职尽责，不免揶揄道：“你用得着这么卖力吗？”

沈浅瞟了她一眼："你不懂，吃人家的嘴软。"

"我看不是吧。你是心疼那别墅里的帅哥，舍不得人家挨饿吧？"李美丽斜眼，冷嘲热讽着。沈浅瞥了她一眼，懒得搭理她，继续收拾自己的东西，打包走人。

"不吭声就是默认了啊！"李美丽嘟起嘴，"哎，你喜欢的男生类型还是没变啊，当年吃的苦头还不够多？"

沈浅转头，怒瞪她道："李美丽，你是不是存心不让我快活？"

"沈浅，那个男人不适合你。他爸爸是尤司令，你懂吗？他是首富秦政的外孙，要钱有钱，要势力有势力的家庭，你认为你会幸福吗？"

沈浅翻了个白眼，回道："我发誓，我对他一点儿感觉都没有，一丁点儿都没有。"

李美丽很了解沈浅，她说不喜欢那就是一定不喜欢了。李美丽这才放心道："你赶紧找个男人嫁了，免得我总是操心。"

沈浅一笑置之。

李美丽看透了她的敷衍："怎么？还想着'白嫩嫩'？"

沈浅又白了李美丽一眼："你不提他不行啊？"

"某人不行。"李美丽勾起嘴角一笑，"参加了一个暑假夏令营活动，就让你从此非他不恋了，你说你傻不傻？"

沈浅沉默，觉得胸口闷闷的，其实回想起来她真的很傻。她也不知道为何会对那个少年一见钟情，是因为他遛狗时那一只手揣兜的姿势，还是那白净的脸庞上偶尔出现的不自然的潮红？或者是他扬起嘴角的微笑，似曾相识，让人打心底觉得暖暖的？

李美丽见沈浅精神恍惚的样子，叹了口气，问道："你说那个秦昊现在在哪里？”

秦昊……这两个字对于沈浅来说，突然感觉好陌生。她与他相处不过一个暑假，念过他名字的次数五个手指头都能数清，但这个人却总让她念念不忘。

沈浅其实非常明白，她是喜欢他的长相。秦昊长得白白净净，五官深刻，是个混血儿，笑起来让人感觉好像在黑夜里见到阳光。她承认自己肤浅，因长相暗恋秦昊的人数不胜数，要是排起队来都可以绕地球一周了。

沈浅提起背包，准备走人。李美丽在她背后吆喝：“哎，还能躲一辈子吗？”

沈浅不搭理她，头也不回地往前走。她就喜欢当缩头乌龟，出来见见世面就好，觉得差不多了，就缩在龟壳里一直耗着，千金难买她愿意。沈浅心里哼了一遍又一遍。

回到家，她开始炒菜，尤然则乖乖地坐在餐桌旁等饭吃，典型的饭来张口的少爷模样。她把饭菜端过去，见到餐桌旁的尤然，一时有些错愕。他竟趴在桌上，安静地睡着了。他那长长的睫毛轻轻地颤动，高挺的鼻梁隆起，形成很漂亮的线条，滑顺而至嘴唇，那微张的唇显得既可爱又性感。

沈浅轻轻地把饭菜摆到桌上，拉开椅子坐下，双手托着脑袋，静静凝视着睡着的尤然。

不知为何，沈浅总觉得他的脸有那么一丝似曾相识。他的刘海挡在额前无风自动，可还是让她看见他在皱眉，好似睡得不是很踏实。

尤然很瘦。李美丽说过，以前的尤然身材相当完美，虽然也瘦，但是给人的感觉是伟岸、健硕，能让女生有满满的安全感，想要小鸟依人地靠着他。但是现在的尤然真的很瘦，下巴变得很尖，颧骨不再饱满，虽然整体面容还是那么俊美，不过都是靠他标致的五官撑着，给人产生的美感不再是军人那种安全感，而是属于花样美少年的那种俊逸了。

他瘦了这么多，想必是睡眠不好引起的。那又是什么让他无法入睡，或者睡得如此不踏实？

家里开着冷气，阵阵冷风吹袭着沈浅。她身上的热气散得差不多了，冷不丁打了个寒战，随即打了一个喷嚏。

“阿嚏……”沈浅用食指扫了扫鼻尖下面，吸吸鼻子。

尤然忽而被惊醒，失措地喊着：“浅浅。”在大厅另一侧玩耍的浅浅四脚飞奔而来，在他脚下温柔地蹭着。沈浅看到这情景，忍不住无奈，他为什么总是叫“浅浅”？真是离不开它啊。

“尤先生，对不起，刚才打了个喷嚏，让你受惊了。”

尤然听后蹙起眉头，道：“多穿点衣服，不能贪凉快。”

说完，尤然站了起来，慢慢走到了沙发旁，在茶几上摸到遥控器，把空调的温度调高了些：“以后不要贪凉把温度降这么低，容易感冒。”

“好。”沈浅抿抿嘴，嗫嚅道，“你先自己吃饭，我去换好衣服下来。”

尤然微笑着点头。

眼前这个男人，即使眼睛看不见，还是保持一种高贵的优雅。沈浅不得不佩服这个男人，更为他的失明惋惜。

沈浅换好衣服下来，却发现尤然坐在钢琴旁，竖起食指有一下没一下地按着琴键。沈浅不懂乐器，不知道这是不是前奏，只是看见尤然面带微笑，原本的单指敲击改成双手在黑白键上按动，接着好听的曲子响起。这支曲子沈浅没听过，所以不知道是什么。她只能静静地站在不远处，聆听着。

他颀长的身子坐在钢琴边上，消瘦的背影让沈浅莫名心痛。她忽然感觉这个男人的背影散发出浓浓的孤独，抑或是他要自己去孤独，站在海角天涯，对着自己的过往缅怀。

这是一种深情还是一种固执？也许他的感情就是渗入骨血的偏执，不愿意别人去触碰，也不肯自己走出来。被他爱的那个女孩是最幸福的，可同样，谁要是在此时爱上这样的男人，注定悲剧收场。

沈浅在心里给自己打预防针，同情他可以，千万不要爱上他。

一曲结束，沈浅连忙鼓掌，走到他身边笑着问他："这是什么曲子？"

"《初次》。"

沈浅一愣，显得有些尴尬："哎，我真是孤陋寡闻，没听过，嘿嘿。"她傻呵呵地干笑几下，见尤然脸上没有平时惯有的微笑，也笑不起来，尴尬地收起笑容，"你怎么了？"

"这是我第一次为她弹奏的曲子。"

沈浅眨巴着大眼，也不知道怎么回答。

尤然却又微笑起来："你听后，觉得这曲子怎么样？"

"很好啊。"沈浅想也没想，直接回答。

尤然扑哧一笑："性格差这么多。"

"啊？"沈浅蹙眉，她听不明白这男人在说什么。尤然忽而站起来，开朗地说道："我们去吃饭吧。"

“呃……”沈浅纳闷，其实她很好奇，他的那个她，到底是怎么回答的。但是眼前这个男人好像已经从忧郁里走了出来，不打算继续他的怀旧了。

算了，她还是少管闲事吧。

天气持续高温，树梢上的知了一直叫个不停，更显得聒噪。万里无云的蓝天骄阳似火。

沈浅抬头看向墙上的挂钟，还有半个多小时才到下班时间，她便老老实实地坐在桌子旁看些疫苗类的书籍。

看书比较容易打发时间，沈浅也就慢慢地忘记了时间。

“看起来要下雨了。”隔壁的几个同事下班出门路过沈浅的诊室，开始议论起来。

沈浅抬头看向窗外。果然，原本万里无云的天空已被乌云全部盖住，显得十分阴沉，一看就是将要下大暴雨的前兆。

沈浅立即放下书，慌慌张张地脱下身上的白大褂，抄起沙发上的背包就冲出诊室。她要赶着下雨前去买菜，今天出门前就跟尤然说过要做好吃的新菜式。她跑出办公室才发现天比在办公室看出去的时候还要暗。她倒不怕下雨，她有她的小花伞。

忽而，亮起了一道闪电，吓了她一跳。紧接着，天空轰隆一声，一个炸雷响起。沈浅见现在的情况，暗叫不好，这阵势该是特大暴雨吧。

在急雨中，沈浅刚想过马路，可不巧这时偏偏是红灯。沈浅一脸无奈，只得这样告诫自己：多淋一会儿没事。好不容易等到了绿灯，她刚走到马路中不一会儿，一辆迈巴赫越位超线朝沈浅开来。沈浅大惊，屈身后退，由于过于突然，她整个人倒了下去，还好那辆车及时刹车，在离她半米处停了下来。沈浅的右手手腕扭伤了，稍一动就剧痛无比。她只好用左手拾起散落在地上的袋子，爬了起来，继续过马路。

迈巴赫车里走出一名男子，他手里撑着一把黑伞，在沈浅背后喊道："小姐，你没事吗？"

沈浅只是朝身后那人摆摆手，连头也不回，继续往前走。

那人身形修长，笔挺而立，五官深刻，尤其是那双幽蓝的双瞳，高挺的鼻梁，一看就知是混血儿。

男子歪头望着沈浅远去的背影，无奈一笑，转身回到了车上，继续等红灯。

刚才这一摔，导致沈浅一动右手关节，就疼得她龇牙咧嘴的。她刚到江夏小区，发现保安早已在门口等候多时，他冒着大暴雨跑到沈浅面前，把她拉到传达室："沈小姐你跑哪里去了？手机怎么都打不通，尤先生都着急死了。"

沈浅一愣，从包里翻手机，这才发现她的手机不在包里！那她手机去哪里了？随后她又回忆最后碰手机的画面，想起她玩完斗地主，就把手机揣进白大褂的兜兜里了。

沈浅彻底泄气了，她这丢三落四的习惯什么时候能改啊？沈浅十分抱歉地道："不好意思，我这就回去。"

"拿着伞。"保安递给她伞。沈浅笑着说："都淋这么久了，不在乎这么点时间。"说完，便火速冲出了传达室，朝尤然的家跑去。

沈浅的右手像被火烧一样痛。她咬牙忍住，心想：吃得苦中苦，方为人上人。

当她到达家的时候，只见围栏里的门口坐着一人两狗。那男人抱膝而坐，眼睑低垂，清爽的白色T恤衬着他过分白皙的脸，在这嘈杂的雨天里，显得如此安静，他沉默而又专注地坐着。他身边坐着的两只狗，都匍匐在地，遥遥相望。

两只狗见到沈浅站在围栏外，立马都站起来，“汪汪”地连叫了几声。

抱膝的男人忽而抬起头，目光找不到聚点，只是露出一种快哭的笑容：“浅浅，你回来了？”

沈浅愣了一下，这是她第一次听尤然叫她浅浅，那么明确地叫她“浅浅”。

“浅浅，我知道是你，你应我一声。”尤然想迈步走进雨里，沈浅连忙上前制止道：“我回来了，你别出来，雨下得很大。”

尤然抓住沈浅的手臂，正好抓住她受伤的右手，惹得她倒吸一口气，但为了不让他担心，她并未叫疼。但聪明如尤然，怎会感觉不出来？他脸上露出愠色：“怎么回事？”

“为了躲雨，跑得太急所以摔了。”沈浅也不知道自己为何要撒谎。

尤然二话不说，忽然打横把沈浅抱了起来。沈浅惊呼，死死地搂紧他，害怕他一个不稳，把她又摔了，她慌张地问：“干什么？”

“浑身湿成这样，难道还想让它自然干吗？”尤然竟然健步如飞地把她抱进屋里，又把她送上楼。当时沈浅并未注意这个细节，只是思考该怎样委婉地回绝尤然的好意。

“那个……我身体很好，别人都叫我铁金刚。”

“那你这是要做生锈的铁金刚了？”

“啊？”

“铁遇水长时间会被氧化。”

这个笑话很冷，沈浅干笑两声，决定闭嘴。

尤然站起来：“你好好休息，我出去了。”

沈浅应道：“好，再见。”

尤然点头后便出去了。沈浅望着他离去的背影，一张脸情不自禁地又开始烧了起来。她就纳闷了，平时她即使脸红也只是过一阵就好，怎么这次一直在发烫，并且持续这么久？沈浅觉得特别累，便直接躺下来睡觉。很快她就进入睡眠中，什么也不知道了。

夜越来越深，大雨过后，天上的星星都隐藏在云层里，看不到几颗。弯弯的月亮挂在深蓝色的夜空，偶尔飘来的云为它戴了一层面纱。

沈浅翻了个身，觉得浑身发冷，抓过被子裹了起来，竟还是很冷，喉咙也觉得很渴。沈浅想起床去倒杯水，结果刚一坐起身，眼前就一片漆黑，只觉得天旋地转，她摇摇晃晃地又跌在床上。

此时沈浅浑身无力，时而冷时而热，她感觉自己发烧了。她这里没有药，也不知道尤然有没有准备一些治疗平常疾病的药。她咬咬牙，又站了起来，挪动着沉重的脚步走出房间，来到尤然的房门前敲了敲门。

尤然打开门，疑惑地问道：“沈小姐怎么了？”

“尤先生，你这里有药吗？”

尤然一愣，直接把沈浅抓进房间里，把她带到沙发上，摸了摸她的额头，再摸摸自己的，蹙眉道：“是比我热。”

沈浅呵呵笑了笑，感觉尤然的反应有点大，不像平时泰山崩于前而色不变的他。刚才他抓她的力度还真大，幸亏不是抓她受伤的右手，要不真是不敢想象得多疼。

他果然是当过兵的，体能还是有一定基础。

尤然走到座机电话旁，拨了号，对那边说道："你过来一趟，送点发烧的药，还有一些粥。嗯，清淡点的粥。"尤然把电话挂断，坐回沈浅旁边，问道，"还需要做哪些事情呢？"

"我哪知道还需要做什么，我又不是医生。"

"你不是兽医吗？"

"……"沈浅无语了。兽医跟医生是两码事好吧，一个给人看病，一个给动物看病，这两者还是有一定区别的。

不得不说，尤然说冷笑话的功力，真是达到登峰造极的地步。

沈浅这时还是感觉浑身无力，她整个人靠在沙发上，脑袋昏沉沉的。

"你等着，我去给你倒杯热水。"尤然蓦地站起来。

"谢谢。"沈浅也没多想，她确实很想喝杯水。

看着尤然走出去，沈浅又闭上眼休息。这一难受，让沈浅叹息，她的身体体质本比别人弱，一般着凉后必感冒发烧，摔倒之后身体有很大概率会有哪里被撞坏，整个人像个瓷娃娃一样。沈母曾感叹，都是那场意外造成尤然身体这样，以前的她身子壮得跟头牛似的。

牛……

她现在还是一头牛，不过是一头虚弱的奶牛。这是李美丽对沈浅的终极评价。

过了会儿，沈浅又开始昏昏欲睡，但离陷入沉睡还是有点距离，属于半睡半醒的状态。

“砰！”突然一声巨响，沈浅立即被吓醒，并且整个人蹦了起来。她连忙跑出去，自楼上向下看，只见尤然痴痴地看着地上，而他脚下有一堆碎瓷，还有倒了的台灯。

发生了什么事？沈浅立即跑下去，跑到尤然跟前问：“这是怎么了？”

尤然却一动不动，眼睑低垂。那扇形的睫毛投下的黑影让沈浅看不出他眼神中的复杂，但他的表情看起来却相当平静，却只局限于火山爆发前那种。

“没事。”他半天才吐出这两个字，任谁都知道这“没事”是一定有事了。沈浅疑惑地看着他，上上下下地打量看他哪里不对劲，终于看见他的右手手指都红了。

沈浅走过去，说道：“手给我看看。”

“没事。”尤然把右手往身后缩了缩，沈浅还是抓住他的手臂细看了下。他的皮肤是过分的白，一块红色很突兀，这种红一看便知是被烫的。沈浅把目光投向地上的碎瓷，原来是个瓷杯被摔碎了，被撞倒在地上的台灯里的灯泡也碎了，所以才发出巨响。

尤然把手缩回去，自嘲道：“我真没用，你生病了，我连倒杯水都不能做到，还把这里弄得一团糟。”

沈浅有些错愕，她也不知道该怎么安慰他，只能笑着道：“没事，我自己可以倒的啦。”沈浅说着从茶几里拿出一个瓷杯，在饮水机旁倒了杯热水喝了起来。

“咝——”沈浅的舌头被烫到，有些尴尬地说，“这水真烫。”

“这是刚烧开的水。”尤然的视线虽然没有聚点，但平常总会亮晶晶的，而此刻他的目光却暗了下来。

他下楼来烧水，这是他第一次烧水，所以不知道烧多久水的温度刚刚好。他凭着自己的感觉去接水，又不能知道水什么时候会接满。他发现他以前从没有考虑过的生活小细节问题，会让他感觉这样棘手。他现在眼里只有光，还有一些太过模糊的影像，这个家他太熟悉，所以他能畅通无阻，与正常人一般，生活上的事都由钟点工或者老张办理好。而事到如今，他才知道他一直安逸的“盲”人生是如此无能，连为她倒杯水都不能，那他还有什么资格去力挽狂澜？

她来了，那么他就不能再这样继续下去。

“沈小姐，我要出去几天。”

沈浅一愣，被他这突然的话给弄蒙了：“你要去哪？”

“有事。”尤然含糊带过。沈浅知道他不想说，也就没再继续追问，只是礼貌性地嘱咐一下：“路上小心。”

尤然微微一笑，脸上又恢复了平时那惯有的亲切微笑。沈浅觉得真是不懂这个男人，自己吹了吹杯子里的水，小心翼翼地喝了几口。

第四章

CHAPTER 4

有个暗恋的故人

对于尤然突然要离开，沈浅表示并不太在意，但是当他把偌大的房子交给沈浅时，她才开始感觉压力很大。那天晚上，老张提着一盒米粥还有发烧药回来。尤然先让沈浅量了下体温，确定发烧温度不高，感觉不会很严重，就打算直接跟着老张离开。

沈浅还记得，尤然不知道在老张耳边说了什么，老张露出了极其震撼的表情，好似听到了难以置信的东西。然后老张火速为尤然收拾东西，又帮着搬上车，还不时对着沈浅狂鞠躬，弄得她丈二和尚摸不着头脑。

尤然在离开之前笑着说道："混血儿，你帮我照顾好我的浅浅。"

"你放心，混血儿会照顾好它的。"沈浅乐呵呵地傻笑。

尤然点头一笑，笑容淡淡的，如浮云一般。也不知道他心里在想些什么，最后他还是忍不住转头对沈浅说："一定要等我回来，浅浅。"

沈浅抓起脚下匍匐的浅浅，摇晃着浅浅的手掌，对着尤然说："尤然爸爸再见。"

尤然的嘴角勾起优美的弧线，关上车窗，不再看他们。老张发动车子，车子发出嗡嗡的声音，尾气排出，车慢慢离开院子。

沈浅看着尤然的车子离去，轻轻呼了一口气。她摸了摸自己的额头，感觉并不是很烫，就回房间吃药睡觉去了。

尤然的这栋房子有三层，第一层将近三百平方米，第二、第三层两百多平方米。以前沈浅只要一下班，总会有钟点阿姨来打扫，她也就免了搞卫生这档子事。现在尤然不在家，自己搞定卫生的沈浅倒也十分适应。每天她照常上班，精力充沛，上班治疗母狗的时候，学了个看家本领——小狗叫，用来安抚母狗那躁动不安的心。对于沈浅这种资深动物接生婆而言，她会多国语言，驴叫、猫叫、鸡叫、羊叫等等，但她最拿手的是狗叫。

沈浅某天晚上加夜班，将近十二点准备下班时，一位厨师模样，身材高大的男人牵着一头巨型黑色犬走进了沈浅的诊室里。沈浅倒吸一口气，清清嗓子问道："请问这狗怎么了？"

"貌似发情了，最近看见女的就提腿跟着跑，追也追不上。你看看这是怎么了？"

沈浅走上前，对那个男人说："你放开它。"

男人把狗链松开，松开的瞬间，只见那只巨型犬四脚一提，就朝沈浅扑过去。沈浅学了一声狗叫，那狗就望而却步了。

"这狗病得不轻。"沈浅面容严肃地说道。然而，那男人还在为那声非常有震慑力的"狗叫"而震惊。

"这狗平时有没有做出类似交配的动作？就是那种两腿起立，抽动的动作？"沈浅很专业地开始做笔记。

男人听了一愣一愣的："有，它常常抱着我的腿做这动作。"

"这狗正如你所说，发情了。要么找个母狗配种，要么把它阉了。"

男人低头看着这只巨型犬，咬紧牙关，一副认真思考的样子："还有别的选择吗？"

“有，打激素，推迟发情期。不过这治标不治本。”沈浅认真道。男人隐忍地看着这只狗，随后拿起手机拨了个号：“总裁，黑狗警长真发情了啊。医生说要么阉了，要么找只母狗。嗯，你说咋办吧……哦，明白了。”

男人挂了电话：“医生，一个晚上多少钱？”

沈浅莫名其妙，问：“你说什么？”

“找一只母狗一个晚上大概多少钱？”

沈浅深呼吸，回答：“我这里没有这个服务，不太清楚。”

厨师拽着那只巨型黑色犬一边走一边说：“走，给你找个伴去。”

沈浅看着一人一狗离去，舒了一口气，准备脱了白大褂下班。结果她刚把白大褂脱掉，就听见走廊里那男人嗷嗷大叫：“黑狗警长，冷静冷静。”然后又听见那只黑狗警长的惨叫。

沈浅一溜烟地跑出诊室，看到走廊里有两只狗在打架，旁边坐着夹起尾巴一直在发抖的浅浅。沈浅一愣，跑过去安抚了一会浅浅，又看看在一旁焦急万分，捶胸顿足的男人，问道：“怎么回事？”

“黑狗警长对这只拉布拉多犬发情，结果被这只狗阻碍，两只狗咬起来了。”厨师一脸担忧地说道，“哎呀，不要把黑狗警长给咬伤了，伤了我赔不起啊。”

沈浅连忙招手唤道：“混血儿，不要咬了，回来。”

这是混血儿第一次不听沈浅的话。只见它发了狗疯似的，对着黑狗警长一顿咬，那黑狗警长一看就知道是一只娇生惯养的宠物，连连被咬却无法反击，只能夹着尾巴一顿跑。混血儿不依不饶地在后一阵扑，黑狗警长哀叫连连。

那男人吓得满头大汗，又掏起手机打电话："总裁，不好了，黑狗警长调戏有夫之妇，被人家原配咬得半死啊……我拦不了啊，咬得很激烈。我们现在在市宠物医院呢，好，好。"

那男人挂完电话，用快哭的表情看着沈浅："这是谁家的狗啊？医生啊，赶紧拦着啊。"

"混血儿怒了，谁叫你家的狗试图当着它的面，强抢它的伴，这不是在阎王头上动土吗？"沈浅不屑一顾，男人点头哈腰："医生啊，要是黑狗警长有什么闪失，我们总裁会让我吃不了兜着走的。"

沈浅有些心软了，低头看向浅浅，发现浅浅正耷拉着头，无精打采的，夹着尾巴浑身发抖，显然是被吓得不轻。这黑狗警长也太胆大了，光天化日之下，竟敢强抢？要学也得学她家的混血儿，要神不知鬼不觉啊，笨狗。想必他家的主人也是笨得可以的人。

沈浅一脸看好戏的表情看着她家英武的混血儿，此时它还在展现它撕咬的本领。

"汪汪。"混血儿一声号叫，黑狗警长被逼到了墙角，张大嘴巴大口喘息着。男人拍着大腿，对沈浅一副英雄就义的样子说："医生，等下给我准备打狂犬疫苗。"

"啊？"沈浅一时没反应过来，只见厨师跑向混血儿那边，手里居然举起一把随身携带的弹簧水果刀！沈浅大惊失色道："死男人，你想干什么？"沈浅立即奔过去，狠狠地咬了一口那男人，只听那男人发出几百分贝的号叫，划破了整夜的宁静。

"发生了什么事？"突然一道低沉的男声传来。

缩在角落里的黑狗警长夹着尾巴跑到那男子旁边，沈浅也松了口，愣愣地看向来人。那厨师模样的男人张着大嘴，见到自家总裁立即垮了脸，委屈至极地喊道："总裁……"

男子虽然背着光，脸上的轮廓不是很明清晰，但是对于沈浅而言，他就是化成灰，她也认得。她暗恋这么多年的男人，就这样活生生地站在她面前。

那男子随意地朝沈浅瞟了一眼，有些愣愣的，而后又变得极为吃惊，难以置信地叫道："浅浅？"

沈浅轻轻咳嗽了一声，缓解自己的尴尬："你好啊，小耗子。"

那男子哭笑不得地说："多年不见，你还是喜欢咬人啊！我一直以为你喜欢咬人只是对我特殊呢。"

沈浅皮笑肉不笑的，忽而转头对混血儿说："混血儿，见过耗子叔叔。"秦昊把目光落在混血儿身上。只见混血儿看起来很不友善，一张嘴张大，鼻子发出不友善的哼声，全身的毛还竖起，充满敌意地看着他。

"这只狗跟沈浅你好像啊。"秦昊扑哧一笑，显然对混血儿的敌意不以为然。沈浅白了他一眼："这话什么意思？"

"难道你不记得我们第一次见面了？"

沈浅怎么会不记得？那是一段极其悲催的经历。她那次失忆醒来时，已经21岁了，却才读大一。那年几个学校组织夏令营，因为沈浅年龄大，老师特意让她去招待从邻市某高校来的交换生。那天下着滂沱大雨，沈浅又没有带伞，只能冒着大雨去接那些学生。沈浅所在的城市是一座古城，充斥着青苔味还有糜烂的腐木味。她在淋成了落汤鸡后，好不容易接到这些学生，偏偏这些学生却不敢跟她走，因为他们的班长也就是秦昊因为一时摄影激情迸发，先出去拍照去了。

沈浅火冒三丈，这个公子还真是有情调。无奈的沈浅问了问这位班长的大概特征，冒着倾盆大雨去找迸发激情的秦昊。她跑了四五条街，终于在炮火台下面，见到一位一只手举着黑色大伞，另一只手拿着高档照相机，安逸地在伞底下四处猛拍的少年。他穿着一件白色团队T恤，一条深蓝色的牛仔裤，一双名牌运动鞋。

沈浅开始号叫："乱蹿的耗子，归队！"

秦昊蓦然转头。在看清他的脸的一刹那，沈浅张着嘴傻在原地，好标志的混血帅哥。几乎同时，一辆汽车从她身边飞驰而过，水花四溅，全溅在她的身上，以及那张过于张大的嘴里……

悲剧就这么发生了。

秦昊轻轻一笑："那水甜吗？"

沈浅深呼吸，回道："比你口水甜。"

秦昊原本带笑的脸，莫名其妙地瞬间红了个通透。

每个少女总会对一类少年有着特殊的情感，美其名曰"情窦初开"。沈浅记忆里的情窦初开时她已经是老油条，刚准备奔三的人。不过就算年纪比较大了，她还是情窦开了。

沈浅从来不否认自己肤浅，确实，她因为秦昊那帅气的外表而对他一见钟情。虽然初见时被迫喝了一口脏水，但她印象里那黑伞下回眸一笑的倾城，从此挥之不去。

奈何这个少年一点儿也不懂得怜香惜玉，见沈浅在大雨中淋着，也不招呼她来他的伞下躲一躲，而是反问一句："你叫谁耗子？"

沈浅至今还对秦昊跟她说的第一句话耿耿于怀。她一个大活人要不是因为他，哪会遭遇那么悲惨，在大雨下挨浇，而且只不过说了下外号而已，却立即被他指责。他这么小肚鸡肠，真让人嫌弃。

因为怀恨在心，沈浅在大家相聚的一个月里，从此只叫秦昊：“小耗子”。

秦昊听沈浅说到“口水”事件，先是脸莫名地红了个透，而后想起往事，脸又白了个彻底。关于“口水”事件，可是说来话长。初见水火不容，秦昊烦沈浅给他取的外号，沈浅厌秦昊时不时的傲慢。

夏令营组织学生上山夜宿一个星期，考验个人野外的生存能力。为了促进学校之间的友谊，分成几组，一组两人。本来是同性一组，偏偏多了一个女生和一个男生。这种尴尬境地下，作为班长的秦昊自然只能委曲求全。而沈浅作为班里年龄最长的大姐，也只能硬着头皮接受。

于是，互相有偏见的两人，成了生死与共的“伴侣”。

沈浅身子弱，别看她身形如“奶牛”，看似健壮，实则不过是虚胖。爬个山就累得半死，她看着前面健步如飞的秦昊，而自己的嘴吧唧吧唧都没唾液了，一时又气又无奈。

她只能吃力地上山，摆出不服输的模样。沈浅原本是埋头爬山，不想早一步上山的秦昊突然在上面吆喝着：“奶牛，这里有大水塘。”

沈浅白了一眼，有水塘有什么奇怪的？又不是山上出现大海。沈浅继续保持着她的龟速，不过，还没等她安心地走几步，便听见山上面的秦昊在叫：“救命，我不会游泳……”

沈浅脑袋嗡的一声，加大马力上去，却见水塘里，秦昊在扑腾扑腾喊着救命。沈浅一下子急了，她焦急地原地打转，不知道怎么办。

眼看秦昊愈发疲惫，不再呼喊，身体一点点下沉，沈浅那心底无上的见义勇为精神突然迸发，扑通一声跳入水中。

一入水，沈浅却发现自己会游泳……

把秦昊救上岸后，他就昏迷了。沈浅给他做人工按压，他抖了两下，但没其他反应。沈浅盯着他的脸看了十多秒，最终下定决心，为他进行嘴对嘴人工呼吸。

要不是看在秦昊的脸很漂亮的分上，沈浅断然舍不得自己的“初吻”。不料，突发了悲催又恶心的事。沈浅在给秦昊做人工呼吸的过程中，由于给他输气过多，造成他反胃，卡在喉咙里的水喷出来了一点儿，就这样直直地喷进了沈浅正在吸气而张大的嘴里……同时，她对上秦昊那惊讶的表情。

秦昊回忆至此，有些无奈。他看向对面的沈浅：“这种往事，我们就不要再‘温故而知新’了。”

沈浅眉毛一挑，觉得此事确实不值得回味，而后笑着转移话题：“小耗子怎么回国了？”

秦昊略有惊讶：“你怎么知道我出国了？”

这个问题沈浅很难回答。她总不能告诉秦昊，她很关心他的事，没事就爱打听他的情况吧？要是她这么说，说不定秦昊会捧腹笑话她。

沈浅故作冷漠道：“哦，也不知道从哪里听来的。”

秦昊笑道：“其实我本来打算一辈子不回来的。”后面似乎还有一句，但秦昊并没有打算说下去，而是反问沈浅，“你是不是下班了？我送你回去吧。”

沈浅顺势回答："好啊。"

当沈浅见到秦昊那辆炫酷的迈巴赫以后，她不禁有些错愕。她不懂车，但她懂牌子。迈巴赫的价格不菲，她一直不知道原来秦昊是个有钱人。

"你家住哪？"

沈浅随意答了一句："江夏小区。"

秦昊一愣，眼睛情不自禁地往沈浅无名指上瞟了一瞟，见没有自己预想中的东西，不禁莞尔道："原来兽医这么能赚钱。"

"一个月工资不到四千，也叫能赚钱？"

秦昊没再说话，只是突然把自己的手机递给沈浅："留个电话。"

沈浅接过他的手机，意外地看到他的无名指上戴着钻戒。她一边把号码输进去，将手机递给他，一边问道："你结婚了？"

秦昊不说话，直接把手机塞进衣兜里，认真开车。沈浅自讨没趣，便保持缄默。看样子，秦昊是结婚了，然而沈浅却没有原本料想中的难受或是不甘，只是心里咯噔了一下，心情又马上平静下来。看来时间真的会慢慢抚平很多东西，她怀念他，忘不了他，也仅仅是因为，他是她再次有记忆以来，第一个喜欢的人而已。

秦昊把车停在江夏小区门口，对沈浅说："今儿就不登门拜访了，我还有些事。"

沈浅点头，干脆利落地下了车，摆手说再见。她打开后车门，却见混血儿直接压在黑狗警长身上，一副昏昏欲睡的样子，而混血儿旁边的浅浅则依靠在它的肚皮上，很有安全感的样子。

"出来。汪汪！"沈浅叫了两声，车里的两只狗立即跑了出来，只有那只黑狗警长坐在车上，愣愣地看向沈浅。沈浅笑着问秦昊：“你养的狗怎么那么愣？”

秦昊随意往后一瞥，轻笑道：“不是我养的。”说完，他立即转移话题，“我走了，回头联系。”

“哦。”沈浅目送秦昊的车子离开。

回到家，沈浅按惯例从上到下把房子打扫了一遍。她喜欢拿着抹布跪在地上洗地，这样不仅洗得干净，而且每一处死角也能洗到，虽然有点累，但她乐意。

她打扫得正起劲，家里的座机突然响了。沈浅吃了一惊，不敢去接。在尤然离开的这一个星期里，家里电话从没有响过，而且这通电话也一定不会是找她的。她连这家里的座机号是多少都不知道，怎么会告诉认识的人？沈浅便任由电话响着，自己干自己的。但打这通电话的人特有耐心，电话一直响个不停，一通又一通地打来，沈浅也极力保持着耐心，坚决不去接电话。终于，电话连续响了十多次之后，总算停了下来。

当沈浅洗了两层地板，洗到楼底的时候，她浑身已经被汗湿透了，衣服黏在身上，让她很不舒服。沈浅当机立断，直接把衣服脱了，剩下一件背心，分外凸显出身材，她跪在地上一阵猛搓，继续与地板战斗。

搓了一半，她准备去换水，顺便到楼上穿衣服。她刚站起来，大门便被人打开了。一束灯光偷偷溜了进来，在逆光中，一抹身影出现，修长的身形突然停止了动作，呆呆地立在门口。

沈浅侧脸看去，略有吃惊，虽然逆光模糊了那人的脸庞，但那空中飘来的清爽的柠檬香，便让她知道来人是谁。虽然有些惊讶，但沈浅还是很有礼貌地打了声招呼："欢迎回家。"

尤然却依然站在门口，有些哭笑不得地问道："你在干什么？"

"洗地啊。"沈浅自顾自地朝尤然走去，看上去相当的自然大方，尤然则一动不动。

沈浅大汗淋漓，笑呵呵地走到他面前："回来怎么不打声招呼？"

"刚才打过电话了。"尤然目光下移到她身上，停留不到三秒，便把目光移开了。沈浅挠挠头，本想上前扶他，因为刚洗完地有点儿滑，但她此时衣衫不整，有点不好意思。

"原来刚才打电话的是你啊。"沈浅这下有些不自在，缩了下身子，避免走光。尤然点点头，目光一直不敢在她身上停留。

"这个给你。"尤然忽而抬起手，他手中提着一个袋子。沈浅疑惑地接过袋子，发现里面是一套相当漂亮的睡衣！沈浅看到这么漂亮的睡衣瞬间激动起来，忘记一个男人给她买睡衣的尴尬，光顾着查看睡衣了。

"啊……"当沈浅看到睡衣标签上的尺码，她终于后知后觉发现一个问题。

尤然给她买的睡衣居然是她穿的尺码，他居然准确无误地买了这个尺码！就算有男人可以一眼看出她的身形，但他明明看不见，怎么会……沈浅一脸紧张地看向尤然："你……你怎么知道我穿这个码？"

"你不记得，我们上次摔到一起了？"尤然忽而淡然一笑。沈浅的脸上立即染起红晕，很不自然地傻笑道："谢谢你的礼物。"

“我第一眼看到这套睡衣，就觉得很适合你。”

“你怎么看啊？”沈浅歪着脖子用手在他眼前晃了晃，很疑惑。

尤然一愣，扑哧一笑：“说错了，是老张第一眼看到这套睡衣，就觉得适合你。”

“……”沈浅一时呆掉了。

第二天，沈浅休班，她便打算睡到让暖暖的阳光亲吻自己的脸颊才起来，于是她故意拉开窗帘，让早上的阳光能照射进来。结果阳光一大早就兴奋地跳跃在她的眼皮上。沈浅也说到做到，老老实实地爬起来，不过当她看到床头柜上的闹钟时，她有种欲哭无泪的感觉，才7点太阳就升这么高了，这是为什么？

答案是此时是立夏时节。

沈浅一边打哈欠，一边趿拉着拖鞋从卧室走出来。她以为她起得很早，可当她走到二楼栏杆旁俯视落地玻璃窗外之后，才知道自己不是最早起的鸟。

尤然穿着洁白的棉质T恤，脚上踩着黑色人字拖，正蹲在门口，一手给混血儿喂食，然后时不时地摸一旁慵懒的浅浅。

画面熠熠生辉，白光映射在他高挺的鼻梁上，慢慢顺着他深刻的五官流转，他有很优美的下巴弧线，不是仅仅用清俊就能形容得了的。

沈浅脑子里忽而闪现出秦昊的轮廓来。当初她第一次见到秦昊，被那种极具视觉效果的模样所震惊，从而一见倾心。但那时她总会不时地把脑海里模糊的另一个人的轮廓与秦昊重叠，总觉得那才是她要找的人。

此刻，她发现，尤然的轮廓更能与心中的身影吻合起来，那是一种心头契合的感觉，没由来，如此莫名其妙。沈浅忧伤了一把，还在沉浸其中时，她家的混血儿忽然站了起来，直接朝她奔了过来。

可惜，这狗跟它的主人一个德行，不知前面有一面透明的玻璃，直接撞到玻璃上，撞得脸部扭曲，“汪汪”叫个不停。尤然一愣，透过玻璃看向楼上扶栏旁的沈浅，微微一笑，笑容灿烂得比朝阳还刺眼。

沈浅错愕不已，他这笑容太令人销魂了。

一阵电话铃声突然响起，眼见尤然起身想要去接电话，沈浅那怜悯之心又荡漾起来。她急急忙忙地下楼，本想抢着去接电话来着，也不知是还沉浸在尤然那销魂的笑容里还是怎么的，她在下楼梯最后一格的时候，不幸脚崴了一下。沈浅这一崴，脚踝瞬间传来剧痛，身子立即支撑不住，一屁股坐在地上，嘴里发出痛苦的呻吟。

尤然听见动静，立即跑了过来，在她身边蹲下，低头关切地问道：“伤到哪里了？”

沈浅一边龇牙咧嘴，一边却逞强道：“没什么，没什么。你赶紧去接电话。”

尤然不动，抬头看向沈浅。沈浅本想报以安慰的笑容，表现出自己一点儿事都没有，但突然意识到尤然眼睛有疾，笑也是白笑，于是隐忍地说：“真没事，赶紧去接电话。”

电话还是不停地响着。尤然咬咬牙，走了过去，拿起电话语气冷淡地道：“喂，你怎么打电话来？是吗？恭喜。”尤然在那头沉默了一会儿，随即语气柔了许多，“你的消息真灵通。”尤然说到这，把目光转向沈浅，眼底流露出太多的温柔，“嗯？呵，你还是老样子，不打声招呼……好，我等你，拜拜。”他说完话，挂了电话，重新走到沈浅的面前，蹲下身子，直接把她打横抱起。沈浅惊呼道："干吗？"

"我只是把你送回房间休息而已。"

……

沈浅只能瞪大眼睛看着尤然一步步地上楼，那眼波中虽没任何情愫，但总带着鲜有的光。沈浅想：他眼睛看不见，还能走得这样的稳健，实在是难得。

"尤先生，你住在这里多久了？"

尤然一愣，原本聚光明朗的双眸顿时暗了一暗，勉强一笑："这是我出生的地方。"

沈浅瞪大眼，一脸惊奇道："哇，这房子看起来很现代，不像年代久远的啊？"

"翻修了一遍，不过布局没变而已。"

沈浅心头的疑问更重了。众所周知，尤司令现居的房子是曾经法国租界遗留下来的老房子，并且自从尤司令来到这座城市就一直住那里，为何这里还有一所旧房？而且江夏小区是新开发的，怎么还遗留这栋房子？满腹的疑问不得不让沈浅仔细地盯着尤然看。反正他看不见，又不会知道自己一直在偷看他。

尤然却扑哧笑了起来，问道："沈小姐今年大概25岁吧？"

"呃，是。"被尤然这么突然一问，沈浅觉得有些莫名其妙。

尤然又笑说："我实际年龄是26岁，但是我户口本的年龄是28岁。我小时候很笨，跟那些大龄孩子读书，一直跟不上，后来，我终于如愿以偿地一直留级。"

"啊？"

"我那时只是想跟一个女孩同班而已。"尤然抿嘴苦笑，话里带着小小的忧伤，“可惜，我后来还是失去她了。”

此时，两人已经到了沈浅的房门口，尤然忽而转移话题：“把门开一下。”

沈浅照做了。门打开以后，尤然便把沈浅放到床上，他则坐在床的另一头关切问道：“你活动下脚踝，看看疼不疼。”

沈浅点点头，这脚一动则牵动全身，疼得她差点咬到舌头。尤然见她如此表情，也不作声，而是掏出电话，拨了一个号：“你什么时候到？还没出门的话，顺便带点跌打药水……谢谢……还是要客气的。”尤然轻笑，把电话挂了。沈浅很想问他电话那头是谁，但总觉得这样显得她有点多管闲事，所以只好保持缄默，轻捶自己的大腿。

“咚咚！”忽而有人敲门，声音不大且断断续续的。沈浅想：不会这么快吧？随叫随到？尤然起身去开门，只见混血儿从尤然脚下窜出来，它跑到沈浅的床下，用那双水汪汪的大眼睛盯着她。沈浅哭笑不得，摸了摸它的头，顺了顺毛，可怜兮兮地说：“你女人的脚受伤了。”

混血儿两腿立起，搭在床上，又往沈浅的身上拍了拍。沈浅呵呵笑道：“我家混血儿还是知道关心我的。”

尤然看这一人一狗相互逗趣的模样，不自觉地轻笑起来。这时他的电话又响起，他拿起接听：“嗯，我下去接你。”他转头对沈浅说，“你先老实待着，我下去接个人，待会让她来帮你看看脚。”

对于家里突然有人来访，沈浅的反射弧还没完全接收到信息，待终于想点头的时候，尤然已经不见了。沈浅无趣地抿抿嘴，逗弄着混血儿。

过了一会儿，沈浅卧室的门再次被推开。先是尤然进来，他对沈浅一笑，身后便有一女子跟了进来。沈浅不好形容这个女子，她一双媚眼风情四溢，一头亚麻色卷发温柔地披散在肩头，一身设计考究的名牌衣服勾勒出她高挑的身材，更显得她楚楚动人。只是这个气场强大的富家女挂在嘴边的那个微笑，让沈浅觉得很不自然。她从见到沈浅开始始终保持微笑，唯独第一眼的时候，眼底好像有一闪而过的无奈。

“你好，我叫于橙。本来是想来看看老朋友，没想到又要让我干回老本行。”那女子先自我介绍，随即无奈地调笑道。

沈浅有些不太懂她的意思。只见于橙坐到沈浅的床沿，用手按了按沈浅的脚踝，沈浅一痛，立即叫了起来。于橙似乎明白了什么，转脸对尤然说：“没什么，应该是韧带拉伤。吃点治跌打损伤的药，一个星期不要下地，应该不会有什么大碍。”

“你还是很专业的。”尤然似带调侃又不似调侃地说。

于橙站起来，双手抱胸说道：“是不是后悔没娶我了？”

这句话，不仅让沈浅大吃一惊，就连尤然都是一愣。然而于橙却并没有打算圆场的意思，只是一脸认真地等待尤然的回答。

“你已经订婚了。”尤然面带微笑。

沈浅自然瞄到了于橙左手上那枚闪亮的钻戒，很精致很晃眼，并且上面镶的钻的大小也足够吸引人注意。

于橙捏拳呵呵一笑，对尤然说：“我三个月以后举办婚礼，你来吗？”

“自然。”尤然抿嘴微笑，表情看起来很淡定。

倒是沈浅这只好奇猫带着一脸的兴趣，她总感觉这两人之间有着不可告人的秘密。于橙忽而侧头看向沈浅，沈浅只好立即收回探究的目光，摆好表情，微笑以对。

“记得带上沈小姐。”于橙侧目的这一望，虽说不上眼神中带着锋利的挑衅，但是沈浅还是感受到了一丝深藏的敌意。

“那得看她愿不愿意了。”

沈浅本来对于橙一点儿好感都没有，如今加上这眼神，心里就更有芥蒂了，她笑道：“于小姐既然请了我，婚礼怎么能不去？见见世面也好嘛。”

于橙保持着她那副傲慢的姿态，突然她的手机响了起来，她按下接听键：“喂？哦，我在医院看看朋友呢……嗯，我待会儿就去。”于橙挂了电话，反而不敢看尤然了。

尤然却表现得太过云淡风轻，他淡淡地说：“他叫你回去你就回去吧。”

于橙点点头，又朝沈浅点头示意：“我先走了。对了沈小姐，我给你带的外敷中药一天一次。”

沈浅冲她点头，而后目送两人一起离去。人去楼空，沈浅的心情忽然也低落了起来，到底是为何低落，连她自己都不知道。只是猜想到于橙和尤然是什么关系的时候，她就莫名的抑郁。

她发现，她对尤然，了解得太少了。

第五章

CHAPTER 5

有个假想的情敌

自从见到于橙后，沈浅看尤然总是别别扭扭的。初见尤然，因为他看不见，眸子总是会发出幽幽的光芒。可自从他这次回来，在这一两天里，沈浅发现，他的眼里的光是澄澈的，一直在闪烁着的，偶尔俩人互相对视的时候，沈浅总感觉他在看着她，可她又不能确定他是不是在看她。

直到第三天，沈浅一大早起床，准备出卧室上班，门一打开，正好与同出来的尤然碰个正着，两人又对视了。

“一听动静，就知道你要上班了。”尤然一直盯着她看。

自然，盲人的目光会长时间盯着一个地方不移开，但沈浅极其不喜欢他的目光在她身上停留这么久，感觉他能透视，把她看得精光。于是沈浅蹦到离刚才的位置两步之遥的地方，再次看向尤然，很好，他的目光没移开。

沈浅轻轻咳嗽一下：“时间差不多，我得上班了。”

“这个给你。”尤然忽而抬起手，沈浅这才发现他手里攥着面包和牛奶。

沈浅一愣，蓦然发现，这么长时间，她的注意力全在他的目光里，竟没察觉到他手里的面包和牛奶。沈浅不免失笑一番，接受尤然的好意：“谢谢。”

“同谢，这段时间多亏你的照顾。”

沈浅呵呵笑道：“你那么乖，根本没给我机会照顾。”

尤然的表情僵硬一下，哭笑不得：“这样啊，那我今天不乖一次好了。”

“啊？”

“你回来就知道了。”尤然依旧保持着他惯有的浅笑。

沈浅不能再多聊，于是就此告别上班去了。但她心里还是有些纳闷：她回去，尤然到底要怎么不乖？把家里弄得天翻地覆，让她收拾？故意生病或者摔倒让她照顾？还是离家出走让她找？

沈浅越想越荒唐，最后竟然想：难道尤然会把她家的混血儿煮了吃掉？

带着忐忑不安的心情，她恍恍惚惚地上班去了。

夏日时节，天气炎热，吃东西也要有一定的讲究。也许是因为细菌易滋生，再加上高温很容易让食物变质，很多人因此生病。而狗更是那种不能辨别食物质量，眼中只有食物数量的动物，病的概率就更大了。

不是夸张，宠物医院的门槛都要被狗的主人踩破了。宠物医院也就几个诊室，几乎个个门庭若市。就连沈浅的产科，医生们也一样忙得焦头烂额。当然，狗狗们的病情也是五花八门。

沈浅忙活了一上午，连喝口水的时间都没有。沈浅见这样的形势看来中午是不能回家做饭了，她打了个电话给尤然。

“喂？”电话那头接通了。

“尤先生，不好意思，我今天很忙，没办法回家做饭，今天中午你能叫外卖解决吗？”

“没事，你忙吧。”

“谢谢。”还未等尤然再开口，沈浅已经挂断电话，继续工作。

另一头，尤然一脸惋惜地挂上电话。一直站在他旁边的老张忽而开口：“少爷，车备好了，赶紧去吧，老爷不喜欢迟到。”

尤然叹口气道：“他不是说不再管我了吗，怎么今儿又叫我过去？”

“少爷，您这眼睛也好了几天了。老爷知道你肯复明别提多开心，作为儿子，看看父亲是应该的。”

“儿子？父亲？”尤然冷笑道，“知道了，去看看我那高处不胜寒的父亲。”

老张见尤然这种态度，也习以为常了。老张知道，尤然少爷性子一向淡然，对每个人总会报以微笑，平易近人，无论言语还是表情，都礼貌得体。只有提到他的父亲，他才会情绪失控。

老张跟尤家老宅子的管家来往比较密切，道听途说了一些事。对于尤然为何不待见自己的父亲，也有了一些头绪。

其实当初尤司令不止一个儿子，而是三个儿子，但其他两个儿子分别在十五年前和七年前去世了。而他的那两个儿子，一个是尤然的同父异母的哥哥，一个是尤然的亲弟弟。

在尤然的母亲和尤司令结婚之前，尤司令曾经有过一个女人，并育有一子。只是最后由于不知名的因素，两人没有在一起。

这个孩子由尤司令抚养，几乎可以说是被宠到无法无天的程度。而对于尤然和他弟弟，尤司令几乎不管不问。

至于这个长子怎么死的，老宅的管家含糊其辞，只称是意外死去。而那个幺子，则是在四岁玩耍时意外坠楼而死。当时尤然的母亲带着尤然去学钢琴，而作为父亲的尤司令却只带长子出去游玩，把幺子留给保姆看管。保姆因为去客厅接了个电话，就这么点时间，孩子就没了。

老张猜测，这件事，便是这家庭悲剧的开始。

尤然失去母爱是在他弟弟死去的第二年。他母亲抑郁成疾，不治而终。尤司令的这种态度，带给尤然的伤害是无法用言语表述的。

如今，尤司令也就只剩尤然这么一个孩子了。老张望着尤然消瘦的背影，叹了口气，心想：这对父子的隔阂什么时候才会消除呢？

傍晚，沈浅突然打了个喷嚏，她吸了吸鼻子，抬头看向时钟，指针已经指向七点十分。沈浅吁了一口气，伸个懒腰，今天终于忙活完了。整个宠物医院也特别安静。一般这个时候，要不是紧急情况，狗主人也会选择第二天再来。

李美丽手里拿着一本杂志，一副悠闲的样子，问道："下班？"

"下班时间早过了吧？"沈浅委屈道，"我要找院长要加班费。"

"得了，院长的人影都没见过呢，还要加班费？"

"呃……"沈浅耷拉着肩膀，表示很无力。

李美丽说："我今儿难得买一本杂志准备上班时间消遣一下，没想到忙得我连喝水都没时间。"

沈浅汗颜，这大家都忙得恨不得多长七八只手了，她还想翻翻杂志消遣呢……

李美丽接着说："发什么愣啊？下班了，赶紧收拾，我送你回家。"

沈浅的眼睛里立即亮起无数颗闪亮的小星星，含情脉脉地望着李美丽："美丽，我爱你。"

李美丽已经坐在沙发上，双腿交叠，捧着杂志阅读起来，眼皮都不抬一下，很随意地说道："宝贝，我也爱你。"话虽煽情，但这人的态度……沈浅选择忽视，收拾收拾准备打道回府。

"现在的有钱人真奢侈，不就订个婚嘛，居然包下豪华大游轮环游世界一周。由于游轮太大，请的人太少，在民间举办抽奖，得奖者可被邀请免费环游世界一周！竟然有这么好的事！"李美丽一边看杂志，一边碎碎念个不停。

沈浅随声附和道："显摆呗。"

"首富的孙子，难怪。"李美丽冷哼一声。

沈浅一愣。李美丽继续说："什么！开……开国际玩笑，这新郎的爸爸是白种人，妈妈是黄种人，噗……这首富秦政是黄种人，生儿子也应该是混血儿，怎会生出白种人？"

沈浅听了晕了一晕，不免停下手中的活，问了一句："可以说简要一点儿吗？"

李美丽白了她一眼："秦政是黄种人，儿子会是纯白种人吗？"

沈浅摇摇头。

"这不就得了，所以这秦政的儿子肯定不是亲生的，那么这个新郎……呃，叫什么名字来着。"李美丽往杂志上看了一眼，"啊，啊……新郎是秦昊！"

秦昊原来这么有钱啊，他是首富的孙子，虽然不是亲生的。沈浅根本没有管李美丽的大呼小叫，只是第一时间脑子里冒出来这个想法。

"哇，浅浅……"李美丽又大呼小叫起来，突然抬头，眼睛发出金光，嘴角带着狡黠的贼笑，"我们等下去百货商场。"

“干什么？”

“买东西啊！”

“我不缺东西啊！”

“凡是在百货商场六楼购任何商品，可以领取一张抽奖卡，抽中能免费环游世界一周啊！”李美丽看起来特别兴奋。

沈浅嘴角抽了抽，斜睨着她。

李美丽忽而大彻大悟：“对哦，我忘记浅浅对秦昊念念不忘。这新郎是秦昊，多大的打击啊，新娘不是你。哎，可怜的浅浅。”李美丽摇摇头，相当的无奈。沈浅也一脸无奈地看着她。李美丽忽然站起来，走过来拍拍她的肩膀：“天涯何处无芳草，何必单恋一棵杂交水稻呢？”

“我没有。”沈浅很幽怨地道。

“没事，带你喝酒疯一疯。”李美丽把手搭在沈浅的肩膀上。

“我没有。”沈浅开始委屈了。

“酒吧里说不定能找到更好的另一半，走。”李美丽开始拖着沈浅出去了。

“我真没有。”沈浅誓死不从。

“怕什么？有我在呢。”李美丽完全不理会沈浅的反抗，继续拖着她走。

“我发誓，我一点儿难过都没有。”

“还有我家那位在呢。”李美丽不听，还在拖。

沈浅极力反抗，最终妥协，很痛苦地说：“好吧，我们去百货商场购物。”

李美丽嘿嘿奸笑，拍拍沈浅的肩膀：“好样的，大大方方过去，面带微笑看他被婚姻缚住。”沈浅皮笑肉不笑地想：这奖还没抽呢，就想到以后了。再说，别以为她不知道，李美丽的目的不是安慰她，而是忽悠她去百货商场购物。

百货商场六楼卖的都是礼服，各色的不同款式，自然还有不同的档次。沈浅与李美丽都是比较节约的女人，一般月工资一半以上会存入银行，每三个月会开出一点资金给自己打点一下。

原本两人合计着花个一两千，买一套衣服差不多了。可没想到六楼虽然只卖不实用的礼服，但依旧人来人往络绎不绝，显然来此的目的不过都为了那个抽奖而已。

两人面面相觑，花那么多钱买一件不实用的东西，去抽一次奖？而且又不是百分之百中奖，虽然概率很大，有百分之十五的概率，但并不是人人都能那么好运。

略微有些经济实力的人也许不会在意，但对沈浅这种月收入只有四千又生活在一线城市的人而言，这是一笔不小的挥霍。李美丽咬咬牙，一狠心道：“买一次，要是中了就发了。”

沈浅睨了李美丽一眼，一时说不上话。她还真舍不得钱去买一件她以后绝对不会穿的礼服。李美丽拉起沈浅，带她去了一间Rochas品牌的礼服销售柜台。

这种品牌卖的礼服比较多样，一般都是为客人搭配好一整套。李美丽一眼就看上了木偶模特身上穿的那件，以黑色的绣花天鹅绒和白色的珠绣轻纱两层质地拼接成的连衣裙，再配上白狐坎肩，看起来极其优雅。

柜台小姐走来，向她们介绍道：“这款是今年Rochas首席设计师所设计，目前全国只有三件，我们商厦也是今天刚进的，仅此一件。”

限量版？沈浅第一反应便是：这款衣服可能是天价。李美丽也猜到了这价格肯定不菲，只是摇摇头看向别处。沈浅就跟在李美丽后面当个小跟班，随便看看，其实她真的不想买，对于免费环游世界她还真没兴趣。

说起来也奇怪，李美丽就只愿意逛这一个柜台，来回转悠，想挑选一件合自己心意的。终于，她在一款看起来比较简洁大方的黑色及膝的礼服前停了下来："就要这件。"

沈浅瞄了下价格，不禁苦笑。这件礼服虽然不是这里面最便宜的，却是Rochas公司首席设计师的设计里最便宜的。

柜台售货员为李美丽开了单子，李美丽便拿着去收银台交钱，留下沈浅独自一人在Rochas柜台。

"小姐，您也要挑一件吗？"看着面带微笑的柜台售货员，沈浅顿觉不好意思，随意地瞟了几眼，最后指着刚才那套限量版的衣服道："这个。"

柜台售货员惊喜过望："小姐您要买？"

"是啊，我挺喜欢那上面的胸花，挺好配衣服的。呵呵。"沈浅傻笑中。然而柜台售货员已经石化了，原来沈浅要买的不过是那件限量版礼服上的那朵葡萄紫的胸花……

柜台售货员无奈地开了个单子递给她说："小姐，到收银台交钱。"

"好。"沈浅灰溜溜地拿起单子转身，偷偷地吐了吐舌头。只是她刚抬起头，迎面就见秦昊正双手抱胸，似笑非笑地看着她。

沈浅顿了顿，突然感觉自己很丢脸，本想当作没看见他来着，不想刚迈出一步，他就叫住了她："浅浅，真巧。"

沈浅强扯着笑脸，停了下来，回道：“呵呵，真巧。”

“买礼服？”

沈浅挠挠头，很不好意思地说：“其实就买个胸花。”

秦昊一听，先是一愣，继而扑哧大笑：“我服了。”

沈浅朝天翻个白眼，她也不想投机取巧，只是由于李美丽激情过剩，她这闺密不得不一起激情一把，但资金不足，只好意思一下就算。

沈浅连忙转移话题，笑意盈盈地道：“忘了恭喜你，新婚快乐。”

沈浅未察觉到，秦昊那好看的眉宇瞬间蹙成一团，脸上也失去了笑意，他半翕动着唇，似乎想说些什么，又找不到该说的话。

“浅浅。”他突然开了口。

沈浅抬起头看向他，却见他正专注地凝视自己，只听见他说：“我们私奔吧。”

沈浅脑袋一嗡，忽然感到自己在做梦。

两人就这样旁若无人地互相凝视，谁也不肯退让一步，都在等对方先开口。不过，天不遂人愿，结完账的李美丽走过来，看见两人正相互凝望，不禁“呀”了一声，声音虽小，但足以让两人回过神来。

沈浅呵呵地笑着说：“小耗子，我先去交钱。”而后，她灰溜溜地跑去了收银台。李美丽望了望沈浅那逃窜的背影，再看向迎面朝她而笑的秦昊，一时如丈二和尚般摸不着头脑。

一朵胸花的价钱是八百块！沈浅付款的时候，真想吐血。她这是图什么啊？就为一张抽奖券？真是赔本生意。她萎靡不振地回到专柜时，秦昊人已经不见了。沈浅把付款后的单子递给柜台销售员，销售员则把一个包装很精致的袋子递给她。

“天哪，浅浅，你真舍得花钱买那件衣服。”

“啊？”沈浅也有点奇怪，她明明只买了一朵胸花来着，怎么袋子里面居然装着那件限量版的礼服？

沈浅带着疑问的目光望向柜台销售员，柜台销售员只是淡淡一笑，对她说：“买一送一。”

“……”这真是让人崩溃的事。

尤其是李美丽，她整个人都崩溃了，她连忙看自己的袋子，里面只装有一件，她问：“为什么她有我没有？”

“只针对这一款。”柜台销售员依旧面如春风，很淡定地说。

于是不淡定的李美丽双手握拳，想撞墙的心都有了。岂有此理，居然有这种天方夜谭的事？买个价值八百的胸花赠送一件价值八万八千八百九十八元的礼服？

开什么国际玩笑！

沈浅也是忐忑不安地带着这件礼服走出去。李美丽红着眼睛，眼巴巴地望着沈浅手里提的袋子，嫉妒地说道：“你真走运。”沈浅不答，只觉得心慌慌的。这整个事件实在让人难以理解。

两人走到抽奖地点，李美丽把单子给客服人员，那人看了小票，为她调整好电子自动转动系统。屏幕上滚动着不同的字符，要是停下时字符是“百年好合”四个字中的任意一个字，那么便是中奖了。

李美丽有些紧张地按了按钮，在字符渐渐减速的这段过程中，她的心都快跳出来了。当屏幕上最后赫然出现一个“好”字时，李美丽想哭的冲动都有了。

“恭喜，这是邀请函。”客服人员把一封红色请柬递给李美丽。李美丽接住，狠狠地亲了一口。

沈浅把单子递给客服人员的时候，有点儿不好意思。毕竟她只是买了价值八百的一朵小胸花而已。

“哦？Rochas最新款？”客服人员保持平易近人的微笑，从抽屉里拿出一封红色请柬，说道，“只要购买这款衣服的顾客，就能获赠豪华游轮免费券。”

“……”这是沈浅今天第三次在百货商场无语了。

原本就很高兴的李美丽此时哭笑不得：“浅浅，我想是他故意的。刚才Rochas的柜台售货员接到一通电话，就把那件衣服塞进去了。”

其实沈浅也猜到了。这家百货商场在秦政公司的旗下，秦昊来这，无可厚非。有一定的权力，也是无可厚非。只是秦昊这么安排，是想让她上豪华游轮参加他的婚礼，还是作为朋友，为她实现一个环游世界的梦？

沈浅也不知道他的意图到底是哪一种。

李美丽开车把沈浅送到家门口，便直接掉头离开了。沈浅到家刚把家里的大门打开，混血儿就扑到她身上，一顿乱舔，把她吓了一跳。她抽空看了下家里的大厅，却没见到尤然的影子。

奇怪，平时她回家，尤然都会静静地坐在沙发上，然后露出温暖如熙的微笑，对她说：“你回来了。”

可今天，他却忽然不见了，倒让沈浅有些无所适从。她放下混血儿，上楼喊了下尤然，却没有人应声。沈浅更是纳闷了，而后又想起尤然说的要使坏，一下子全身汗毛都竖了起来。不好，难道她早上的设想变成了现实？他已经离家出走，等着她去找？

沈浅这么一想，立即给老张打电话。

“喂？”老张略带诧异地接了电话。

“不好了，你家少爷离家出走了！”沈浅在这头慌张地说道。

老张先是一阵错愕，而后把目光投向前面那高而悬立的紧闭大门，他家少爷明明在里头，怎会离家出走？随后他想明白了似的笑了笑，对沈浅说：“少爷在老爷这呢，今儿晚上可能会晚点回去。”

沈浅怔住，悬着的心也跟着放下来，呵呵笑道：“那就好，吓死我了。”

“难为沈小姐这么关心我们家少爷。”

沈浅的心又吊了起来，她也许太过关心尤然了……

她只好咳嗽两下：“一个屋檐下，照顾照顾是应该的。”

“以后还请沈小姐多照顾我们家少爷，各方面都要体谅下。”

沈浅挂完电话，顿时觉得有点空虚。她拿起放在沙发上的那件礼服，心里有点小小的颤动，她从来没穿过晚礼服，更别说是这么贵的了。反正现在家里没人，她要穿上看看。

于是她便把袋子打开，直接脱下自己身上的衣服把礼服换上。由于这条裙子是从下往上穿，抹胸露肩的晚礼服，最大的特点是突出胸部线条。但这条裙子一个人是无法完全穿上的，背后的拉链自己不能拉上，沈浅只能作罢，还好她有大胸撑着，裙子不会掉下来。沈浅的身材其实真的好得没话说，一米七的高挑个子，凹凸有致的曲线，再配上她精致的小脸，也可算是个美人。

世界上没有丑女人，只有懒女人。沈浅就是个不爱打扮的懒女人，所以如此的人儿就只能淹没在人海中。今儿这件晚礼服档次极高，极大展示了沈浅深藏已久的气质。

一旁的混血儿一双乌溜溜的眼睛盯着沈浅看。沈浅看向它，只见它突然用嘴扯着她的裙摆。沈浅惊呼一声，连忙护住自己的胸前。

晚礼服都是抹胸式样，本来就容易走光，如今这只狗狗一扯，更是岌岌可危，立马要掉下来了。

沈浅只好一屁股坐在沙发上，减少点冲力，然后开始教育这只捣蛋的狗。

混血儿终于不再闹腾。今天沈浅一直在忙，这下一舒坦，脑袋就变得沉甸甸的。这舒软的沙发更让她全身放松，于是她就此躺下，直接倒头就睡。

她这一睡着，可是直接睡得很深了。

直到……

沈浅感觉她的裙子又有被彻底拉下的危机，才慢悠悠地把眼睛睁开一条缝，半眯着眼睛看见浅浅和她家的混血儿正在一起扯她的裙摆。

她一愣，浅浅回来了，那么尤然……

“浅浅。”尤然的声音忽而在她头顶上响起。她把头摆正，只见尤然正坐在她旁边，俯身盯着她看。

不对，他的眼神怎么会发出如此灼热的光芒？还有，他的呼吸中带着浓浓的酒气。沈浅一愣，刚想坐起来，尤然却忽然捧住她的脸说道：“还是我的浅浅。”

“你……”他居然可以看得见？沈浅还没开口质问，尤然突然把她压下，狂风暴雨般地吻上她的嘴。

沈浅根本没有抗拒的力气，因为她在努力地保护着她的礼服，双手死死拽着自己的礼服，不让它被脚下的两只狗扯掉……

眼见一场悲剧即将发生，沈浅是真的急了，她只想推开尤然。她刚一发力，却听见尤然闷哼一声，他说：“疼……”

“尤先生，你清醒一下。”沈浅终于恢复了理智，呼唤突然性情大变的尤然。

尤然微微抬起下颌：“你难道认为我不清醒？”

“你喝酒了。”沈浅把身体缩成一团，担忧地看着眼前这个令她感到陌生不已的男人。她还是更适应那个虽然眼睛看不见，但永远面带微笑的淡漠男子，至少她不会感到如此慌张。他的眉宇，他的拥抱，还有他那双灼灼发光的眼睛，让她有种恍如隔世再相逢的错觉。

尤然蓦然用手抬起沈浅的下巴，目光紧紧地看着她，一字一句地说道：“你太瞧得起这酒了。”说完，他低头瞟了她一眼，面容依旧，淡淡的目光里，若有若无地掠过一瞬间的火花。

沈浅被他看得火了，生气地说：“你个骗子！”她终于反应过来，尤然的眼睛已经好了。

尤然极具危险性地挑眉一笑：“骗子？是吗？”那么轻巧的反问，却带着极致的吸引力，沈浅因为他这轻薄的语气而躲闪他灼热的目光，侧脸不去看他。

尤然轻轻叹息，背脊挺直，从她身上爬起来，坐在沙发上打开电视，如入无人境界般地开始看起电视来。沈浅磨磨蹭蹭地坐起来，双手捂住胸口，眼神瞟向尤然。只见他面容柔和，长卷的睫毛下那双漂亮的眼睛盯着电视屏幕，柔和的光洒到他脸上，那么优美的侧脸线条更是让沈浅心头柔软几分。

忽而，尤然侧头看向她。沈浅心头一震，身子一缩，紧张兮兮地看着他，害怕他又做出什么不同寻常的举动。尤然突然解开身上衬衫的扣子，沈浅颤抖地问：“你要干什么？”

“脱衣服。”

“脱……脱衣服干什么？”沈浅往沙发里缩了缩，惊恐地看着他。

尤然把衣服脱下来，一把扯出躲在沙发角落的沈浅。沈浅大叫：“我不是随便的人。”尤然并未辩解什么，而是把他脱下来的衬衫穿在沈浅身上，面无表情地为她扣好扣子，最后把目光锁在沈浅表情错愕的脸上。

尤然帮沈浅穿好衣服，捏了捏自己有些疼的额角，目光落在蹲在沙发下面的两只狗身上。浅浅的肚子下面垫着那件礼服，混血儿来回衔着礼服的裙摆，把礼服堆在浅浅的肚子下面，让它能更舒适点。

尤然笑了。

沈浅难过地看着那件被糟蹋的礼服，这么高档的礼服，竟然沦落到给狗当睡垫的地步！其实她很想挽救这件礼服，奈何此时她最好保持低调，以免惹到眼前这个阴晴不定的男人。

尤然忽然站起来，准备上楼。沈浅看着他离开的背影，立刻光着脚丫追了几步，喊道：“尤先生！”

尤然转过身，见沈浅穿着他那件松垮垮的大衬衫，正无措地看着他，他脑海中蓦然浮现一个画面。

那年是夏末，枝头上的知了已经钻进土里，蛰伏起来。天气总是多风，有些微凉。还是在这栋房子里，不过那时还是老装修，以红木为主，空气中都能闻到来自大自然的木质清香。一个少年穿着白色T恤和休闲裤，背上背着军绿色画板朝这间屋子走来。

雨后的下午，微暖的阳光洒在茂密的梧桐树上，落下参差不齐的光斑，少年走在树下，手里提着一袋橙子。他刚开启门，里面便传来脚踩木板“噔噔”的声音，在他还未反应过来时，一团白影冲向他，随即攀到他的身上，双脚夹住他的腰肢，死死地抱住他。他条件反射地反抱她，怀里的人撒娇道：“我闻到橙子的香气了。”

“我还以为你闻到我身上的味道呢。”少年呵呵一笑。

少女把手环在他的脖子后面，对他笑说：“你身上充满了橙子味。”

少年这才发现少女身上穿着他的衬衫，她的身形很小，撑不起来，松垮垮地耷拉在她的身上，加上刚刚沐浴完身上残留着沐浴露的清香，带着少女娇俏的味道。

少年微微侧脸，说：“乖，下来。”

少女蹦跶下来，迫不及待地拿过少年手里的袋子，数了数里面的橙子，兴奋的小脸蛋红扑扑的，倒让少年看得一愣。

更让他错愕的是，少女光着脚丫，莹白的皮肤好似泛着光，长发披散在一侧……

少女拉着少年，略带失望地说：“你房间里好多画哦，怎么一幅我的都没有？”

“我不画人物。”

“那你帮我画一幅嘛，走啦。”少女把少年拉上楼。进入卧室以后，她坐在床上，双腿盘着，一副要静坐的模样，对他说：“你慢慢画。”

少女说着，便又开始剥自己的橙子。

“我帮你拿水果刀，别这么剥，太费劲了。”少年刚准备站起来，少女立即把他拉下去，坐在他身上，把剥好的橙子塞到他的嘴里：“橙子剥出来的才有味道。”说着又塞了一瓣给他。

“你辛苦剥的，全给我吃啊？”

少女晃了晃手中剩下的橙子，塞到自己嘴里：“哪能这么便宜你？”

少年忽然把嘴凑过来，调皮道："就要便宜我。"说着就要抢露在外面一半的橙子，少女急忙吞了剩下的橙子："我吃完了，哈哈！"

少年毫不气馁，道："是吗？"说完，双手捧起她的脸，对着她的唇吻了上去。

尤然闭起眼，想忘掉这幅画面，然而那段记忆历历在目。他凝望着眼前的她，三步并作两步走到她面前。沈浅缩身后退两步，莫名其妙地看着他。

"沈小姐，能问你一个问题吗？"

"嗯？"沈浅有些莫名其妙，难得尤然突然变成斯文样。

"你有喜欢的人吗？"

"什么？"

尤然保持着他惯有的"春风拂面"，淡笑不语。沈浅的心顿时七上八下的，好端端的，问她这个问题干什么？难道是为刚才非礼的事？要是有喜欢的人，他该不是要找那个人向他道歉吧？虽然这事比较扯，但以眼前这男人的言行举止，她总觉得会有那么点儿可能性。自从知道这位"装瞎"先生骗了她这么久，眼睛好了也不跟她打声招呼，想起来这几天一些尴尬的举动，她就暴躁不已。

于是沈浅斟酌了很久，也不敢贸然给尤然答案。尤然有个优点，他很有耐心。他一直站在她面前，一动不动，似乎非要知道答案才行。

沈浅被这种情形弄得有些郁闷了，她轻轻咳嗽一声，润了润喉咙，一副凛然的样子答道："有。"

尤然听后，脸上依旧保持着他惯有的微笑。那笑容美得如罂粟，在风中摇曳，令人如痴如醉。他忽而轻飘飘地说："难为有人被沈小姐你这样的人喜欢。”

“什么意思？”沈浅觉得此刻这句话很令她厌烦，他这话是在含沙射影地说她这种人，很不堪吗？

尤然笑而不答，突然轻轻捏了捏自己的额角，眉毛拧成一团，看起来很难受的样子，他说：“看来我喝醉了。”

“你本来就醉了。”沈浅嘀咕了一句，还带着一丝丝抱怨，刚才被他强吻，她还愤恨着呢。尤然忽然伸手，一把把她捞进怀里，让她紧贴着自己。

沈浅用双手抵着他的胸口，浑身哆嗦了下。他的怀抱很结实，那有力的心跳一直敲击着沈浅那脆弱的神经，她顿时紧张得说不出话来。

“连你也说我喝醉了，那么……喝醉的人，是怎样的？”

沈浅闷声不语，阵阵酒气沁入她的鼻息中，她全身更加紧绷。喝醉的人……沈浅想到尤然刚才的表现，有些后怕。

“尤先生，我们从长计议，不要动……动粗！”

尤然笑而不语，一只手抬起沈浅的下巴，那双清亮的眸子含情脉脉地注视着她，他嘴角含笑：“怎么从长计议？怎么才算不动粗？”

沈浅想了想，说：“不准非礼我。”

尤然失声而笑，随即又收敛笑容：“沈小姐所说的是这个啊。不好意思，天比较黑，刚才我认错人了。”他说完，便转身上楼，留下一脸错愕的沈浅。

认错人？该不会是他那死去的女友吧？！沈浅浑身冒着火，她情愿他是一时兴起，那也好过他认错人！这是对她的侮辱！

沈浅如此想着，更是愤懑不平。

她坐回沙发上，瞄了一眼地板上的两只狗，混血儿趴在浅浅的旁边，耷拉着脑袋，一副慵懒的样子。沈浅叹息，这两个助纣为虐的小家伙，居然扯她的裙子，真是祸害。

于是，她撇着嘴，一副小媳妇受委屈的样子，看着电视……

不料这是午夜惊恐台，在放恐怖片！刚刚尤然看得明明很认真来着，而且面不改色。由于声音调成静音，减少了恐怖气氛，但那突然而至从主人公背后张开的血盆大口，还是让毫无防备的沈浅吓得魂不守舍，她直接从沙发上跳了起来，火速关了电视，飞奔上楼。

混血儿瞪着满带疑惑的眼睛，看着它的主人那矫健的身影，不禁一愣。

经过上次事件以后，尤然如往常一般，并没有多大的改变。倒是沈浅，浑身上上下下表示出她的别扭，总躲着他。知道他眼睛复明了，她中午下班便肆无忌惮地留在医院不回去，每次因此打电话给尤然，他都是语气平和地答应了。

“又不回去做饭？”李美丽看见又跑来她诊室的沈浅，终于忍不住问了。

沈浅点头。

“奇怪了，前段时间那天气都成什么样了，炎炎夏日，高温38℃以上，你还坚持回家买菜做饭，如今天气好不容易凉快了一点儿，你竟然不回去了？难不成大队长嫌你的菜不合胃口？也不对啊，都吃这么长时间了！”李美丽一个人嘀嘀咕咕的，最后一脸惊恐地喊道，“啊，难不成要把你赶出来？呀，浅浅，我房子还没帮你找呢。”

“不……不是啦，”沈浅一脸无奈地说，“他眼睛复明了。”

“啊！”李美丽眨巴眨巴眼，惊奇地问，“然后呢？”

“然后我别扭，对着一个健康的男人。”沈浅有些不好意思地挠头。

李美丽走过来，拍拍她的肩膀，一脸郑重地问道：“孤男寡女共处一室这么久了，难道一点儿火花都没擦出来？”

“衣服都擦破了，还是没有火花。”沈浅翻了个白眼。

李美丽气馁道：“那你想怎样，搬出来？”

“等他的浅浅把狗宝宝生下来以后吧，也差不多了。”

李美丽递给沈浅一盒木糖醇口香糖，沈浅倒了一粒放到嘴里，开始嚼。一般心绪不宁的时候，嚼一嚼会好些。李美丽忽然说：“其实，我前几天跟我老公谈起你的事。”

“嗯？”

“我老公有个队友其实就是从飞行基地里出来的，而且很巧，就是尤然那支队伍。”李美丽也往自己嘴里塞了一颗木糖醇口香糖，“其实你可以对大队长很放心，他除了他的那个女朋友，谁也不会感兴趣的。这也是我那么放心把你扔到他家里的原因。”

扔……沈浅听到这个字眼，一脸无奈。

李美丽继续说：“其实大队长很悲情。原本他并不想当兵，但家庭和个人的原因，不得不放弃原来当画家的志愿，做了飞行员。你也知道，飞行员的要求是兵种里最严格的一种，身高、体重、五官，小到鼻子的内部结构，可以说这个兵种很值钱。他刚来部队的时候，一直不开心，谁也不知道为什么。但他这人不开心归不开心，训练的时候却是最吃苦耐劳的。即使他后来升官了，其他人也心服口服。”李美丽口若悬河，滔滔不绝，“我们不是一直好奇他那个传说中的女友吗？”

沈浅点点头，一副期待的样子。说也奇怪，也许是因为认识尤然了，她倒是比以前好奇许多，希望多知道关于他的过去。

“你知道他那女友怎么死的吗？杂志报道说，是发生交通意外，而且是在大队长进部队以后的第二个月。据说大队长却是在一年以后才知道的。”

“现在马路杀手真是祸害人啊。”沈浅不禁感慨，对于交通事故的伤亡人士表示深深的同情与默哀。

李美丽神神道道地说：“这你也信？”

“啊？”

“我们都被这破杂志忽悠了。这不过是尤司令买通杂志社的编辑这么说的，其实大队长的神秘女友是失踪了。据说，这位神秘女友也是高干家的孩子。”

“失踪？好神奇的词语啊。”沈浅不禁笑了起来，现实中“失踪”这种事件，很少见吧？

李美丽见沈浅那种不相信的表情，翻个白眼，没好气地嘀咕：“不相信拉倒，反正这是事实。”

“那尤司令为什么要放出假消息呢？”沈浅提出自己的疑惑。李美丽嗔了她一下，语气更是不好：“你问我，我问谁？能知道这些已经很不错了。”

沈浅立即安抚李美丽躁动的情绪：“消消气。”

“你不知道，那队友说得把我感动死了。尤司令给大队长介绍了一位军医，那个时候大队长其实已经跟神秘女友分手了，可这呆头鹅，居然当众不给尤司令面子，直接说：‘除了她，我谁都不要。’那个神秘女友真没眼光，这么好的男人都不要。”

沈浅又是一脸无奈，对于李美丽这种在很开心或很悲愤的状态下声音陡然拔高的习惯，她已经适应了，只是每次都是这么突然。

不过，沈浅还是知道了一个信息。悲催的尤先生，原来是被女朋友抛弃的。她很好奇，那是个怎样的女人，令他如此念念不忘呢？

沈浅下午休班，吃完饭，等换班的同事来交接后，她便提着包包回去了。公交车到达农贸市场站的时候，沈浅还是忍不住下了车，去市场买了点菜，准备回家做晚饭给尤然吃。

回家刚一开门，只见她家的混血儿飞快地蹿到她的怀里，两只前爪子一直抓着她手里的塑料袋。浅浅也慢悠悠地踱步而来，可怜兮兮地望着沈浅。

沈浅有些纳闷，她把菜放到厨房里，打算先收拾一下，扔垃圾的时候，看见了里面的方便面袋子。难不成这几天的伙食尤然都用方便面打发的？她不禁愣了愣。正在她准备切菜的时候，听见有人下楼的声音。她走出厨房一看，便见到尤然从楼上下来。看到她围着围裙站在厨房门口，他眯起眼。

“今天这么早回来？”尤然问道。

沈浅点点头，想问他为什么不叫外卖只吃方便面，又感觉很无趣。她只好说：“你这几天吃得好吗？”

“你不都看见了吗？”尤然走过来，拉开椅子，坐了下来。

原来他是故意把方便面袋子扔在垃圾桶里，让她看的？这是什么意思？是在无声地控诉她，不给他做饭，不照顾他？小样，还真小气。

吃人家的嘴软，住人家的也心软。沈浅一只手提着菜刀，一只手拿着胡萝卜，说：“那我以后每天回来做饭给你吃吧。”

尤然露出一个大大的笑容，笑得很是招摇，眯起细长的丹凤眼，嘴角露出梨窝：“好。”而后他歪着脑袋，对旁边坐着的两只张着大嘴吐舌头，不停哈气的狗狗说，“我们有饭吃了。”

“汪汪！”那两只狗齐声欢啸。

沈浅彻底被打败了，居然自荐给他们当保姆。她只好退回厨房继续洗菜做饭，给外头的那三个祖宗做饭吃。人生就是如此悲催啊。

尤然心满意足地吃完饭，优雅地用纸巾擦拭嘴角，眸子含笑，对沈浅道："辛苦你了。"

而他脚下，两只狗狗也吃完了饭，吐出舌头在沈浅脚边转了一圈，汪汪叫了两下，貌似也是在感谢她。沈浅嘴角抽了抽，如今形势不利，这以后的日子可是三比一？

尤然忽然站起来，走到沈浅旁边坐了下来。沈浅那时正在啃排骨，尤然的忽然靠近，让她错愕得不敢动，她嘴里咬着排骨，转头看向他。

他嘴角弯着浅浅的弧形，细长的眼也弯成月牙状。他笑着说："谢谢，我代表我们仨，感谢你。"然后在她油腻腻的嘴上啃了一口，随后他从容地站起来，坦坦荡荡地上楼去了。

沈浅僵硬地吐出排骨，由于力道比较大，排骨滑出去好几米，混血儿摇摆着尾巴去衔排骨了。

这就是饭后还要吃下豆腐的三世祖啊！沈浅狂往嘴里扒饭，吃饱后收拾碗筷准备干活。她开始清理一个个垃圾桶：客厅里的、厨房里的、娱乐房里的……可当她看见几乎每个垃圾桶，包括厕所的垃圾桶里都有方便面袋子的时候，立马暴躁了。

用不着这样使用苦肉计吧，仿佛害怕她看不到方便面袋子一样！

第六章

CHAPTER 6

有段成谜的往事

沈浅来这座城市也有两个多月了，她觉得这段时间发生的事，比她失忆以后的这五年时光还要精彩。遇见曾经暗恋五年的男人；陪伴她这么多年的混血儿也要当爸爸了；而她也不可思议地与一位陌生帅哥住在一起。这仿佛要花费很长时间才能一步步做到的事，她仅仅花了两个月。

沈浅每个星期都会给妈妈打个电话嘘寒问暖，但总是只得到母亲淡淡的回应，并无多大波澜。这就是母女俩的隔阂，连沈浅也不知道这到底是为什么，母亲是不喜欢现在的她，还是更喜欢以前的她？

今天下班早，李美丽突然兴起想买一些首饰，作为陪吃、陪玩、陪聊的中国好闺密，沈浅只得跟着去。两人对这座城市也不怎么熟悉，一般逛街都只在商业街逛逛，但两人相当默契，直接往百货商场去。虽然沈浅一直嚷着肚子饿要先去吃饭，但她拗不过李美丽，只得被对方拉着直接奔向二楼。

二楼是金店专柜，李美丽转了一大圈，看着琳琅满目的首饰，赞叹不已。李美丽见到一个专柜里有条很符合她品位的白金项链，于是停了下来，杵了杵沈浅的手臂："这项链怎么样？"

沈浅瞄了一眼，木讷地说："还好啦，一般。"

李美丽嘴角抽了抽，认识沈浅那么多年，每次买东西征求意见，沈浅的回答永远是"还好啦，一般"。问了也是白问，李美丽决定跟着自己的想法走。她叫售货员把那条项链拿出来，售货员露出职业笑容，说："不好意思，这款项链是别人特别定做的，您可以看看别的款式。”

李美丽先是愣了愣，表情顿时有掩盖不住的失望，原本兴奋的心情也发生了质一般的改变。她随意瞄了瞄耳钉区域，然后问了问旁边比她还没兴致的沈浅：“你要不要买耳钉？”

“你知道我不爱戴首饰。”

“那耳朵穿那么多洞干什么？你左耳都连穿了七个耳洞！”

沈浅不禁摸了摸左耳，其实她也很纳闷，以前的她到底是怎么了？一个耳朵穿七个耳洞有必要吗？

那个售货员这时却插上一句：“想必这位小姐的心上人是七月七日生的吧。”

李美丽蹙眉，疑惑地凝视售货员，沈浅也不解地看着她。售货员继续保持职业笑容，说：“这其实是源自一本书，是小女生很迷的那些星座命理什么的。貌似是七年前吧，我记得那年是闰年，要是属虎又是七月七日生的男孩，那年可能会有灾星降临，只有身边的人在左耳为他打七个耳洞，方能解灾。本来这事谁也不会信，但貌似那年有个很火的偶像明星在拍戏过程中，发生意外事故去世了，偏巧那个明星生肖属虎又是七月七日生。宁可信其有不可信其无，后来有些人就为心爱的人穿了七个耳洞。那时我可喜欢那明星了，所以这事就记得清楚些。”

“这也太邪乎了吧？”李美丽显然是不信。沈浅也不信，以她的性格会因为一个这么邪乎的推算去打七个耳洞？要知道耳朵上有很多穴位，打那么多耳洞有害健康啊！

“其实这也只是玩玩而已的东西，确实不大可能。”售货员说完后又非常职业化地为沈浅介绍耳钉，“我觉得这款逗号小耳钉很有特色，戴起来既大方又显得年轻。”

沈浅瞄了一眼，还是没提起兴趣。

正在此时，售货员一脸殷勤地看向她们俩身后，很有礼貌地说：“总经理好。您的项链已经做好了。”

“小橙，你看看你满意吗？”身后传来一个较为稳重的声音，而这声音，她们俩都熟悉。李美丽立即转身，便见到西装革履的秦昊还有他身边的未婚妻于橙。

秦昊也是一愣，随即浅笑而对：“这么巧。”

李美丽假意地露出一个大大的微笑，杵了杵一旁发呆的沈浅，沈浅回道：“真是太巧了。”

在秦昊身边的于橙，与第一次见面时给人的感觉截然不同。她没有沈浅高，小鸟依人地伴在秦昊的身边，上次见面时的卷发今日盘了上去，看起来倒有点少妇的风韵。她略有吃惊，侧头问秦昊：“你和沈小姐认识？”

“嗯，你也认识浅浅？”秦昊显然也有些吃惊。

两人互看几眼，心里也不知道揣摩着什么。于橙更是显得不安，她用手拨弄了下额前的头发，不自然地说：“黑狗警长闹肚子，所以就去找了沈小姐……”

她没再说下去，只是轻轻抬眼看向秦昊，好像有点儿心虚。秦昊也不多问，以笑回应算是略过去了。

“浅浅是我的救命恩人，而且很照顾我。”秦昊向于橙解释道。然而李美丽对于秦昊的解释显然嗤之以鼻，这种关系可是撇得很轻巧却又让沈浅很无地自容。李美丽以为沈浅会有很受伤的表情，侧脸看去，只见沈浅捂着肚子，低着头，倒是看不出什么异样，只是听见若隐若现的咕噜咕噜声，她该不是已经伤心过度，呜咽起来了吧？

李美丽怕沈浅伤心过度，赶紧吆喝着：“你们忙你们的，我们还有事先走了。”说完，拉着沈浅一溜烟地离开了。

秦昊忽然回头道：“浅浅，记得豪华游轮。”

李美丽代沈浅“哦”了一声，然后拽着沈浅跑了下去。被拽得莫名其妙的沈浅很无辜地问了一句：“你不买首饰了？”

“买你个头啊！我还不了解你，你一难过就胃疼。刚才那模样，我是怕你控制不住，直接大哭，那样我会很丢脸的。”李美丽白了沈浅一眼，把沈浅塞进她的车里，开车走人。

沈浅坐在副驾驶位上，说：“我其实是饿得胃疼，你没听见我的肚子咕噜咕噜叫吗？”

“啥？刚才那是你肚子叫？我以为……”李美丽彻底服了，朝天翻了个白眼，“你这女人，果然是没心没肺。这也好，拿得起放得下，你是不是不喜欢秦昊了？”

“喜欢啊。”

李美丽侧头瞟了眼沈浅，神情疑惑地问：“那人家订婚了，你不难过？”

“没得到过，没必要难受吧，难受了也不会是我的。”沈浅的语气如此淡定，面色如此平静，倒是显得李美丽多愁善感了。李美丽只好摇晃着脑袋，哭笑不得：“这样也对。”

李美丽本来是打算送沈浅回家的，不想途中她家那口子给她打了个电话，叫她去医院。李美丽的老公前两天食物中毒，现在正躺在病床上向她撒娇呢。李美丽又是无奈，又是郁闷。由于电话扩音大，沈浅听见了，便又“贤惠”了一把：“你去吧，把我丢在菜市场附近就行。”

李美丽非常抱歉地点点头。

沈浅在菜市场买了黄鱼面，打包准备带回去给尤然吃。手提着饭盒，她轻快地走进江夏小区，闻着周围淡淡的花香，看着枝头上新发的嫩芽，觉得一切都是那么的惬意。她嘴角噙着笑，沉浸在自己的思绪里：尤然吃到这碗可口的黄鱼面，不知会露出怎样满足的表情？可当她回过神来定睛看向前方时，不由得在离家不到十米的地方停住了。尤然的别墅外停了一辆车，车牌底色是白色的，这是军车！在路灯的反射下，那辆黑色的车锃亮，沈浅不知为何，心底涌上一种说不出来的害怕。

不一会儿，从别墅里三三两两地走出几个人，沈浅立即躲在围栏一边，借着灌木丛挡住自己。

走在最前面的这个人沈浅知道，是尤司令，她曾经在电视上看过。他身后跟着一个健硕高大的男人，想必是保镖之类的。还有一个与尤司令差不多年纪的男人，又瘦又高，一副知识分子的模样。旁边弯着腰的是老张。

“老张，你多劝劝少爷，我就这么一个儿子。”

“可是司令，我觉得少爷真的比以前好很多了，至少比以前真实。”

“你的意思是说，是那个女人的功劳？”尤司令睨了老张一眼，显然不悦。

老张连忙辩解：“不敢说功劳，但总觉得应该有一定关系。”

“那你明天把那女人的资料给我。”

几人已经走到车子旁边，老张一边为尤司令开车门，一边说：“是。”旁边那瘦高的男人插嘴道：“司令这次还是别管小然了，上次的教训还不够吗？”

尤司令大声呵斥：“你这是怪我当初做得不对？”

“确实不对。”瘦高男人面不改色地说道，看起来并不怕激怒尤司令。尤司令咬牙切齿，气不打一处来，他狠狠摆手道：“好！这次要我不管可以，但你得给我做个保证。”

瘦高男子伸手指向车子，示意尤司令上去再说。尤司令面色不悦地钻了进去，余下的人紧接着都各司其职，车子很快发动开走了。等完全见不到车影以后，沈浅才从灌木丛后走出来，泛白的灯光打在她的脸上，看不出她现在是什么脸色。她把目光转向尤然的别墅，忽而心里沉甸甸的。

生活在这样的家庭，注定不能享受自由。

沈浅往家里走，打开门的瞬间，却见尤然站在对面的落地窗旁，眺望着外面。也许是听到响动，他转过头来看了看，见是沈浅，原本凝重的表情瞬间化开，面带微笑，语调轻缓地说：“你终于回来了，好想你。”

“呃……”

只见尤然朝她走来，目光柔和，步伐健稳，然而更摄人魂魄的是他那双会说话的眼睛。那双眼里投射出的光芒，璀璨得让她移不开眼。

沈浅直直地看着他，只觉得胸腔里像灌满了铅，沉甸甸的。如果平常尤然突然调笑，以沈浅的性格，会直接对天翻个白眼，偏偏他露出一副天真乖巧的模样，让沈浅晃了神。尤然那双像落满了星星的大眼睛里，只清晰地倒映出她的脸，这个画面似一道流光贯穿她迷糊的大脑，她顿时一激灵，心跳加快，有点儿紧张。

尤然走到她面前："我在想，要是你再不来，我就自己解决了。"他笑得如此坦荡。

沈浅脑海提取关键词：等她来……要是不来，自己解决……自己解决什么？沈浅睁大眼睛，不明所以地看着尤然："你，又有什么事吗？"

尤然一愣，本是莫可名状，最后扑哧笑了起来，附耳呼着热气，吹得沈浅的耳根通红，他说："人还是原来的那个人，性格倒是变了不少。"他话里带着浓浓的宠溺，还有点暧昧。

沈浅咬咬牙，本想推开他，不想他忽然一手揽住她，把她带到他怀里。沈浅一下子慌张起来，奈何手里提着东西，不能大幅度挣扎，只能稍稍挣扎着说："我变没变好像跟你没关系。"

"当然有，有很大的关系。"尤然似笑非笑，不理会沈浅的挣扎。

沈浅这下没话说了。她承认，每当尤然性情大变的时候，她都毫无办法。她只好认错道："我错了。"

尤然似乎满意了，手也跟着放开沈浅，俯身拿过她手里提着的黄鱼面："就知道你会带吃的给我，你怎么知道我爱吃黄鱼面？我饿得前胸贴后背了。"

他边说边走进厨房取碗筷，留下沈浅愣在原地，慢慢回味刚才一系列的话……

所以尤然所说的想她，是想她手里的黄鱼面，他说她再不回来，他就自己叫外卖或者自己煮方便面吃？这么一分析，沈浅的眉毛皱成了一团，顿感自己反应太迟钝。

“你不吃吗？”尤然坐在餐桌旁，摇晃着手里的筷子，无邪地朝沈浅笑。

“我吃饱了。”沈浅心里不是滋味，想上楼冲个凉，浇灭心头那把无名火。尤然抬头看向沈浅无精打采的脸，不禁淡笑着喊了一句：“沈小姐。”

沈浅转头过去。尤然问：“你什么时候休班？”

“干什么？”

“我家浅浅把你的礼服弄坏了，我想赔你一件。”

原来是这事。沈浅本来就觉得那件礼服对她来说没什么用，再者那件礼服大多是她家的混血儿咬坏的，她摆摆手，一副无所谓的样子：“算了，不需要。”

尤然神色不变：“实在不方便，那你告诉我你的三围是多少，我帮你买一件。”他又在笑，笑得那么天真无害，却让沈浅毛骨悚然，随便告诉一个男人自己的三围，成何体统？她尴尬不已，顿了顿：“真不需要。”

“要是你不知道，没事，我可以帮你量。”他那双细长的丹凤眼半眯着。

沈浅一惊，猜到尤然这种有点儿家底的公子，最不喜欠别人什么，尤其是与金钱挂钩的东西。沈浅只好妥协：“那等……等星期六，我那天休息。”

“正好，这几天我要出门，星期六早上九点？”

沈浅奇怪地问：“为什么是星期六早上九点？”要知道阳光国际大酒店位于本市机场附近，离市区两个小时的路程，每天的班车时间是早上八点到晚上七点，这样多不方便。

“沈小姐，那时你没空吗？”尤然保持着微笑。

沈浅吃了瘪，只能缄默不语。她只好点头说：“我知道了，我先上楼了。”

“好。”

沈浅撇撇嘴，独自上楼。走到一半，只听尤然又喊道：“浅浅……”沈浅的心忽而打了下鼓，带着微微的紧张，应声转身，却见浅浅摇晃着尾巴跑到尤然的脚下，抬头与尤然对视着。

见尤然的笑容是那么的和煦，沈浅忽然忆起她梦魇中的那个少年。那个少年每次笑的时候，嘴角露出梨窝，看到那个画面，沈浅就觉得有股舒服的暖流流过她的全身。她看不清他的脸，只能听见他幽幽地唤她：“浅浅。”

浅浅。很多人都这么叫她，但从来都没有那种暖流流淌身心的感觉。

星期五下班以后，沈浅例行在家打扫卫生，她算是个比较整洁的女人，总喜欢把东西收拾得整整齐齐。她本想打扫自己的房间还有整个一层，不想她刚把自己的房间收拾完，就见到浅浅从尤然的房间里摇摇摆摆地走出来，嘴里衔着一堆纸。浅浅走到沈浅面前，把嘴里叼着的纸放在簸箕上，摇摆着尾巴，一脸邀功的样子，好似帮助她收拾房间是一件多么厉害的事。

沈浅弯下腰摸摸它的脑袋，顺势拿起这一堆纸，看看是不是有用的。

这是一份诊断书，上面详细地记载了尤然那次事故的经过。那是三年前的冬天发生的事，那天早上六点，雾气很重，地面上刚打了霜，尤然开车的速度是每小时110公里，在九行高速入口由于车轮打滑，撞到围栏直接翻车。

九行高速？沈浅愣了愣，难道尤然去的地方是她的城市？他去那个地方干什么？一个穷地方，难不成会是去旅游？但早上六点去，也太早了吧？沈浅有些纳闷。

她又随手翻了几页，看到尤然的基本资料时，愣怔了。生日一栏赫然写着七月七日。他居然是七月七日生？沈浅联想到那日售货员的话，又掐算了下他的生肖，不禁当场大惊失色，他是属虎的！

沈浅一下子哭笑不得，世界真是无奇不有啊，居然有这么巧的事。那么会有人为他打七个耳洞消灾吗？沈浅打开尤然的房门，把诊断书端端正正地放在他的书桌上。原来尤然在浴室洗澡。沈浅打量了下他的卧室，他也是爱整洁的人，房间收拾得很整齐。她瞄了眼他书架上的书，类型齐全，世界历史、人文地理什么的都有，唯有一本很特别的书插在里面，看上去格格不入。沈浅忍不住拿出来看了下。

七年前的算命命理书？这本书有些旧，里面的纸张都已泛黄，质感很脆。沈浅翻了一页，从里面掉出一张纸条，她拾起，看到上面的字迹歪歪扭扭，像是幼圆体。

——老公，我来保护你。今年你只能乖乖躲在我的怀里，不让你单独走。听见没？

上面还画了个一脸凶悍表情的卡通人物。

原来……也有这么一个女孩，曾经保护过他。沈浅忽而摸了摸自己左耳上那七个耳洞，心头一阵疼痛。当初她去打这七个耳洞，到底是为怎样的男孩？他是否如那梦魇中，带着温润如熙的微笑，能喊出让她身体仿佛窜过暖流的“浅浅”二字？

这是沈浅第二次好奇自己的过去。她拿起手机给她妈妈打了电话。

沈母接了电话，有些错愕，因为沈浅一般都固定在星期天给她打电话。

沈浅问：“妈，我想问你个问题。”

“什么？”

“我……”沈浅有些迟疑，她答应过母亲，不会再对自己的过去好奇，只是……她摸了摸自己左耳的那七个耳洞，还是忍不住问了，“在我失忆前，我是不是有男朋友？”

电话那头一片沉寂。半晌，沈浅都觉得自己仿佛等了一个世纪，沈母才说：“嗯。”

“他……”

“你答应过我什么？”沈母不轻不重地反问了一句，打断了沈浅的继续发问。沈浅只好不再吭声，挂断了电话。她终于知道她确实有过这么一个少年，为了这个少年，她在自己左耳上打了七个耳洞。

他现在还好吗？是不是跟尤然一样，还沉浸在旧日岁月中？她突然拍了拍自己的脑袋，怎么这么多愁善感了？她把书重新塞回去，出了尤然的房间。

她决定要做无忧无虑的沈浅。

她深吸一口气，便回自己的房间准备洗澡。不想，浴室的热水器坏了，没有热水可用。她体质不是很好，不能洗冷水澡。她本想找人来修，但估计维修工这个时间都下班了。不洗澡吧，又觉得自己身上黏糊糊的，挨不过去，晚上肯定睡不好。沈浅想来想去，还是敲开了尤然的房门。

门开了。只见尤然腰间系着浴巾，头发还滴着水，水珠沿着他深刻的轮廓滑下，平缓起伏的胸脯也带着刚出浴的潮气。这副漂亮的倒三角身材在她面前晃荡一下，她就觉得快晕了。

尤然一点也不介意沈浅对自己的身材这般细致地打量，反而嘴角挂着微笑对沈浅说："怎么了？"

他看着抱着睡衣，可怜巴巴地站在门外的沈浅。

沈浅结结巴巴的，斟酌再三才说："我的浴室放不出热水。"

"那来我房间洗吧。"

沈浅一溜烟地跑进他的浴室，然后关上门，大口大口地喘气。留在外面的尤然嘴角立即溢出一丝苦笑。

尤然在身上披了件衣服，走至阳台，双手撑在围栏上，目光远眺。对面还是一望无际的海，海滩上有些人正趴着晒最后的夕阳做阳光浴。依旧热辣的阳光刺得他的眼睛都开始疼了起来。自复明以后，他就很难直视阳光，也许是因为习惯了黑暗。这几年他的世界里，只有三样东西：黑暗，他的导盲犬浅浅，还有深入骨髓的记忆。

如果她不出现，他想他会一直沉浸在自己的黑暗里，永不出来。

"尤先生？"沈浅草草冲了个凉便出来了，她双手捂住毛巾，身上穿着严实的浴袍，试探地喊了一句。

她刚出来，找不到尤然，四周望了望，便见到阳台上的他。颀长的身形独立在夕阳之下，即使细碎的金光洒遍了全身，明亮得令人移不开眼，沈浅还是隐隐感到从他背后散发出一种孤独，她触摸不了的孤独。

尤然蓦然转头，见沈浅披散着湿漉漉的头发，包得严严实实的身子，还有怕生又害羞的表情，不禁轻笑。他朝沈浅走去，指了指她那完全没有擦水的头发："应该擦一下。"

沈浅连忙用手上的毛巾擦，只一抬手，她就感觉这浴袍要松了似的，让她十分不自在，只能低着头，擦擦滴水的发梢。

尤然见她这副"艰难"的样子，失笑地去拿她的毛巾，帮她擦了起来。沈浅大呼小叫："尤先生，这个我自己来，不用劳烦你了。"

"你闭嘴。"

沈浅只得乖乖闭上嘴。尤然温柔地帮她擦完头发，然后从抽屉里拿出吹风机，帮她吹头发。他的指尖绕过她的发丝，她的发色不好，有点黄，还好发质保养得好，分叉很少，几乎没有断根。尤然一边为她吹头发，一边忍不住想起以前，她也帮他吹头发，还喋喋不休地说："老公，你头发好黑啊，我也想要，我头发偏黄。"

"我人都是你的了。"

"是哪！"她亲吻他的头顶，然后把头搁在他的颈窝里，双手环住他的腰，从后面抱住他，"老公，你身上的任何东西都是我的。没经过我的允许，不准私自外借。"

"好。"他宠溺地笑道。

"嘻嘻。"她满意了，抱住他亲了起来。

吹风机的噪音持续不断地响着，尤然摸了下沈浅的头发，感觉差不多干了便关了吹风机停了下来。沈浅摸了摸自己的头发，还带着点潮湿的触感，手感很不错。她正想起身转头说声谢谢，不想尤然先快了一步，俯身靠到她背后，自后面抱住她，有些失控地低喃着："浅浅。"

沈浅立即浑身僵硬，动弹不得，只觉得他那滚烫的体温一下子全数传给了她，让她浑身如火烧一般，脸也跟着烧红了。

“尤……”她刚想开口，却听见尤然说了一句话，顿时让她这火烧的身子像被浇了一盆冰冷的水。

“沈小姐的腰围可是两尺？”

“……”

她腰围明明是一尺九！

尤然说要赔她一件晚礼服，于是两人约在中午吃饭时间去买衣服。

尤然带沈浅来的地方，不是她所熟悉的商业区，而是她从来没来过的一个郊区繁华地段。尤然带她走进了一家专卖女性衣服的高档店。

这家店铺很大，足足三百平方米，位于十字路口处。各色华衣美服、精致配件都在镁光灯的照耀下勾起人们的购物欲，看得沈浅眼花缭乱。从柜台前走来一名身着正规黑色职业套装的女营业员，她礼貌地问道：“有什么需要帮忙的吗，太太？”

太太？沈浅嘴角抽了抽，她……她看起来很老吗？

这时，尤然反问道：“你们家老板呢？”

“老板今天去参加服装展去了。”

“什么时候能回来？”尤然又问。

“请问您是尤先生吗？”

“是。”

“啊，尤先生，我们老板特意吩咐过，您要是来了，她立马就回来，您稍等。”女营业员鞠了个躬，返回柜台，打了个电话，“老板，尤先生已经到了。”

沈浅有些莫名其妙，尤然带她来这里是挑衣服的还是来叙旧的？正在她百思不得其解之时，尤然站了起来，走到一件V领绣花白色双层礼服前，他执起它，摩挲着，然后笑着对沈浅说：“浅浅，这件很适合你。”

呃，又叫她浅浅……说实在的，尤然的忽冷忽热，让她招架不住。

被逼无奈，沈浅去试了下那件礼服。当她走出来的时候，尤然笑得很妩媚。沈浅知道把妩媚用在一个男人身上不合适，但她只能如此形容当时尤然的那一笑，那个笑容荡漾在她那一波未平一波又起的心湖上，让她神魂颠倒。

两人在互相凝视之际，门口忽然匆匆进来一个女人，利落的短发，深黑色的小西服，搭配九分长的低腰紧身裤，给人干练又清丽的感觉。

“姐夫！”那女子显得相当兴奋，甚至有要跳起来的冲动。沈浅吓了一跳，只见尤然脸上露出淡淡的和煦微笑，那样的宠溺。

“姐……”那女子突然瞪大了眼，愣愣地望着沈浅。沈浅发现她的眼里忽然含满了泪水……

那个女人叫自己……姐？沈浅脑子短暂性休克，不明白这个女人为什么突然这样称呼自己。还是尤然忽而笑道，语气平和地说：“南南，她叫沈浅，但不是你姐。”

于南一副不理解的样子看着尤然，即使心里有诸多疑问，她还是没有再问什么，只是向沈浅道歉：“不好意思，认错人了。”

沈浅心里有着说不出来的别扭。她明明看见那个女人含在眼眶中的泪水，也看见尤然与那个女人之间暗暗的眼神交流，搞不清楚他们到底唱的是哪一出，也许真如那个女人所说，她认错了？

“我们进去说吧，这里不方便。”于南嘿嘿笑着，率先往里屋走。

沈浅站着一直不动，她认为，这是他们俩的叙旧，跟她无关。不想，尤然忽然长臂一揽，把沈浅揽入怀，微笑道：“一起。”

“我去不大好吧？”沈浅挣扎一下，奈何尤然臂力太大，挣扎无用。

“我想你一起去。”尤然直接用蛮力让沈浅就范。

这真是霸道，沈浅在心底泪流满面了一番。两人跟着于南进了一间小会议室，里面简简单单地陈列着沙发和茶几，但摆着各式各样的礼服，依次排下来，看得人眼都花了。

于南转头看到尤然揽住沈浅，不禁苦笑，然而还是由衷地感到安慰，尤然这么多年的苦，终于可以到头了。她都不记得有多少年没看到他们俩肩并肩，走在一起了。

于南是沈浅认的妹妹。其实她比沈浅大，但她还是叫沈浅姐，原因是沈浅曾救了她的命。

以前于南的性格很内向，交不到朋友，常常独来独往。高中学业繁忙，总是要自习到很晚，那天她一个人走夜路，路上遇见歹徒，她身上没有钱，歹徒便要劫色。那天沈浅想给尤然买馄饨吃刚巧路过，当机立断拿削铅笔的小刀先发制人地戳那歹徒的大动脉，把那歹徒吓得连滚带爬地跑了。就是那一夜，看着沈浅奋不顾身的背影，于南喜欢上了沈浅。她永远记得事后沈浅的那句话：“我其实很没脑，经常这样冲动却不想后果。事后，总会怕得要尿裤子呢。”那时候，她不信。

后来，她信了。

沈浅敢翘课，敢坐在五楼的阳台上，晃着双腿等尤然下课，一点儿也不怕一个后仰，就会摔下去，粉身碎骨。沈浅却笑说，她这么做，就是为了让尤然看到，当他着急地抱自己下来的时候，她就有种被关心的满足感。

于南还记得那个时候，她默默站在两人的身后，看着尤然和沈浅有说有笑，自己既羡慕又嫉妒。

“南南，想什么这么入神？”尤然把沈浅拉着坐下，问道。

于南呵呵一笑，恢复常态，不答反问道：“姐夫找我，有什么事吗？”

“帮沈小姐找一件适合她的礼服，过段时间她要参加一场订婚仪式，我不想她寒酸入场。”

“姐姐……不，沈小姐身上穿的这套就很不错。”于南又想了想，起身走向那排了一行的礼服架，挑出一件长款曳地的浅咖啡色礼服，“这件也适合，沈小姐身材高挑，穿这个既高贵又大方，很有气场。”

沈浅看过去，觉得这件衣服有点保守，露出的就只有两只胳膊，脖子部分露得太少，不能显出她纤长的脖颈。尤然似乎也发现了这点：“这件颜色不错，但把脖子的部分稍微修改下，开个适当的宽度显出脖子，拉伸脸部轮廓比较好。浅浅的脖子很漂亮，要突显优势。”

沈浅听得一愣一愣的，尤然怎么知道她脖子漂亮？她自己平时都没注意。更让她错愕的事接着又发生了，尤然接过衣服，用手比画下尺寸，自顾自说道："浅浅的三围是84、62和86，这件衣服偏小了。"

于南与沈浅都一愣，沈浅更是脸颊红透，他居然知道得这么精准？她这个当事人都不清楚，他是怎么做到的？

"姐夫等等，我去裁衣间，修改一下。"于南走进了里面的工作室。

尤然抬头，正好与沈浅的目光撞上，沈浅轻轻咳嗽一声，很是不好意思地说："为什么尤先生知道我三围啊？"

尤然笑而不语，只是忽然站起来，重新坐到沈浅的身边，说了一句："沈小姐，我说的数字准不准，等下就知道了。还有……"尤然忽而抬起手，朝她的胸口伸去。沈浅蓦地瞪大眼睛，缩身弓背："你要干吗？这里有人的，别……"

话还没嘀咕完，尤然那纤细的手指在离她胸口三四厘米的地方停住，捻了一下，带走一根长发："这里有头发而已，沈小姐，你别激动。"

沈浅死死咬着牙，想撞墙的心都有了。

不久，从工作室里走出来的于南嘴里咬着一根线，抖了抖刚修改好的衣服："沈小姐穿穿看。更衣室往里走就到了。"

沈浅点头，拿着衣服走了进去。

沈浅是第一次进入服装设计师的私人办公室，真叫她大开眼界，各式各样的线成捆成捆地摆放着，布料也都让她看得应接不暇，许多款她都叫不上名字。

最后她的目光定格在放在壁桌上的一张照片上。这是一家四口的照片，照片上有两个小女孩，和一对夫妻。两个小女孩笑得一脸天真，尤其是较大的那个，抿着嘴，一脸害羞地对着镜头。沈浅知道，这就是于南。女人看起来很温柔和蔼，她目光柔和，眉宇舒展，笑得很是平易近人。男人戴着军帽，不苟言笑，目光冷冽，好似浑身散发着冷漠的气息，不会流露出一丝一毫的感情。在他肩上有一颗金星。这个男人，她又见到了。她就因为这个男人而来，她以为这座城市那么大，怎么也不会找到。然而今天沈浅才发现，世界真的好小，竟然在这种情况下，她又看到他的身影。

沈浅忍不住拿起相框，仔细地看着这个男人，她和他哪点像？她根本找不到。

“沈小姐，好了吗？”在外头的于南，忽然喊了一句。

沈浅立即把照片放回原位，应道：“快了。”她火速脱下衣服，匆忙穿上那件浅咖啡色礼服，确实改得很合身，裙子恰到好处地勾勒出她的线条，她略有局促地走了出来。

尤然凝视了她几秒，半眯起眼，称赞道：“很好。”

“姐夫给的尺码太准了。”于南忍不住笑道，“交缝处我是用针法缝制的，沈小姐一定要多加注意，别让人踩了裙角，不然很容易扯裂，到时候可会坏了大事。”

沈浅点头，回更衣室换回衣服。当她换好衣服准备出去的时候，又忍不住转头看向壁桌上的全家福，默默定格几秒，才转身走了出去。

尤然见沈浅出来，便站起来，对于南说：“耽误你不少时间，你先去忙吧，我们也得走了。”

“没事。”于南笑着说，“那么订婚典礼见。”

尤然点头，望了眼身后的沈浅道：“我们走吧。”

沈浅礼貌地朝于南点点头，加快步伐跟在尤然身后。于南目送两人离去后，静静坐回沙发上，面色深沉，她从茶几上拿出一包烟，点燃抽了起来。

刚才在谈话间，她知道沈浅还是那个沈浅，只是失去了过去的记忆。如今的沈浅已没有当初那桀骜的灵气，多了份傻气，那次意外真的对她影响那么大？

不过让于南略有忧伤的是，尤然还是原来的尤然，一点儿也没有变，心里只有一个沈浅，无论她变成什么样子，他要的依旧只是她。沈浅迷了方向，他便一点点地把她重新带回来，重新开始。

重新开始？于南不禁苦笑，想起尤然不去相认的理由："她失忆了，忘记了我们的过去，她忘记了，可我记得。告诉她我们的过去可能对她而言是一种负担，而且这也已成了过去。既然这样，我就一点点把她带入我的怀里，成全一个全新的她。"

"能进你怀里的，只能是她，是吗？"于南忍不住反问。即使现在的沈浅与曾经的沈浅差那么多，也可以？

他的回答是："我答应过她，我的全部都是她私有，不准外借。"

于南狠狠地吸了一口烟，浓郁的白烟自鼻息之间喷出，环绕成一圈圈烟雾徐徐缭绕上升，到最后化为虚无。于南看着那缕白烟，讽刺地笑了。

沈浅是个私生女，以前是，现在即使失忆，也无法改变。尤然应该懂，他们以后的路，不是那么简单，他却还是要走，真是个傻瓜。

第七章

CHAPTER 7

有个曾经的爱人

沈浅最近总是心不在焉，脑海里总会浮现那个肩上有一颗金星，头戴军帽的男人。她因此而心神不宁，有时甚至会定格在原地，发呆一阵子。

头几次还是在上班空当的时候发呆，这次居然是她在烧菜的时候，油锅里的大白菜嗞嗞作响，开始发黑，散发出一阵煳味。

尤然原本在门外的餐桌旁逗弄着两只狗，突然闻到厨房里散发出来的煳味。他好奇地走进厨房，只见沈浅在手忙脚乱地关火，着急之际，碰到热锅，烫得她直接跳了起来。

尤然连忙执起她的手，打开水龙头，放在水下面冲，他嗔怪道："怎么这么马虎？"

"我……我刚才在想事情。"沈浅低头，不敢去看尤然。她怕尤然责怪她，烧煳的菜全黏在锅底，看起来真是糟糕透了。

尤然拉着沈浅到客厅里坐下，从急救药包里拿出烫伤药给她擦好，动作十分轻柔。他说："你老实待在这里，笨蛋。"

"我菜还没做好。"沈浅翘着兰花指，想站起来。尤然侧眼一瞧："我做，你乖乖待着。"说完，他就径直去了厨房，留下错愕的沈浅。

尤然会做饭烧菜？开什么玩笑！沈浅从沙发上惊得跳了起来，后脚跟着进厨房想瞧个究竟。这不看还好，一看才知道高手都是深藏不露。他洗菜切菜都很娴熟，刀功利索，而且能够充分利用时间，在烧水的时候切菜，准备一切工作，两个炉子都用上了。沈浅只能目瞪口呆地看着眼前这个下得了厨房的男人，这真是没她的时候，就去吃泡面的那个男人？

尤然似乎察觉到沈浅炙热的目光，他一边忙活一边说："帮我到冰箱里拿两个蛋。"

"哦。"沈浅傻了。

菜做好以后，沈浅心里真是五味杂陈。她一向自诩自己上得厅堂下得厨房，可跟尤然一比，简直是小巫见大巫。他长得那么标致，只要在路上一站，就会引来注目。如今他又能下厨做出美味的菜肴，沈浅曾经靠厨艺燃烧过的火焰这次完全被熄灭，心想，他不要这样打击人的自尊心啊！

尤然正看着他的浅浅吃东西，偶尔抬头见沈浅正娇羞地偷窥自己，他不禁好笑地问："沈小姐，你看什么，或者是想说什么？"

沈浅忍不住心头的好奇："你明明会做饭，而且做得比我好吃，为什么一定要我做？"

尤然一愣，想了想："我要是说我只想吃你做的饭菜，你信吗？"

"打死我都不信。"

尤然抿嘴一笑："你变聪明了。"

"……"

夏夜，天空无星，但很晴朗，白月光透过窗户落进屋里，柔柔的。沈浅睡到半夜，觉得口渴，准备起身下楼去倒水喝。她刚打开门，就见到尤然站在走廊尽头的窗户边，仰望着外面。他那修长的背影立在昏暗的长廊中，月光落在他的肩膀上，却晕染出一点寂寥。

他这么晚还不睡觉，站在那里是在赏月吗？沈浅带着莫名的好奇，走了过去，唤了一声："尤先生。"

尤然微微侧了下脸，淡淡地笑："浅浅。"

沈浅走到他旁边，与他并排，侧目低头见他的大拇指和食指间夹着一枚戒指。那是一枚有些泛黄的银戒指，虽然看起来很低档，但是很特别，上面刻了字，至于是什么字，因为离得有点远，沈浅看不清。

"浅浅。"尤然忽然转过身来，把那枚戒指递给她，"能帮我戴上吗？"

"啊？"沈浅看着呈现在自己面前的戒指，有些愣愣的。

"麻烦你了。"尤然满脸期待，让沈浅无法拒绝。她接过那枚戒指，偷偷瞄了一眼上面的字，这显然不是用刀刻或者手工做的，而是用机器刻上去的，端端正正的六个字。

——沈浅独家私有。

沈浅难以置信，带着错愕的目光看向尤然，似乎在问这到底是什么？然而尤然只是深深地凝视着她，表情很平静，并不打算解释，而是说："帮我戴上吧。"

"这上面的字……"

"戴上以后，我就告诉你。"他表情促狭，嘴角一勾，露出梨窝。

沈浅愣了一瞬，带着满心的疑惑，执起他的左手。那是一只很修长的手，指骨纤长，皮肤白皙，一看就知道不经常干活。她小心翼翼地为尤然把戒指戴上，脸同时红了个透。

那六个字，总让她觉得眼前这个尤物就是自己的了。沈浅……

跟她的名字一模一样，虽然她承认自己的名字很一般，重复率肯定很高。

“那个，现在告诉我吧。”她就好奇这六个字，这六个字到底是什么意思，那个沈浅从何而来，为什么她现在的心情很复杂，有种血液倒流的感觉？

尤然朝沈浅走近一步，沈浅退一步，不想他继续朝她靠近。面对不断靠过来的尤然，她只好连连退步，直到她靠上了墙，无路可退。她笔直地贴在墙上，眼前一黑，尤然的身子已经贴了过来。沈浅吓得不轻，她嗫嚅道：“尤先生，你这是要干吗？”

尤然一边将右手抵在墙上，一边抬起他的左手。沈浅以为他不耐烦自己这么聒噪，连忙说：“尤先生，君子动口不动手。”

“这样啊……”尤然意味深长地拖长音调，把手放在沈浅的眼前，让她更近地看他手里的那枚戒指，问道，“这上面是什么字，嗯？”

沈浅咽了口口水，感觉自己的脸烧得无以复加，她不自然地结巴道：“沈浅……独家……私有。”

“沈浅，嗯？”尤然那只在沈浅眼前的手动了一动，沈浅立即说：“君子动口不动手，有话好好说。”

“好，我动口，不动手。”

沈浅一听，提上来的心顿时放松了，可还未吁口气，嘴巴却被尤然突然而至的吻给堵住了，她只能瞪大眼睛，任凭尤然的君子行为——动口，不动手。她完全忘记了反抗，只觉得大脑一片空白。

好半天沈浅才醒悟过来，她用力推开尤然，大口地喘着气：“尤先生，我先去睡觉了，晚安。”说着她一溜烟地跑进自己的卧室，砰地关了门。

夜，又静了。尤然抬起手，望着那枚戒指，久久凝视着。沈浅独家私有，这六个字，他一直坚守着……

这枚戒指，是他们过第一个情人节时沈浅为他精心定制的。沈浅原是个大大咧咧的女孩，那天情人节要不是尤然收到一堆爱慕女生送的小礼物，她也不会这么在意这一天。

她嫉妒地说："你个坏尤物，能不能少惹点桃花债啊？"

尤然哭笑不得："浅浅，我也不想啊。"

"我要打标签，谁再敢染指我的尤物，我绝不罢休。"

她专门跑到银器店，用积攒下来的零花钱让师傅给她打了个银质戒指，在戒圈外面写了六个字——沈浅独家私有。然后在情人节那天她给尤然戴上，一脸得意地拽着他的胳膊，笑嘻嘻地说："谁敢染指你，直接朝她竖起中指。"

"浅浅，这可是不好的手势。"

"我不管，谁和我抢你，你就一定要这样拒绝！"

这枚戒指他戴了两年，分手的那天他摘下来还给沈浅，沈浅凝视很久，一把拍掉他手中的戒指，冷冷地转身离开。他舍不得扔掉，捡了回来，一直收藏到现在，也一直守着当初的承诺。

他是沈浅的独家私有，任何人都不能染指。

对吧，浅浅？尤然凝望着那扇关得严严实实的门，映着从窗户洒进来的皎洁月光，那双漂亮的丹凤眼闪着光。

沈浅同样也是他的独家私有，谁敢染指，他会让对方付出难以想象的代价……

李美丽说沈浅是个恋旧而又单纯的孩子。眼看教师节要到了，沈浅居然还想着大学时候的校长兼班主任，买了一包红枣给她寄了过去。

从邮政局里出来，李美丽不断地翻白眼，说道："你还真是有孝心。"

沈浅嘿嘿笑道："当年要不是钱校长收留我让我读书，我现在哪来的文凭找工作？"

李美丽想了想，觉得这个恩情确实挺大，不过她突然又想到了什么，问道："你不是来这里找生父的吗，怎么一点儿心思也不花在那上面？"

沈浅无奈地耸耸肩，表情看起来倒有几分淡漠："当初来只是想看看而已，现在倒有些无所谓了，怕看了难受。"当她在于南的店里看到那张全家福后，才大彻大悟，自己不该因为好奇来这里，这不仅让自己难堪，也会给别人带来困扰。

李美丽听沈浅这么一说，抿嘴笑了笑："说实在的，我觉得你妈妈很伟大。"

"嗯？"

"听我老公说，当初你到那个城镇的时候，连走路都走不稳，但医生又说你得常常走动，要不一辈子就再也站不起来了。你妈妈一个女人就带着你日复一日地走遍了那座小城。"

沈浅自然记得，复健的那段时间，妈妈一直陪着她，照顾她。要不是有那段经历，面对康复以后母亲的那般冷淡，她可能更相信对方不是自己的母亲，而是仇人。

李美丽把沈浅送到别墅门口，临走之前说了一句："过段时间到我家吃顿饭，聚一聚。”然后她又贼笑道，“可以顺便把大队长拉过来，他可是我老公曾经的偶像。”

沈浅没好气地看了她一眼：“你赶紧走吧。”

李美丽“啵”了一口，赏了沈浅一记飞吻，便开车离去。沈浅好气又好笑地看着她这个闺密，都结婚了，还是那么小孩子气。

沈浅开门进屋，看见尤然正在跟人打电话，他今天穿着一身褐色长衫，挽起衣袖，露出他白皙却消瘦的手臂。

他频频点头，嘴里不时“嗯”着，最后挂电话前才说了一句：“我知道了。”

挂完电话，尤然抬头瞄了一眼站在一旁发呆的沈浅，不禁笑着问道：“傻乎乎地站着干什么？”

沈浅支支吾吾，也不知道自己为什么站在旁边看他打电话。她匆忙地想找个借口，眼珠子滴溜溜地转了转，偏巧瞄到尤然中指上戴着的那枚与他气质不符的戒指。

红晕霎时又爬上了她的脸颊，她忙转移话题：“你吃饭了吗？”

“没，等你。”尤然微微一笑。

“那我去做饭。”沈浅急忙想去厨房，尤然却抓住她的手臂，脸上保持着笑意：“不急，我想跟你商量一件事。”

沈浅一愣：“什么事？”

“坐。”尤然把沈浅拉在旁边坐好，又召了浅浅和混血儿一起过来。这是干什么？开全家总动员会议？

“浅浅，你在宠物医院一个月工资不多是吗？”

沈浅一愣，点了点头，纳闷尤然葫芦里卖什么药。尤然顿了顿，接着说：“你要不要换个工作？”

“我除了会这个，其他一窍不通。”沈浅有些纳闷了，尤然今天怎么问这些？

“我认识一个朋友，是军医，你要不要去他那里？”

沈浅大吃一惊，连忙摆手：“不行不行，我学的是兽医，专门给动物看病的，给人看病会不会……而且还是伟大的军人们？罪过。”

尤然听沈浅这么一说，扑哧一下笑了起来：“你想多了，军医里也有兽医，专门给军用犬看病的。”

“啊？呃……”沈浅思忖片刻，抬起头瞄了瞄尤然那双晶亮的眸子，受不住电力，立马撇过头，“那个，为什么尤先生那么好心？”

“当年我出事眼睛失明，本来是退役了。最近父亲有让我回去的意思。”

“啊？这样很好啊，我听说飞行员很赚钱。按照飞行时间赚钱，一分钟六块钱，这飞一次起码一两万，每天都飞的话，工资肯定很高。”

当初沈浅听朋友说当兵就去当飞行员，那个好福利啊，吃的可都是顶级伙食，国家待遇好到顶点。国家宁愿失去一架飞机也不愿意失去一位飞行员。可当飞行员的门槛太高，没有关系和实力是很难进去的。

尤然听沈浅这么一说，哭笑不得地说：“我不缺钱。”光是他外公赠给他的阳光国际大酒店，就够他挥霍一辈子了。

沈浅想到了尤然的外公，也对，开得起劳斯莱斯幻影的人，还缺开飞机的那点儿钱？

尤然抿了抿嘴说道：“我要是回去了，就很难出来了。”

沈浅愣怔地看着尤然，他要是重新当飞行员，那他们就很难再见面了？沈浅知道尤然和李美丽的老公高长丰不一样，高长丰是特警，缉拿带枪的犯人，而飞行员任务更重大。

“我想把你带走。”

尤然这句话，无疑是道霹雳，把沈浅恍惚的心给炸开了。这……这算表白吗？沈浅一下子慌了起来，嗫嚅道：“尤……尤先生，虽然你平时对我多加照顾，我很感激，但是……”

沈浅不敢看尤然的眼睛，目光躲躲闪闪。当她好不容易鼓足勇气去看他时，却发现他似笑非笑地凝望着自己，似在等她说话又似乎不是，只是眼里闪着精光，让她把到嘴边的话又咽了下去。

“我家浅浅快生了，离不开你。”尤然忽然轻飘飘地说了这么一句轻描淡写的话，沈浅那高悬的心一下子裂开了一道细小的缝……她挑了挑眉毛，干笑道：“其实不一定非我不可。”

“不，我就是非你不可。”尤然把目光瞄向乖乖地趴在一旁的浅浅，“对吧？浅浅？”

沈浅压力很大，尤先生现在开始叫她浅浅，而他的狗也叫浅浅，她情何以堪啊……

“尤先生以后不要叫我浅浅，当你叫狗的时候，我会以为叫我。”

尤然突然笑了，聚精会神地凝视她，一边帮浅浅顺毛，一边说：“那我叫你什么好？”

“叫我沈小姐就好了，嘿嘿。”

尤然听后蹙了下眉，声音低沉地说：“不习惯，叫惯了浅浅。”

“啊？”

“我以后叫你浅浅2号，怎样？”

沈浅不禁眉毛抖了抖，拒绝道：“不要。”

尤然做出一副认真思考的样子，扇着长卷的睫毛，嘴角挂着他千年不变的浅笑。他忽然露出洁白的牙，笑得煞是动人：“我知道该叫你什么了。”

“嗯？”

“还是叫浅浅。”

“……”沈浅一脸无奈，这不等于没说吗？

“我喜欢浅浅，改不了。”

沈浅见尤然那似笑非笑的脸，还有那明亮的眼中偶尔闪现的精光，她心头一震，很不高兴地说：“尤先生，和良家妇女肆意调笑是不对的。”

“沈小姐，我哪里调笑你了？”

“你……说喜欢浅浅。”沈浅有些结结巴巴地道，“这不是调笑是什么？”

尤然站起来，与她平视，他眯起眼笑道：“你说呢？”

“呵呵，一定是。”沈浅尴尬地继续嗤笑，“尤先生这么出色的男人，一定看不上我这样的女人。”

尤然很认真地问：“你很差劲吗？”

沈浅抿抿嘴，不知道怎么回答，想了一下，轻声说：“配不上你吧。”

“那我去配你，可好？”

沈浅感觉尤然是真的不正常了。她皮笑肉不笑地刚想说什么，门铃忽然响了起来，两人面面相觑，尤然率先走过去开门。

门一打开，二人就看到门口站着的是于橙。她泪光闪闪，十分可怜地凝望着尤然。

“小橙？”尤然有些惊讶。跟着出来站在他后面的沈浅也很是惊讶，这秦昊的未婚妻半夜敲独居男人家的门，是什么意思？

“然，明天我就要登船了，我……”

尤然不等于橙说完，便立即说道：“你终于长大了，以后嫁作他人妇，要好好对秦昊。”

于橙缄默不言，她只是专注地凝视尤然：“你不觉得可惜吗？如果当初你答应娶我，你外公所有的财产都是你的。”她的语气中竟有一丝祈求。

“秦昊比我更适合得到这份财产，我不适合从商。”

“尤然！”于橙眼眶中的泪水瞬间决堤，她气愤地指着他身后的沈浅吼道，“她只是长得像那个女人，她不是那个女人！”

尤然轻轻闭上眼，压抑着心头点点蹿出的怒火，说：“小橙，这是我的事，你不用操心。你乖乖回去准备登船，我会去参加你的婚礼。”

于橙的泪水汹涌而出，她死死咬着牙，一字一句地吐出：“为什么你的眼里只有她？你车祸住院，是谁没日没夜地照顾你？是谁一次次去开导你？为什么你可以对她那么痴情，却对身边那些对你好的人那般绝情？”

尤然不轻不重地抬起中指，指上那枚泛黄的戒指上，隐隐约约现出那几个字，他说：“你姐姐是看着我和她走过来的，你可以去问你姐姐。我的青春，我的所有感情都在她那里。小橙，回家去，明天准备登船。”

于橙听了尤然的话后，略带恨意地狠狠剜了沈浅一眼。沈浅本来就听得莫名其妙，再被这凶狠的眼神一瞪，更是六神无主，手足无措。

“我不爱秦昊，我嫁给他，只是因为他是你表弟。”

尤然叹息道：“小橙，你要是再不回去，我现在就打电话给秦昊，或者你的父亲。”

于橙双手握拳，低着头，咬牙切齿道：“对不起，是我自找没趣。”说完，她转身跑开了。尤然静默地注视着于橙离去的背影，终于把门关上。转身，目光正好与沈浅对视上。

沈浅讪讪一笑：“其实我看得出来，她很喜欢很喜欢你。”

“那我呢？”尤然反问，“你看得出来，我喜欢谁吗？”

谁会不知道尤然喜欢谁？那个传说中的女友，那个霸占尤然过去的女人。沈浅如此一想，心里不免酸酸的，她笑了：“那个女生真的跟我很像吗？”尤然平时对她的亲昵，也许可以理解为“借物寄思”。

“不像，一点儿都不像。”尤然勉强笑着说，“我要是招招手要她过来，她会立即扑上来，把我亲个够。不像你，总觉得我精神不正常。”

“……”沈浅一脸郁闷，不知道该接什么话。这女的很大方，她佩服。

“明天要登船了，你也早点睡吧。”尤然朝楼梯迈了一步，突然顿了顿，又侧头望着她，“晚安，浅浅。”

沈浅对他回了句“晚安”，心里却是七上八下，惴惴不安。

豪华游轮环游世界一周的总航行时间是六十六天。在这六十六天里，一切吃穿都是免费，只要你手上有邀请函。

沈浅和李美丽约好在码头碰面，但当她早上坐在沙发上给李美丽打电话询问对方准备好没时，李美丽忧伤地在电话里说："要是再有一封邀请函就好了，我把老公丢在家里我不忍心啊。"

沈浅同样为此感到可惜。只见尤然从楼上走下来，把一封邀请函递给她说："不要皱脸了。"

沈浅顿时喜出望外，激动地在电话里头给李美丽报喜讯。

挂完电话，沈浅心里有说不出的感激，尤然却说："本来这邀请函就是为你准备的，谁知道你这么积极，自己拿到了邀请函。你把你原来的邀请函给李美丽的老公，你用这张。"

沈浅抿着嘴，显得很不好意思，见尤然这封邀请函比她原来那张更华丽，感激道："尤先生人真好。"

"走吧，我们一起去。"

"好。"

到了码头，只见到处都聚集了很多人和很多名牌车，似乎今天是各大品牌联袂召开的车展。码头不远处停泊着一艘大型豪华游轮，抬头观望，沈浅感觉自己就像蝼蚁一般，那么渺小。

尤然把沈浅送到码头，便开着车去了他该去的地方。

"浅浅。"背着大包小包的李美丽叫了沈浅一声，拉着她老公跑来，笑呵呵地说，"我的天哪，这场面真让人热血沸腾啊，首富的阔气真是无法想象。"

沈浅点头，目光落在李美丽身上的大包小包上："你这是干什么，搬家吗？"

“这叫准备齐全。”李美丽指了指肩膀上背的东西，解释道，“这船虽然是豪华游轮，但是也分头等舱和二等舱、三等舱，你说我们会不会是三等舱啊？听说三等舱东西不齐全，所以我做好准备了。”

沈浅想了想，觉得也有这种可能。

听到游轮的号角响起，沈浅连忙把邀请函递给李美丽。李美丽贼兮兮地说：“大队长就是给力啊。”

然后人群开始蜂拥挤向登船入口，沈浅被挤得晕头转向，竟然与李美丽隔了一段距离。李美丽率先拿着邀请函进去，她被拥挤的人潮带向了里面，只好吆喝着：“浅浅，我先进去，你等下给我打电话。”

沈浅对着她狂点头。

好不容易轮到她递上邀请函，那位检票员说：“不好意思，这是二等舱的入口，您是头等舱邀请函，请从左侧的入口进去。”

沈浅听了当即想吐血，她好不容易才挤进来的，现在竟然又让她出去？她忙说：“这个入口进去不行吗？”

“不行，入口内有人发放房卡，这样会导致秩序混乱。这次进我们伊丽莎白七号的人数达到了两万，请体谅。”

沈浅没辙，只能像只蜗牛似的挤出去，换到头等舱入口进去。

当沈浅快要到头等舱入口处时，蓦然发现尤司令正站在门口与一位男子攀谈。两人看起来很相熟，那男子背对着沈浅，但他也是穿着军服，背影挺直，器宇不凡。眼尖的沈浅瞧见他的肩上有一颗闪亮的金星。

“天阳，恭喜！”

“哎，尤司令，是小女没这个福分进你们家，怎么撮合都没用。”

“别这么说，昊昊也不错，你女儿很有福。”

“嘿嘿，是啊，是啊。”

沈浅低着头，默默从他们身边走过。

尤司令转头看到沈浅一愣，一时说不上话来，只是盯着沈浅的背影看。于天阳觉得奇怪，问道：“尤司令怎么了？”

“沈浅？”尤司令喃喃低语。

于天阳蓦然回头，却已不见沈浅的身影，他再次转过头问尤司令：“小然的初恋？不是死了吗？”

尤司令讪讪一笑道：“肯定是我眼花看错了。”

沈浅登船后接到的房卡号码是388。据说头等舱有一千，她怎么就摊上这个号了？沈浅很是郁闷。她给李美丽打电话汇报自己的情况，那头李美丽不断号叫：“不公平啊！你住头等，我住二等，这是什么意思？”

“这个……我也不知道。”

“大队长偏心。”

“呃……”

李美丽又嘀嘀咕咕了一堆，像机关枪一样，沈浅也没怎么听清楚，草草挂了电话。她开了房门，进了所谓的头等舱豪华间。这套豪华间可真是喜庆，墙纸火红不说，沙发窗帘、酒杯装饰也是火红的，独独那床单是洁白无瑕。沈浅坐上沙发试试弹性，感觉还不错。

这时她的电话响了起来，她看了下号码，唇边不禁绽开一个浅笑，接了电话。

“到房间没？”尤然在那头微笑着说道。

“到了，特喜庆的房间。”沈浅一脸兴奋地说着，尤然“嗯”了一声，他说：“我住101，有什么事可以找我。”

“好的……还有，那个……谢谢你，让我有幸住豪华间。”

“其实我想让你和我一起住。”

沈浅听了，一阵干笑：“尤先生又在开玩笑呢。”

“你要想来，随时欢迎。”尤然在那头也笑了，“等下你收拾好，我们去餐厅吃东西如何？”

“我不饿，不怎么想吃。”人一忙起来，往往没什么胃口，就好比她，一早起来收拾行李，挤入口，颠簸着上了船，一系列事情让她早就忘记了吃饭。

尤然说：“你还是来一趟吧，我家浅浅最近有些不正常。”

说起狗，沈浅感觉很对不起混血儿，她为了这次的环游世界，把混血儿扔到宠物医院代理，自个儿独乐乐去了。沈浅心里油然生出一股罪恶感，再一比，尤然对他的浅浅可真是好，处处不离身。

“那好吧，我过会儿去你房间，去之前给你打电话。”

“好。”

挂了电话，沈浅便开始收拾自己的行李。要在船上待六十多天，还真是段不短的日子啊。她仔细地参观了下自己的豪华间，除了装饰过分喜庆外，唯一让她心动的是那个超大型浴室。这也是让她惊讶之处。浴室里面有个大型浴池，起码二十多平方米，凹进去，跟游泳池差不多，她都可以游泳了。沈浅赤脚踩了进去，找个姿势卧了卧，心满意足地闭上眼睛。她将手搭在了浴缸旁边的扶手上，忽而“叮”地一响，好像是按了什么启动按钮。沈浅还未仔细看，墙上挂着的电视忽然开启，一位客服女子礼貌地在电视屏幕上微笑：“请问需要什么服务，点餐请按一，需要按摩请按二，客户咨询请按三。”

整得跟移动电话客服一样。沈浅蹙了蹙眉，但潜意识里有点好奇，便琢磨起扶手上的按钮，全是触屏的……

沈浅选了三，电视屏幕出现人工对话：“您好。”

沈浅瞪大眼，不禁惊喜地叫起来：“真有意思！”

“小姐，请问有什么需要帮忙的吗？”

沈浅一愣，原来这是对话？她只能瞎白话：“请问，点餐是什么意思，按摩又是什么意思？”

“点餐就是进入点餐网上订餐，然后把食物送到您的浴室。”沈浅一听，顿时汗颜，这洗个澡，还吃东西？

客服继续说道：“按摩则是为你找位专业人士，疏松筋骨。”

这服务还真是周到。沈浅说了声谢谢，电话便挂断，电视屏幕则开始播放电视。

沈浅觉得，洗澡看电视，很有情调。她站了起来，赤脚踱步到床上，顿觉舒适，躺下滚了一圈，竟睡着了。待她醒来时，天都黑了。

沈浅暗叫不好，她说好午餐以后去找尤然，现在都晚餐过后了。她急急忙忙掏出手机，按下号码打了过去，不料一直没人接，沈浅再打，好不容易有人接了。

“喂？”

竟然不是尤然的声音？沈浅看了看自己手机屏幕上的号码，确实是打给尤然的，她问：“你是？”

“你找尤先生吗？他在屋内，只是不方便接电话。”

不方便接电话？沈浅想了想，在屋内却又不方便接电话，然后一个陌生男子接了电话？沈浅越想越惊悚，最后嘴巴张大呈“O”状。难道尤然有什么难言之隐？看他那种清贵模样，不方便接电话，难道是被人劫持了？沈浅摇了摇头，试图甩掉自己脑子里歪曲的想法。他可是前飞龙队队长呢！

“那我现在去找他，方便吗？”沈浅如此对着电话说，眼皮跳得很厉害。

“我去问问，您稍等。”过了一会儿，礼貌的男人回话，“尤先生说，等他穿戴好，大约二十分钟。”

穿戴好？沈浅终于惊掉了下巴，她理理额头的刘海，说：“好，我十分钟后过去。”

沈浅熬不到二十分钟，五分钟以后她就起身走了出去。沈浅对游轮不熟悉，她转来转去地寻找，怎么也找不到尤然房间的位置，倒把自己转糊涂了。她只好随手抓了一位侍应生：“请问101怎么走？”

“过了这个廊，右转再右转，再左转，那里尽头就是。”

沈浅晕了一晕，虽然还没理清楚，但是记得他的话，点头后照着他的话走。她刚一右转，从一屋里走出一人，两人撞在一起，她被撞得连连后退几步，抬头一看，那人竟然是秦昊！

秦昊也颇为惊讶地看着沈浅，他失声笑着问道：“你怎么来这里了？”

“啊？”

“这是头等舱，而且这块区域，都是我爷爷请的贵宾，你来这里……是找我吗？”

沈浅压根就没想过找秦昊来着。她尴尬一笑：“其实……”

“浅浅，你觉得这场订婚典礼，荒唐吗？”

沈浅略有惊讶，秦昊很少在她面前展露失控的情绪，而此时，他眼里带着一丝丝忧郁。沈浅想到昨天于橙半夜来找尤然的情景，难不成秦昊知道他们有牵扯？

“我刚想去游泳呢，一起去吧。”

沈浅这才发现，秦昊手里拿着一块浴巾，身上穿得很随意，褐色T恤，五分短裤，黑色人字拖。

“你老婆呢？”沈浅伸长脖子往他屋子里探了探，眼珠子滴溜转了一圈。

秦昊蹙眉道：“还没结婚，不会住在一起。”

“哦。”沈浅傻笑两下，问道，“你会游泳了？是不是上次的生命危险让你意识到会游泳很重要？”

“目前还不会，我打算用游泳圈。”秦昊笑眯眯地答道。

沈浅顿时一脸郁闷。很难想象，一个大男人，半夜去游泳池，要戴着游泳圈去游泳。沈浅心想，反正离约定的二十分钟还有一点时间，如今她曾经暗恋多年的男人如此郁卒，就先陪陪他吧。

秦昊带沈浅走向最近的游泳池，途中正好路过尤然的101房，沈浅在那房间的门口停顿了下，最后还是跟上秦昊的步伐。没想到101房一侧的台阶上去，就是特设甲板，甲板下方就是游泳池。

秦昊从架台上面取出一个游泳圈，他笑呵呵地问：“浅浅，要不要一起下水？”

沈浅顺势低下头，看着水面里歪扭的月亮，照得四周锃亮锃亮。现下空无一人，她要是和秦昊一起下水，那不太妥。于是，沈浅朝秦昊摇摇头。秦昊也不勉强，自己开始脱衣服，准备下水。

秦昊个子很高，那倒三角的身材一下子全部展露在沈浅面前。她一愣，突然想起李美丽的一句话："浅浅，你为什么喜欢他？"

"他长得很俊美。"

"他是三好男人……长相好，家世好，身材好。"

那时，她只知道他的两好，至于第三好，她今天才终于发现了。只见他下了水，想一头扎进水里，奈何游泳圈的浮力，让他扎不进去。他无可奈何地说："浅浅，我想扔掉游泳圈，体验一下一头扎进去的感觉，可以吗？"

"这是你的事，问我做什么？"沈浅坐在游泳池边，双脚浸泡在水里，荡啊荡的。

"我是想拜托你，我要是出不来，你记得来救我。"

沈浅白了他一眼："我这身衣服是刚刚才换的，我可不想弄湿了。"

"拜托了。"他双手合十，却是嬉皮笑脸，毫无一丝求人的诚意。没等深浅答应，他火速丢掉游泳圈，一头扎了进去，却一直没再浮上来。沈浅不由得喊了一句："秦昊。"

没人回答。

"喂！小耗子。"沈浅这下可是真着急了，她把手机扔到一边，二话不说，一头扎进水里。不料她刚一入水，秦昊的脑袋就突然从水里冒了出来，哈哈大笑道："浅浅，你上当了。"

沈浅一愣，怒瞪他道："你会游泳？"

"本来打算让你救上去，我们再来一次人工呼吸，可惜你反应太迟钝，我在水下等得受不了，憋不住只好上来了。"

沈浅气急败坏地拍了下水面，厉声道："浑蛋！"然后双手掬起一把水，泼到秦昊脸上。秦昊见沈浅生气时像河豚一样鼓胀的脸蛋，哈哈大笑起来。

沈浅不愿再搭理他，掉头准备上岸。这时秦昊放在岸上的电话突然响了起来，他只好也跟着上岸。他还来不及擦身上的水，就接起了电话。

“爷爷，什么事？啊？现在就想见我？”秦昊偷偷瞄了一眼边上在拧干自己衣服的沈浅，他道，“嗯，我这就过去。”

秦昊把他带来的浴巾递给沈浅：“你擦擦，我先走了。”他顿了顿，欲言又止，思考了下后，最终还是说了声“拜拜”。他刚一转身，便见到倚靠在舱口的尤然。尤然目光冰冷，面无表情，只是一眨不眨地盯着他们看。秦昊走过去，礼貌地跟他打招呼：“表哥，你来游泳吗？”

“没，刚听到有人喊叫，来看看而已。”尤然轻轻扫了眼沈浅，不轻不重地说。

秦昊点头。

“你快去吧，外公找你呢。”

秦昊一愣：“你怎么知道爷爷找我？”

“你刚才不是接电话了吗？”尤然嘴角微微弯成弧形，似笑非笑。秦昊不禁打了个寒战，他与尤然不是很熟，只知道爷爷收养了两个孩子，一个是他爸爸，一个是尤然的母亲。因为尤然的母亲去世得早，所以他与这边的亲情也就淡薄了许多。

但秦昊知道，他这位表哥为人处世很是得体，即使心里完全不在意对方，也会面露微笑，如晨曦一般。如今，秦昊感觉到尤然那淡漠中带着的冰霜意味，所以冲对方点头后便离去了。

沈浅拿着浴巾正专心致志地擦着头发，并未注意到一直站在舱口处的尤然。忽然沈浅的手机响了起来，她接起电话："喂？"

"你在哪？"

沈浅一愣，看看时间，发现早就过了二十分钟了。她要是说来游泳，尤然想必会不高兴，便下意识撒了个谎："我在……在房间呢，我马上过去。"

"嗯，你快点，我等你。"尤然直接挂断电话，深深望着五十米外沈浅湿漉漉的背影，冷漠地转身下去，回了房间。

沈浅长吁了一口气，胡乱地擦了下头发，靠在围栏上吹吹海风。她懒得回去换衣服了，准备直接在外面吹干。她不停地抖动身上的衣服，等吹到她觉得差不多了，便进了舱口，拐到尤然的101室，按了按门铃，尤然很快打开了门。

沈浅很不好意思地说："让你久等了。"

"进来吧。"尤然看了她一眼，自己转身进去了。

沈浅一愣，尤然很少对她这么冷漠，难道是在责怪她迟到吗？她连忙进了屋，顺手把门关上。

尤然的房间与沈浅的房间布局类似，只是色调不同，他的房间色调是橘黄色。尤然直接朝里卧走去，沈浅也跟着进去，心想：他家的浅浅应该在卧室里。

可是走进去一看，他的卧室很空，并没有看到狗的身影。他只打开壁灯，昏昏暗暗的橘色灯光柔和地打在尤然僵硬的脸上，很不相称。

"浅浅呢？"沈浅朝四周望去，见卧室里只有她和尤然，并无其他可见生物。

尤然双手插在兜里，细长的眼半眯着。他打了个哈欠，慵懒地说："你从中午一直拖到现在，我只好把浅浅送到医务人员那边去了。"

沈浅感到十分抱歉，忙说："对不起，我……"

"沈小姐今天一定是很忙吧？耽搁你这么长的时间，我感到很抱歉。现在也没什么事了，你可以回房间了。"尤然走过来，打开门，下了逐客令。

沈浅一愣，一时不知如何招架。尤然身上充斥着寒气，虽然脸上没有表现出生气，但他浑身散发出来的凛冽气息告诉她：他在生气，而且很生气。

他的确该生气，明明已经约好了，她竟迟到了将近一倍的时间。他是该生气，沈浅毫无怨言。只是她潜意识里，不喜欢让尤然生气，这种意识让她慌张，她为何那么在乎他的感受？

沈浅咬咬牙，死皮赖脸地不走，她说："尤先生，我为我的迟到向你道歉，我以后再也不敢了。"沈浅向他鞠了一躬，见他无动于衷，又说道，"要么，我请你吃一餐饭？"

尤然斜睨她一眼，目光幽幽，语气冷硬地道："我已经吃饱了。"

"那……"沈浅再一次开动脑筋哄人，"你下次放我一次鸽子？"

尤然忽然冷笑道："沈小姐，时间不早了，我想休息了，你请便。"尤然把门打开，大步流星地走出卧室。沈浅呆立在原地，心里五味杂陈。人家都说到这地步了，她要是还不走就是自找没趣了。偏偏她的腿像是灌了铅，怎么也迈不出一步，只能傻愣愣地一直站着。

直到听见"砰"的一声摔门声，她才冷不丁打了个寒战，开始挪着步子走出他的卧室。外厅里空无一人，尤然已经出去了。沈浅死死抿着嘴，顿觉万分委屈，她这是招谁惹谁了？她都知错要改了，他还那么大火气，到底是什么意思啊？

沈浅越想越郁闷，她一屁股坐在沙发上，拿起手机给李美丽打电话诉苦。

“大队长生气啦？真的？真神奇啊，永远春风拂面的大队长发怒啦？浅浅你的功力真不错。”李美丽一直在讲风凉话，沈浅忍无可忍，对她吼道：“我说正经的呢，我现在该怎么办啊？”

“哟，这么在乎大队长的情绪？”李美丽“唔”了半天，似乎在思考。可她憋了半天，最后总结了一句：“浅浅，你爱上大队长了？”

“瞎说。”沈浅死不承认。

“那你那么在乎他生气不生气干什么？他爱生气就让他生气去，你洗洗睡吧，反正不关你的事。”

“可是……”沈浅也说不清楚，她心底一直排斥自己爱上尤然这个事实，“我不要他生气，我喜欢和睦相处。”

“如果我没算错的话，他的浅浅会在船上生产，你照顾的期限也就满了，你俩以后就互不相干了。他生气就让他生气吧，反正你们以后没关系了。”

沈浅听李美丽这么一说，心里有一种说不出来的滋味。情绪一上来，她就克制不住，难过地嚷嚷起来：“人家现在很难受，我不要跟他没关系。”

“噗……”电话那头，李美丽正喝着牛奶，被沈浅这一声鬼哭狼嚎一吓，直接喷了出来，开始大声诘问她，“沈浅，你还不承认你移

告白♥早安卡

早安啊亲爱的________：

我想在这个早晨写一封久违的信给你。

我有喜欢的人了，事情有点大，因为你是这罪魁祸首呀。

我想告诉你：

____

____

____

____

____

那么，你听到我的告白了吗？

“我会陪你。”
“陪多久？”
“一辈子。”

爱是念念不忘

沈洋/尤然

典藏修订版

告白三部曲 守候篇

《让我爱你，永远为期》籍竹/著

情别恋了？”

沈浅不无委屈地说：“就有那么点动心而已啦。”

“嘿，当年秦昊出国，我也没见你这么难过。我记得当年我也说过，你要是再不表白，你们以后的关系就是没关系。我清楚地记得，你当时说，‘天涯何处无芳草，何必单恋一棵草’来着。”

沈浅一下子被李美丽噎得说不出话，事实确实如此。

“那么我现在把你原来这句话还给你。”

“我的美丽姐，我老了，这一把年纪，小草不能吃，老草啃不动。”

“你的意思是说，你想追大队长？”李美丽尖叫起来，沈浅不得不把话筒拿开远离自己耳朵几尺。

“沈浅，你是不是因为刚刚被大队长打击了，所以现在还分不清东南西北啊？大队长他爸爸是尤司令，是A军区的尤司令！是上将军衔。你懂不懂什么叫作门当户对？”

沈浅一脸黑线，她压根就没考虑那么多！她对着天花板翻了一个白眼：“我向天发誓，我沈浅从来没想过跟尤然大队长在一起。”

偏偏这时门被打开了，尤然走了进来，他静静地凝望着沈浅，目光如炬。

沈浅连忙对李美丽说拜拜，把电话挂断，慌张地站起来：“尤先生，我……”

“你刚才的誓言要是违背了，要怎么办？”尤然手里牵着浅浅，显然他刚才出去是为了从医务室把浅浅带回来。沈浅不防自己刚才那句誓言被他听到，她张着嘴，不知道如何接话。

尤然把遛狗绳解开，得到自由的浅浅飞速跑到自己的狗窝里，它抬起眼不解地看着正在对峙的两人。沈浅浑身发凉，她都不知该如何去解释自己刚才为什么要说那样一句誓言，她真的是无心的。

尤然慢慢走过来，靠近她，托住她的下巴，把她的脸拉近自己，让她直直地与他对视。尤然慢慢地上扬嘴角，幽幽地说："要是我让我们在一起，你会怎样？"

沈浅想撇头挣脱掉他的手，岂料他很用力，她的所做只是徒劳。沈浅感觉到尤然浑身上下的森然气息，不似平常那么温润。

"要是以后我们在一起了呢，嗯？"他又问。

沈浅终于把头撇开，尤然轻笑道："那你必须向我求婚。"

"……"

"好了，沈小姐，我想睡了，不送。"

沈浅很纳闷地出了他的房间。尤然说的这些都是什么逻辑？她郁闷地往自己的房间走去。说起来，沈浅方向感确实不好，由于一个弯拐错了，她竟然来到另一边她相当陌生的船舱。

沈浅思量着要找个人问路，偏巧一位中年男子走过，她乐呵呵地上前叫道："叔叔，请问去388怎么走？"

中年男子身形一顿，机械地转头。只见沈浅龇牙傻笑，然而那中年男子脸色却开始泛白，询问道："沈浅？"

"你怎么知道我？"沈浅也仔细打量他，无奈脑子里对这张脸确实没什么印象。

中年男子蹙眉，瞟了下沈浅来的方向，正好是直达101，他忽然茅塞顿开，但脸色却愈发的青黑，说："沈浅，我们到甲板上聊可好？"

沈浅一脸古怪，这个男人她确实没有一点儿印象，但看他的衣着打扮都正正经经的，也不像是什么坏人，便点头答应跟了去了。

两人靠在围栏上，夜里的海风轻抚着脸庞，潮气袭来，沈浅闻到一股淡淡的海潮的味道。那位中年男子目光看向远方，眉毛拧成一团。

“我知道当年司令太冲动，没问清事实，就告诉然然一个假的消息，造成你们在最相爱的时候分手。后来听说你出了车祸，然后就消失了，司令以为一切都是他所致，一直很内疚。但他就那么一个宝贝儿子，为了不影响然然的学业，只好动用自己的私权，想将错就错。可到最后看尤然这样子，司令还是说出了事实。”中年男子朝她一笑，“还好你们现在在一起了，以后然然就拜托你了。”

沈浅听得云里雾里，不禁失声一笑：“我只是跟你所说的沈浅长得像而已，我不是她。”

中年男子一愣，爽朗一笑：“这世上同名同姓并不奇怪，奇怪的是也会有人在左耳朵上打上七个耳洞，并且身形和从前一模一样。沈小姐真会说笑。”

沈浅抿着嘴，缄默不言。他说的没错，所有的一切都好巧，巧得让她都无法辩解。

中年男子看了下手表，叹了口气：“本想带你去见见司令来着，不过现在这个时候司令正和秦老爷子下棋呢，还是后天给他个惊喜好了。虽然他一直知道然然现在跟一个女孩子在一起，但他不知道那个人就是沈小姐你。”

沈浅说不上话，只感觉胸口极闷，好似被人重击了一下。

“我得先回去了。”中年男子说，“后天订婚典礼见。”

沈浅目送他离开。这个中年男人似乎与他口中的沈浅很熟，说起她时脸上一直带着笑，而且笃定沈浅会理所当然地回到尤然的身边。

沈浅的心顿时七上八下。她会是他口中的沈浅吗？她不敢确定，可心里竟有一丝丝期盼。如果她是他口中的沈浅的话……那么就是说她和尤然真的有过曾经？

唯一能证实的人，只有她的妈妈。沈浅很忐忑，她在甲板上来回踱步，终于咬咬牙，狠下心拨打了沈母的号码。

那头很快就接了电话："喂，你不是说去环游世界了吗？"

"妈……"沈浅欲言又止。

电话那头很静，似乎在等沈浅说话，可沈浅此时却不知该如何说起。直到电话那头传来叹息声："浅浅，你还是放不下过去吗？"

"妈，我只想问你一个问题，就一个问题，好不好？"

电话那头又静默了一阵，沈浅深呼吸一口，小心翼翼地问："妈说我曾经有个男朋友，我的那个男朋友是不是叫尤然，尤司令的儿子？"

沈母没有说话，既不承认也不否认，让沈浅很着急。

"浅浅，你答应妈妈一件事。"

"嗯？"

"永远不要告诉任何人，你是于天阳的女儿。永远。"

沈浅一愣，这是她第一次从妈妈口中听到她父亲的名字。沈母继续说："也许，你已经跟那圈子的人接触了，早晚会知道。妈妈不反对，也拦不住你继续接触。这也许就是命。当初妈妈不拦着你和尤然那孩子交往，如今妈妈也不拦着你，那孩子为你吃了不少苦头，妈妈知道。只是，你必须答应我，不要告诉任何人，你父亲是谁。"

沈母承认了沈浅的身份，但也一再要求沈浅保密。

沈浅挂了电话，瘫坐在甲板上，任海风吹打着自己愣怔无神的脸。她做梦都想不到，她就是尤然传说中的那个神秘女友。沈浅联想到耳洞的凑巧，联想到对尤然这种模样的人总会有特殊的好感，联想到尤然手指上那枚清清楚楚刻着“沈浅独家私有”字样的戒指，还有他平时轻柔低喃的叫唤……

这到底是为什么？为什么尤然明明认出了她，却不与她相认？她不明白。难道是因为他对自己没了感情，所以相认也毫无必要了？沈浅的心一下子更乱了。

她立即爬起来，给尤然打了个电话，可电话那头一直处于忙音中。

沈浅只好站起来，冲进舱内，打算亲自去找他。可她的方向感极其不好，马上又找不到北了。等她终于辗转找到101室时，几乎是立刻扑上去按了门铃。

却没人为她开门。

沈浅不死心地继续按门铃。好不容易，门“吱呀”一声打开了，一股酒气扑鼻而来。尤然靠在门边，面无表情地问：“沈小姐还有什么事吗？”

“我只是想来问你，我到底是谁？”

第八章

CHAPTER 8

有段甜蜜的过去

尤然静默地凝望她，星眸在浩渺的暗夜里闪烁，他并未有过多的情绪，或者说他没有理解沈浅这突如其来的问题。他说：“沈小姐是谁？当然得问你自己。”

沈浅咬咬牙，低头看着尤然手指上的戒指：“我叫沈浅，你记忆里的那个沈浅是我。”

尤然定定地看着沈浅，依旧面无表情。沈浅问他：“你为什么不告诉我，我们曾经有关系？”

尤然不禁皱起眉头，他微微抬起手扶住额头：“浅浅，你知道了多少？”

“那要看你打算告诉我多少。”沈浅目不转睛地看着他，目光如炬。

尤然把沈浅拉进屋，顺手关上门。两人都坐在沙发上，谁也没说话，空气好像一下子凝固起来。茶几上有几瓶打开的洋酒，散发出浓烈的味道。尤然不时地捏捏额角，想让自己清醒一点。

“你……还好吧？”沈浅见尤然这副神色颓然的样子，突然心疼。

尤然微微抬起长而翘的眼睫毛，一双迷离的眼睛努力将视线定格在这个让他思念到心痛的女人身上。他嘴角泛起一丝淡淡的笑意，伸出手来，握住了沈浅的手。

沈浅一下子僵硬起来，想抽离手，奈何他的手劲过大，她没办法挣脱。尤然一直盯着两人交握的手看，喃喃自语道：“当初是你追我，但是你知不知道，我一直在为你留级？”

沈浅呆若木鸡。尤然握住沈浅手的力度大了些："浅浅，我被你惯坏了。"他忽而闷哼一声，打了个闷嗝，显然是酒劲上来。

"算了，这事我们以后再说吧，你今天喝了酒，口齿不清，我看你还是先休息好了。"沈浅拉扯着尤然想把他带进卧室，让他能舒服地躺在床上休息。

尤然也很听话，任凭她带进屋，被她挪到床上。

沈浅帮他脱掉鞋子袜子，然后帮他解开几颗衣服扣子。尤然静静地凝视着她，深邃的眸子里热浪翻滚。沈浅顿了一顿，刚想撒手不管，尤然却又抓住她的手，眯起细长的眼睛，促狭地问："你不是问我，我们曾经的关系有多深吗？"

沈浅不动，只是静静地盯着他看，等他继续说。

尤然把手上的戒指呈现给她看，蹙眉说："我尤然的第一个女人是沈浅，沈浅的第一个男人是我，并且……"他顿了一顿，抬起眸子，见到了沈浅那错愕又带着羞赧的复杂表情。

"并且，我答应过沈浅……"他一下子加大力道，把沈浅往他身边拉，沈浅一时未反应过来，跌进他怀里。尤然语气深沉地说："我的第一个女人是沈浅，我最后一个女人也是沈浅。"

沈浅顿时面红耳赤，她抬起头看着这张俊逸非凡的脸庞。尤然忽然俯身，说："但是浅浅，那时是你威逼利诱我，现在我要反抗。"说完，他不理会沈浅那蓦然睁大的眼，强吻了上去。

"乖，张开嘴。"尤然诱哄着她，她竟下意识真的照做了。尤然莞尔一笑，立即含住沈浅的嘴唇，似要把她吞下去。

沈浅顿时一激灵，想起身，奈何尤然忽然而至的吻直接把她压了回去，他说："浅浅，今晚你陪我。"

沈浅来不及发出的惊呼全部被淹没在了如潮水般的深吻里。

第二天，沈浅很早就起床了。此时外面的天际还是昏暗的深蓝，她拉了拉被子，一脸的紧张。她怕吵醒熟睡的尤然，因为她无法面对他们的昨晚。沈浅裹着被子，踮起脚尖，准备偷偷摸摸出去。她走了几步，打开卧室门，只见浅浅立坐在门口，兴奋地看着她，朝她“汪汪”叫个不停。

床上的尤然动了动，想圈住枕边人，却捞了个空。他幽幽地睁开眼睛，扫了眼踩着小碎步折返回来的沈浅。

尤然微笑道：“你想拍拍屁股走人？”

“才没有。”沈浅立即辩驳，话说完，她就缄默了，脸顺带红了个通透。尤然扑哧笑了起来，把沈浅拉入怀中，圈在自己的臂膀之内，把下巴枕在她脖颈之间，在她耳边吹气道：“不要走，以后一直陪着我。”

沈浅脑海里不禁又闪现昨晚的一幕，她清了清嗓子，满脸绯红地转移话题：“那个，我想把我昨天要问的事，问清楚。”

尤然的脸一下子沉了下来：“嗯？”

“你为什么不与我相认？”

“我怕把你吓跑，又找不到你。”

沈浅一愣，见尤然笑而不语的淡定样子，想起他平时的一派正经和昨晚的为所欲为，咬牙切齿地说：“那我现在知道了，你不怕我跑了？”

“我知道你对我有感情了，不会。”

“你怎么知道我对你有感情？”

“昨天你回来找我对质就是证明。”尤然收敛一笑，眸光四射，如一只得逞的狐狸。

沈浅不甘示弱，立马反将一军：“对质算什么证明？以后你对我不好我就彻底藏起来。”

“嗯。”尤然把沈浅仔细地用被子包裹好，一副默然的样子。沈浅心中产生了一股胜利的喜悦。尤然在床头柜上按了下按钮后，走至衣柜前，从衣柜里拿出浴袍套在身上，然后走出卧室去了外厅。

呆坐在床上的沈浅一愣一愣的，很是迷茫。她本想把昨天的衣服穿上，不想衣服上的几个扣子都被扯掉了。

她负气地扔掉衣服，直接包裹着被单走出卧室。来到外厅，只见尤然正一只手端着白瓷马克杯，一只手摊开靠在沙发扶手上，似笑非笑地看着她出来。

他显然早料到沈浅会裹着被单出来。

沈浅撇着嘴，挪步走过来，坐在他旁边，端起茶几上另一个早就准备好的白瓷马克杯喝了起来。温温的水润在喉咙里，很舒服，暖意随之传遍全身，别提多舒心了。

尤然朝她温柔一笑，她的心窝更暖了几分。

突然，门铃响了。沈浅一愣，疑惑地看着尤然。尤然只是淡淡一笑，起身去开门，门外站着一名女服务员。那服务员见到穿着松垮的尤然，朝他鞠个躬，起身时抬眼便看到了坐在沙发上，裹着被单的沈浅。沈浅被她这么一看，羞赧地把被单裹得更紧几分。那服务员说：“请问尤先生您有什么吩咐吗？”

“现在送两份早餐过来。”他面无表情地吩咐道。

“好。”服务员机械地点头离开。

尤然关上门的那刻，沈浅气得浑身发抖："你……你故意的。"

"嗯？"尤然面带微笑。

"你不在电话里点餐，突然在这个时候叫服务员来房间，你就是想昭告全天下，我和你一起，你……"

尤然笑眯眯的："难得你聪明一回。"

"我以后还怎么见人啊？"沈浅顿时想一头撞到墙上。她怎么一直都没发现，这个男人会这么阴险狡诈？！

"有什么关系？你是我的女人，被别人知道很正常。"尤然在逼她，逼她承认她和他的关系。可是这对于沈浅而言，一切太快了，她从一个好奇那个神秘女友的路人，摇身变成了当事人，这已经让她吃不消了。如今在她完全理不清曾经的时候，再跟原来的男朋友建立关系，怎一个"乱"字了得？

沈浅可怜巴巴地望着尤然，像哈巴狗一样用可怜祈求的目光看着他："那以后我们不逾矩可以吗？"

尤然蹙了蹙眉，并未答允也未拒绝。

沈浅捂紧被单，脸已经烧得通红。

尤然走过来，坐在沈浅的旁边，斜睨她一眼："那你的意思是说，我们可以在一起了？"

沈浅眨巴眨巴两下眼，强调了下前提："以后不能越界。"

"可以。"尤然微笑以对。

尤然保持着他惯有的微笑，那笑容别有深意，眯起眼来像一只狡猾的狐狸。

就这样，沈浅成了尤然的女人。

沈浅穿着尤然的衣服回到自己的豪华房间里，坐在床上发了几个小时的呆。她左思右想，决定把这不可思议的事情跟她闺密李美丽说一下。

她准备给李美丽打个电话，结果找了半天也找不到她的手机。她静下心来，细想几分钟，暗叹不好：手机落在尤然的房间里了。

她挠挠头，立即换回自己的衣服，打算去找尤然。她刚打开房门，就见尤然立在门口。

沈浅一见尤然，浑身血液沸腾，脸一下子又烧了起来，傻呵呵地笑道："你找我啊？"

尤然摊开掌心，手里赫然是她的手机。沈浅大喜过望，拿过手机，道："谢谢尤先生专门跑一趟。"

"尤先生？"尤然一笑，"浅浅，你该改称呼了。"

沈浅一愣，问道："那叫什么？"

"是老公还是老公，你选。"

沈浅气得咬着牙齿咯咯作响，她真想咬死他。

"对了，刚刚李美丽打电话来。我接了。"尤然笑得一脸无害，然而沈浅却不淡定了，谁知道他会说出什么让人吓得掉下巴的胡话。沈浅声音发颤地问他："你跟她说了什么？"

"只说了一句话，就挂了。"

沈浅提在嗓子眼的心忽而降低几分，她深吸了一口气，笑呵呵地说："你说了什么？"

"没什么，就是叮嘱她，你可能会怀孕，平时让她多照顾你一点。"

沈浅这下彻底石化了……

沈浅如今很忧伤。因尤然那句话，李美丽火速来兴师问罪了，偏巧尤然也在，于是三人坐在388大厅的沙发上促膝而谈。

沈浅笔直地端坐着，整个人有些僵硬的样子。尤然则是光明正大地坐在沈浅身边，半倚靠在沙发上，慵懒而随意，嘴角挂着淡淡的笑意。

李美丽见两人这般模样，表情是道不尽的古怪。

“美丽啊，你别听尤先生……”沈浅说到这不禁顿了顿，因为尤然忽然细心地搂住她的腰，说道：“老婆，这样坐着对腰不好。”

李美丽看着面前这俩人，脸部表情极其扭曲。沈浅朝尤然剜了一眼，偏偏尤然一副万人迷的姿态，笑得很招摇。他手上稍一用力，就把沈浅圈到自己的臂膀之间，头微侧，他低头一笑。

“哎呀，我看不下去了，你们……太肉麻了。”李美丽一脸嫌弃地看着眼前这么肉麻的一对，“话说，你们什么时候在一起的？”

“昨天。”沈浅辩解道，谁知尤然同时出声：“很早。”

李美丽见两人回答不一致，蹙了蹙眉。沈浅连忙解释道：“美丽，其实我是他女朋友。”

“废话，不是女朋友，还会怀孕？你胆子不小。”李美丽眼睛一瞪，十足威胁的样子。当初是李美丽带沈浅来的，她答应沈母会好好替对方照顾这不谙世事的女儿。如今才短短两个多月，他们竟然走到了这一步，这要她怎么向沈母交代啊？

“不是，我的意思是说，我和尤先生以前有那么一段……”沈浅又顿了顿，有些说不出口。她一脸心虚地看着李美丽，只见李美丽虎视眈眈地盯着她看，好像在等她继续说。

尤然见她这样，忍不住扑哧笑了起来，直接帮沈浅说了：“她失忆前，本来就是我的女人。现在，只是继续而已。”

“啊？”李美丽难以置信道，“话说大队长你的女人不就是那个……那个吗？”关于大队长和他那神秘女友轰轰烈烈的往事几乎是人尽皆知。

尤然只是笑，笑容淡淡的：“失而复得，破镜重圆，这两个词能解释吗？”

李美丽拿起杯子想喝口水，她瞄了沈浅一眼，又把杯子放下。她忍不住一直盯着沈浅看。那个被所有人猜测分析过了很多次的传说中的女友竟然是自己身边的人？而且还是这个不谙世事的迷糊鬼？

尤然笑着说：“还有什么要问的吗？”

李美丽眯起眼，郁郁地说：“我说沈浅，你居然不告诉我你和大队长有关系，你还把我当不当朋友？”在李美丽眼里，得到大队长是个多么遥远的梦，她是做梦也想不到啊。

“这事我也是昨天知道的，然后去证实了下。”沈浅羞赧地回答。

李美丽的眉毛抖了抖，斜睨着她，问：“真怀孕了？”

“假的。”沈浅立即嚷嚷，“一般得过后一个月才能知道。”

李美丽看着自家闺密濒临崩溃的模样，嚷嚷道：“好啦好啦，我也不再多问了。浅浅，你得请我吃饭，真不够朋友，有了这么好的男人，应该请吃饭庆祝。”

“好啊，离餐厅开放时间还有半个小时，我们直接过去好了。”尤然看了看自己的腕表，搂了搂沈浅，一脸含笑。沈浅心想，当初她跟尤然在一起，百分之百是被他的笑容给迷住了，他那笑容，实在太迷人了。

这是一次四人晚餐，因为李美丽带着她老公来蹭饭了。李美丽的老公得知沈浅和尤然在一起后表示很吃惊："浅浅不是喜欢秦昊吗？怎么和我偶像在一起了？"

李美丽懒得跟他解释，直接把他拽到餐厅。

当高长丰见到自己的偶像时，激动得说不出话，早把心底的疑惑忘得一干二净。

两人握手以后，高长丰才说："当初在部队的时候，我最崇拜的就是空军的F21和陆航军阿帕奇。如今见到偶像之一F21，真是荣幸。"

"老公，什么是空军F21和陆航军阿帕奇？"

"F21是一种战斗机，阿帕奇是一种陆航直升机，都是世界顶级的战斗装备。而世界顶级战斗装备的代号，只有优秀的学员才有资格被教官授予。"

李美丽和沈浅听得一愣一愣，不知所云。

尤然只是一笑："这都是过去式了，F21早在三年前就消失了。"

"何止，阿帕奇也在四年前消失了。"高长丰的表情既伤感又惋惜。

尤然明显一愣："陆子昂也退役了？"他看起来很吃惊。陆子昂的父亲是A军区陆军总司令，从小陆子昂的爸爸就常带陆子昂到尤然家做客，尤然和陆子昂自然很熟悉。

"是啊，现在杂志上不都登了吗？听说他马上要结婚了。"

"抱歉，我不常看杂志。"尤然一笑了之，把这个话题带过去了。

餐厅开放以后，四人就着窗户坐下。李美丽果然是打算狠狠宰沈浅一顿，点的菜的价钱令人咋舌。本来这环游世界是一切免费，不过吃的是特定，用的也是特定，要是想用其他，就得另外掏腰包。用李美丽的话来说：这是变相的诱拐消费。

尤然见沈浅那忧心忡忡的样子，不禁笑起来，把手覆在她的手背上，包裹起来："怎么，没胃口？"

"不是，美丽怎么吃都不胖，我就不行了。"

原来是怕发胖？尤然扑哧笑了起来，拍拍她的手背："胖点没关系，抱起来才舒服。"

沈浅回瞪他一眼，只喝矿泉水，眼神中似乎带着一层意思：偏不如你的意。

一桌四人吃饭似乎也很热闹，不时聊上几句，笑几下。本来其乐融融的气氛，却被李美丽一句话打断了："呀，浅浅，你家小耗子来了。"这是她的习惯，她习惯了在沈浅面前把秦昊叫作"你家的小耗子"。

李美丽自然是忘记了沈浅旁边的主了，待她反应过来，自己倒不禁僵了一下。她有些尴尬地望向尤然，只见他眉目舒展，风轻云淡地在吃菜，面无表情。

尤然忽而抬起眼睑，深邃的眸子炯炯有神，他对沈浅说："说起来，我得向你介绍我的家人了。"

李美丽感觉自尤然身上散发出一股阴风，吹得她浑身冷飕飕的。

沈浅脸上的表情略有错愕："谁啊？"

尤然一笑，转身朝着刚从门口进来的秦昊以及挽着秦昊的于橙招手道："表弟。"

沈浅忽然背脊发麻，只感觉背后有一双眼睛死死地盯着她。

“咦，表哥？”那声音越来越响，离沈浅的距离不到五步之遥。当秦昊走近他们餐桌时，见到沈浅坐在尤然身边，更是一惊：“你们……”

尤然不动声色地搂起沈浅，向秦昊介绍道：“这是你未来嫂子，沈浅。”

秦昊蹙了蹙眉毛，静静地凝视着沈浅，眼神相当复杂，似乎有话要说。一直挽着他的于橙忽然收紧秦昊的手臂，甜甜地说：“老公，你发什么愣？”

秦昊缓过神，轻笑道：“浅浅真是好福气。我表哥可是个痴情种，对他前女友一直念念不忘。话说表哥你的眼睛不肯治也是因为你那前女友吧？你可真是痴情。”他几乎是咬牙切齿地说出这些话。

尤然扑哧笑了起来：“何止，我还因为她而想不开做了件蠢事，表弟你不知道吗？”

秦昊不禁错愕，他想不到尤然会如此大方地承认自己对前女友如何痴情，难道就不怕沈浅嫉妒？他偏头朝沈浅看去，只见她脸色很苍白。

“老公，我肚子饿了。”于橙的脸色也好不到哪里去，她娇嗔催促着秦昊。秦昊睨了她一眼，表情僵硬，语气也很生硬地说：“表哥表嫂你们继续，我和橙橙去那边吃饭了。”

“好。”尤然和颜悦色地笑。

餐桌恢复了宁静，大家又继续吃了一会儿，高长丰便去上厕所了。他刚从洗手间出来，便见到准备进去的秦昊……

吃完饭，两对情侣便分道扬镳各回各的房间。尤然把沈浅送到她的房间门口，待她开门准备进去的时候，他有些依依不舍地牵着她的手，不肯放她进去。

“不留我？”尤然突然眼中又露出狡黠的精光，矫情又煽情地看着沈浅，好似看不够一样。

沈浅嘴角抽了抽：“我不相信你。”

“嗯？不相信我什么？”尤然睁大眼睛问。

沈浅顿时脸一羞，大怒道：“你明知故问。”

“什么啊？我真不知道。”尤然表现得很无辜。沈浅见他厚脸皮的样子，脑袋嗡嗡作响，她根本就斗不过他。

沈浅一听，脑海里立即浮现昨天晚上的画面，她顿了顿，不说话。尤然见她如此别扭，倒觉得有意思，没等得到她的允许，直接推门进去。

沈浅在他屁股后面说：“我还没叫你进去呢。”

“如果你的担忧是这个，那你大可放心，我们在一起的条约不就是这个吗？你可以相信我。”尤然坐在沙发上，开启电视。

沈浅一脸古怪地看着淡定自若的他，试探地问：“你确定？”

尤然不禁好笑地看着沈浅：“你干吗一直追问这个？”

沈浅不敢说话了，乖乖地给他去倒水。

船已经开始航行，电话信号从吃饭那会儿起就没有了，尤然随便按了按没有信号的手机，觉得无趣，就塞回衣兜里。这电视由中央控制系统统一播放，放的都是几部无趣的老电影。尤然站起来说：“你这有浴袍没？”

沈浅正在倒水，她顿了顿，问道：“你想干吗？”

“要浴袍当然是洗澡。”尤然似笑非笑地调侃她一句。

沈浅咬牙切齿，叱喝道：“自己找。”

哟，小兔子懂得凶人了？尤然不怒反笑，反而很喜欢沈浅对他随意一点。他笑呵呵地去卧室找他的浴袍。沈浅见尤然那开心的模样，只觉得莫名其妙。

“叮铃叮铃……”门铃忽然催命一样急促地响着。

沈浅连忙去开门。打开门一看，只见秦昊气喘吁吁地站在门口。沈浅一愣，还来不及问他有什么事，他就双手抓住她的双肩，激动地说：“浅浅，我要和你私奔，我也一直喜欢你。”

“啊？”沈浅顿时傻眼了。

忽然，沈浅卧室的门被打开了，已经换好浴衣的尤然走了出来，他侧头，用一双细长的丹凤眼促狭地看着秦昊。

都说三个女人一台戏，如今两男一女也能成一台戏。当秦昊见穿着浴袍的尤然突然站在沈浅身后的时候，他的脑子有短暂的空白，随后他咬着牙，一把拽起沈浅的手：“我不知道你暗恋我五年，要是我知道，当年我就不会出国，我一定会留下来陪你。”

沈浅一阵尴尬，这些陈年旧事，秦昊是怎么知道的？她本想抽出手，奈何秦昊把她的手握得很紧，眼睛死死盯着她，问：“你为什么不告诉我你喜欢我？为什么？”

沈浅不知道如何回答。她要如何说那时只是懵懵懂懂，加上没自信能与他并肩站在一起，所以没有那么大的决心？

尤然一直静默地盯着他们交握的手，好看的眉毛拧成一团。他没有动，只是在等，等着沈浅的回答。

“你明天就要结婚了，小耗子，别闹行吗？”沈浅并未正面回答秦昊的问题，而是让他直面他自己该承担的责任。

秦昊充满期待的脸庞一下子僵硬了，他蓦然抬起头看向尤然，向尤然投去一个幽深的眼神，死死咬住牙，似乎在隐忍什么，又似乎担心尤然会说出什么。

秦昊一时没有回话，样子看起来很挣扎，他在衡量爱情与责任间的取舍。最后他才幽幽地说："我不喜欢于橙。"他抬起头看向沈浅，用力攥紧她的手，"要是我知道你喜欢我，我肯定不会答应这个婚约。"

"表哥，那财产我不要了。"秦昊深吸一口气，说道，"等下我就去跟爷爷说，你想要就要吧。"

尤然半眯着眼，在揣测秦昊这话中的深意。他忽而扑哧笑起来，伸出手，把沈浅揽入自己怀里："表弟以为我要沈浅，是想威胁你，跟你争财产？"

"表哥，据我所知，当初的车祸是你故意的，你是想去陪你的女朋友。"

尤然的脸色一下子刷白。沈浅也错愕不已，难以置信地看着尤然那深邃的眼睛："你……你曾经做过那么决绝的事情？"

秦昊不无讽刺地笑道："为了那个女人而想不开的男人，你认为我会相信，你对浅浅是真心的吗？"

沈浅听不进去，只是一把拽起尤然，愤怒地质问他："你疯了吗？你还是不是男人？为了爱做出这么极端的事情，你还是个当过兵的男人吗？"

秦昊不禁一愣，他看见沈浅眼里的怜惜，那种怜惜是他所不能懂的。尤然不说话，只是轻轻抱起浑身发抖的沈浅，一声不吭。

“你这个疯子。”沈浅娇嗔地拍着他的胸口，眼泪不争气地掉了下来。

秦昊默默地凝视着在他面前抱在一起的两人，面色发白。当他从高长丰嘴里得知这些年沈浅身边一个男人都没有，一直暗恋着他时，他高兴极了。同时他又在懊恼，当初他要是放下那该死的自尊心，向她表明心意，也许他们也不会错过这些年。他以为他们可以重新牵起手，万万想不到，不知不觉中，一切早就物是人非了。

秦昊退了几步，悄然无声地离开，留下他那寂寥落魄的背影……

而屋内，尤然正为沈浅拭泪，他有些哭笑不得：“都多大了，还哭鼻子？”

“我怎么会遇见你这么个疯子，不珍惜命的人，要遭天打雷劈的。”沈浅盯着他狠狠地说。

尤然动容地笑了，像抚摸一只小狗一样，帮她顺顺发，安慰道：“还好当时没出大事，要不然我的浅浅哭晕过去，现在可就没人安慰她咯。”

“你还说风凉话！”沈浅气得脸都通红了，咬牙切齿地说，“身体发肤，受之父母，不敢毁伤，孝之始也。你个不孝子。”

尤然只是一味地笑，他笑得是那么好看，让人生不起气来。沈浅烦躁地说：“你有什么想不开的？我不在了你再找个就是，用得着这么决绝吗？”

尤然不答。半晌，他叹息一声：“浅浅。”

“嗯？”

“对不起。”尤然忽然打横把她抱起，朝着卧室走去。沈浅惊呼一声，着急地说：“你干什么？说话好好说，不要动粗啊。”

“我对不起你，所以我要补偿你。”

“呃，你哪里对不起我了？又要怎么补偿我啊？”沈浅被尤然这种跳跃式的思维，弄得迷迷糊糊的。

“等下你就知道了。”尤然朝她淘气地眨下眼，沈浅看了一愣，脸上顿时火烧起来……

沈浅微微挪动身子，反而让尤然的神经绷了起来，紧紧抱住她，好似怕她又要逃走。沈浅心里突然多了个疑惑，以尤然的个性，他不会是那么决绝的人，因为她而出了车祸，是不是有点过了？她费力地转过身，与他脸对脸。借着壁灯发出的微弱灯光，沈浅第一次如此专注地打量着他。

沈浅一直知道，尤然长得很漂亮，他有着很立体的五官，干干净净的面容。此时他的呼吸均匀，面容平静，无城府得如纯洁的小孩一般。沈浅不禁抬起手，轻轻摩挲他的脸，温热，光洁如瓷。

在她心神恍惚之际，尤然揽住她腰间的手忽然收紧，将她的身子按进了他的胸膛。两人体温互递，沈浅的脸顿时羞红起来。

“看来你已经对我着迷了。”尤然缓缓抬起眼皮，一双眸子似繁星闪亮，透着笑意。

沈浅讶然，连忙辩解道：“我觉得你身子热，怕你发烧了，所以摸摸你的脸看你是不是病了。”

“哦？那你可得到什么结果了？”

沈浅眨巴着眼，脸上羞红起来：“没发烧。”她心虚不已。

尤然抬起她的下巴，在她唇上落了一个蜻蜓点水的吻。

“你耍无赖！”

尤然把她抱起，甜蜜地说：“好了，我困了，睡觉吧。”他说睡就睡，直接闭上眼不说话。

沈浅窝在他怀里，气得吹胡子瞪眼……

夜深人静的时候，沈浅感到有温热的柔软浅啄她的额头，柔柔地呢喃：“浅浅，对不起。”

这天是个很重要的日子，也是这次游轮之行的终极目的——秦昊与于橙的订婚典礼。订婚典礼安排在晚上七点，届时会以烟火为引。烟花在夜海上炸开，便意味着典礼的正式开始。

典礼开始前的准备自然是十分烦琐的。然而在388室里，有两人并不觉得这天有什么不同。沈浅再次醒来的时候，尤然已经睁着眼，一脸笑意地看着她。

“你什么时候醒的？”

“有一阵子了，你性子变了这么多，这睡觉不老实的习惯却没改。”尤然莞尔一笑，从衣柜里为她挑了件简便的T恤。

沈浅很不好意思，脸红着接了过去。

他们出了卧室，厅里的餐桌上已经摆放好了早餐。沈浅一愣：“你叫的？”

“嗯。”尤然拿起餐桌上的白开水，递给她，“先清清胃，等下再吃。”沈浅心中一热，尤然还真是体贴。她双手捧着温热的白开水喝了几口，温水润得身子很舒服。

尤然的脸却是面无表情的。他一只手用叉子叉着几块小糕点送在嘴里，心不在焉的样子。沈浅见他这样，用手在他眼前晃了晃：“你怎么了？感觉你有心事啊。”

尤然抬起眼，幽深的眸子里窥探不出任何东西，只是淡淡地说了一句："浅浅，今晚，我要把你带入我的圈子里，不准拒绝。"

沈浅一愣："你担心我不肯去？"

"不是……"尤然叹息，"我怕你的出现，会吓到人。"

沈浅撇撇嘴："我长得有那么恐怖吗？"

尤然哭笑不得，揶揄地说了一句："首例无脑患者居然蒙混进船，还拐走了本少爷，难道这不吓人吗？"

沈浅大怒，拿起一块小糕点当武器朝他扔去。

沈浅从卧室走出来，一身高贵的咖啡色晚礼服服帖地贴在她身上，把她玲珑有致的身材勾勒得淋漓尽致。尤然正在浅酌一杯茶，却被沈浅的风姿吸引住，眼睛呈半眯状态。

有人常说：有钱人最喜欢用钱来显摆。这话确实不假。沈浅虽然在船上住了这么多天，但常常待在自己的房间，并没有注意这豪华游轮的奢华。

沈浅挽着尤然的手臂，朝主办大厅走去，舱内布置处处透着精致和新意。等她终于到达目的地，看到广阔的宴会大厅，墙壁上贴着闪闪发亮的镶金壁纸，高高的天花板上悬挂着形状复杂的玻璃吊灯，大厅里还聚集着各色名流时，她才知道了什么叫气势。

沈浅的身子突然僵硬了，因为她见到了那个母亲给她看的照片里的男人。笔直的身形，刻板的笑容，眼里没有任何情愫，他正不苟言笑地站在一旁。沈浅来这座城市，只是想看看这个男人，万万想不到，他们会在这样的场合相见。沈浅觉得，这个男人比照片上还要刻板严肃。

尤然似乎察觉到沈浅的不正常，他顺着沈浅专注的目光看去，略有些惊讶，不知道沈浅为何这么专注于于天阳。

于天阳正在招呼来客，于橙向他走了过去。她今天穿着一身雪白的小洋装，头发也绾了起来，用一支别致的簪子固定。她挽着于天阳，甜甜地问："爸爸，妈妈怎么还没来？"

"你也知道，你妈最爱打扮。"于天阳看了下四周，问道，"秦昊呢？"

"昨天找他就找不到，不知道哪儿去了。"于橙看起来很不想提到秦昊。于天阳突然板起脸来，大声说道："以后结了婚，不准这个态度。"

于橙讪讪一笑，目光望向别处，正好看到站在门口的尤然，她的眼睛瞬间亮了。可当她注意到尤然身旁的沈浅时，脸色立即垮了下来，怨恨地看了过去。

于天阳顺着她的目光看去，见自家女儿瞧的是气宇轩昂的尤然，不禁对于橙苦笑道："这么多年了，还放不下？"

"放下了，只是不甘心。爸，你看尤然身边的那个女人。"于橙幽怨地说，"她叫沈浅。"

于天阳顺势看了一眼，只见沈浅也正看着他，目光看起来很复杂。于天阳随口说："沈浅这个名字很熟，在哪听到过？"他想了想，不禁一愣，"然然的初恋？"

于橙咬着牙，不说话。这时，于橙的姐妹们都走了过来，她也就跟着她们去玩了。于天阳多看了沈浅几眼，沈浅立即把目光收回看别处。

尤司令和秦政这时才进来。秦政拄着拐杖，走路不是很灵活，他先看了下大厅布局，对这里的设施很满意，然后对尤司令说："老尤，下次然然结婚也在游轮上办吧。"

尤司令讪讪道："爸，你不是不知道尤然那孩子……"

秦政却道："然然不是把眼睛治好了吗，还没想开？要不这样，学老陆家那样，把孩子送出国，说不定就想开了，带着媳妇儿回家了呢？"

"尤然跟陆子昂不一样。尤然性格比较内向，不爱与人打交道。"

"这就是你的不是了，他从小到大，你也没好好尽过做父亲的责任。他妈妈去世以后，他才12岁就单独出去住在那旧宅里，你也不闻不问。等他好不容易找个心疼他的女朋友，你硬给拆散了，你说……"

"爸，你也知道我不是那种势利的人，那次真是一场误会。"

"你确实比老陆好得多，说起来老陆和子昂还没和好吧？"

"是啊。"尤司令点头，朝四周看了看，见到自家儿子已经来了。不过他纳闷儿子旁边怎么站了个高挑女人？尤司令不由得多打量了几下，瞳孔蓦然收紧，倒吸了一口气。

"然然旁边有个女人？她还挽着然然呢。"秦老爷子大喜过望，杵了杵一旁发愣的尤司令，见他半天没反应，转头看他，"你怎么了？"

"沈浅？"尤司令一直盯着沈浅看，只见她眉目含笑，一如当初他第一次见她一样。

尤司令第一眼见到沈浅，其实是喜欢她的。他还记得尤然第一次把她带回家那天的情景。那是一个炎热的夏天，沈浅来他家的时候，上身穿着一条很简单的紧身T恤，下面穿着超短热裤，脚上踩着半新不旧的拖鞋。

沈浅来之前，尤然已经跟尤司令打了招呼，说是要带个同学回来。

见到沈浅的第一眼，尤司令并不讨厌这个眉目清丽的女孩。只是他万万没想到，沈浅一进来，见到自己，就拉着尤然到他面前，激动地说："尤司令，是我想跟尤然在一起。你要是不同意，打我就是了，尤然的皮肤受伤以后很难好的。"

"浅浅。"尤然在一旁拉扯着她，沈浅却瞪了他一眼："上次你摔伤，本来很容易好的伤，结果成什么样了？化脓烂了，到现在还有伤疤。"

尤司令眯起眼，看了下尤然，他手臂上有很多伤口，不过大多数已经处理好了。

"你就是沈浅？"他想了想，说，"如果尤然能考上航空大学，我就不反对你们。"

沈浅的性子虽然莽撞，但在家长面前，她还是有些分寸，她点点头，很有礼貌地说："尤然一定不会让叔叔失望的。"刚才的莽撞与这时候的礼貌相比，他只能安慰自己刚刚是出于这女孩儿对自家儿子的保护。

对于尤然，尤司令一直心存内疚。他是个烈性子，而他现在唯一的儿子性格则太温润，两人就好比火与水一样不相容。

可在沈浅这里，他发现水和火是可以共存的，尤然对沈浅的纵容，沈浅对尤然的维护。其实他并不讨厌沈浅，至少她让他知道这个儿子现在过得很好。

只是出了一场误会，不仅毁了他唯一的儿子，也毁了他们之间的父子关系。

有人说，初恋是最美最纯粹的感情。对于沈浅而言，她把她这一生的感情都用在她与尤然的初恋上。

沈浅早在她上初中的时候就听说过尤然。

沈浅的妈妈常年生活在外地，所以雇了个保姆来照顾沈浅。不过保姆能照顾什么？只管吃住，其他的一概不管。那个时候沈浅十二三岁，处于叛逆期，爱玩，性子又野。

初一开家长会的那天，沈母依旧不能赶过来开家长会，沈浅只好自己去参加。她故意去得很晚，想着等到将近结束的时候，再走进去，那个时候老师肯定会因为想早点回去，很快就放过她。

那天沈浅到了校门口，看见一群人在围观一辆车。沈浅本以为会是什么好车，她扒开人群看去，却发现不过是辆半新不旧的稍微上点档次的车。

“爸爸，这就是A军区尤司令的公车吗？”问这话的是个与沈浅一样的初一新生。

“是啊。”

另一个围观的年纪更大点的男孩子说：“难怪尤然会当上学生会主席呢，他成绩又不是最好的。原来是因为他爸爸的面子。”

沈浅听得懵懵懂懂，只知道一个叫尤然的人能当上学生会主席是因为有个司令爸爸。

这是沈浅第一次听说尤然。

后来在初一初二这两年时间里，沈浅听到尤然这个名字的次数越来越多。比如文艺会演上，那个颇受女孩子欢迎的高高瘦瘦的美少年，名字叫尤然；学校里获得市油画比赛特等奖的极受老师褒奖的学生，名字叫尤然；情人节的那天，拒绝了沈浅班上班花写的情书的初三学长，名字叫尤然……

沈浅想：这个叫尤然的男孩可真是个风云人物。

但是这与她沈浅无关。

听了尤然两年的事迹，最后令沈浅印象最为深刻的事情是，他们这所初中当年考进市里重点高中的人有七十个，而其中分数最高的人是尤然。这在学校引起一阵疯狂的议论，因为平时考试，尤然从来没有拿过第一，甚至没有进过前五。

这件事给了大家一种鼓舞。沈浅其实很想取得好成绩，偏偏力不从心。她不受老师重视，心里难免越来越自卑，更不想学习。经过尤然这一事，她也开始变得上进起来，终于在中考那年，也考进了市重点高中，虽然她的中考分数刚好卡在这市里重点高中的分数线上。

中考结束以后，沈浅的妈妈才从外地回来。她妈妈对她说：“我不走了，陪你把高中读完。”也是在她中考后的那个暑假，她家里来了个哥哥，长得很白净，嘴角总是带着腼腆的笑。

她妈妈唤他：尤初。

沈浅不清楚他是从哪里来的，她有些排斥常常来她家玩的这个男孩。但这个男孩却总是刻意去讨好沈浅，沈浅脾气倔，即使有时会心软，表面上还是不肯和他好好相处。

有很多次，沈浅想问她妈妈：这个男孩到底是谁？他怎么那么喜欢来她们家，而且一待就是很长时间？

但她妈妈只说：“她是我姐姐的儿子，是你表哥。”

表哥干吗总是来我家？沈浅很疑惑。有一次那个男孩又来了，沈浅把他堵在门外，非要问个究竟。尤初的脸憋得通红，他说："跟阿姨在一起，我就想到跟妈妈在一起的时候。"

沈浅听后不高兴了，因为她平时也很少能跟她妈妈在一起，凭什么难得回来的妈妈又给别人霸占了！

沈浅心里一百个不愿意，偏偏那天她妈妈看见了她堵着尤初，狠狠骂了她一通后，就把尤初领进了屋。事后，她妈妈找她谈话，对她说："你和尤初是同病相怜，你们应该互相照顾。"

沈浅感到不理解。

后来，因为一次街上偶然的相遇，她知道了尤初的身世。她看见尤初从那辆她眼熟的汽车上下来，那辆汽车她认得，是尤司令的。她听到尤初对车里面的人说："爸爸，我走了。"

原来，尤初的爸爸，就是尤司令？

沈浅更加不能理解她妈妈告诉她的话，她怎么就和尤初同病相怜了？他有爸爸，而她从来没见过她的爸爸。沈浅从此把这个疑惑埋在了心里，她想自己去挖掘。

尤初是高三毕业生，他准备考航空军校。因为身体不太好，暑假里他几乎每天都背着行囊去体育馆练习，然后顺道去沈浅家坐坐，再回家。

沈浅本来就无所事事，在那个暑假里，她几乎是每天跟在他后面，观察他的一举一动，挖掘他们"同病相怜"的地方。终于，她发现，他的生活里面只有一个爸爸，除此之外什么都没有。而沈浅，她也只有妈妈，除此之外也什么都没有。

这就是他们之间"同病相怜"之处吗？沈浅不知道，但是在发现这点以后，她对尤初的态度就好了很多，对他的称呼也从“喂”改成了“哥哥”。

沈浅以为，她以后的高中生活会多姿多彩。有妈妈在身边陪着，有个以后当飞行员的哥哥疼爱自己，这样真的很不错。

但沈浅没有想过有这么一句话：计划往往赶不上变化。

那天尤初从她家走后不久，沈浅在收拾屋子的时候，发现了他落下的钱包，里面除了现金外，还有身份证和一些银行卡。沈浅正犹豫要不要给他送过去，她妈妈正好走过来看见了，便叫她把东西送过去。

沈浅应了一声，拔腿就去追尤初。

在马路边上，沈浅遇见了尤初，还有那个她日后的初恋——尤然。

尤初和尤然在争吵，她听见尤初说：“弟弟，我知道我对不起你。要不是我的存在，你也不会……”

“够了，你别把自己想得太重要了。”尤然推了推他，冷着脸朝马路的另一头跑去，他拦了辆出租车，很快离开了。沈浅走过去，拉住尤初：“哥哥，怎么了？”

“有危险，你帮我打110，就说华星路建筑工地上会有聚众斗殴，我先过去一趟。”尤初说完后立刻横穿马路……

沈浅还没反应过来，电光石火间，一辆笨重的卡车就冲马路上的尤初飞驰过来，卡车发出紧急刹车的尖锐声，但还是晚了……沈浅只听到闷闷的一声“砰”。

那天沈浅一直躲在医院外面，之后每天她都会来，偷偷摸摸去重症病房看一眼，见尤初还活着，便安心地回家。她不敢告诉她妈妈，可是这个消息还是传出去了。

因为尤初是尤司令的儿子，是一个很有新闻价值的人物。

沈浅的妈妈看到报纸当即就去了医院，沈浅依旧躲在外面，偷偷地看。她听见尤司令和她妈妈大吵了起来，吵得很凶，但几乎都是她妈妈在骂。

趁着混乱的时候，沈浅偷偷溜进去看尤初。她静静地站在病床旁边不敢出声，只是呆呆地注视着闭着眼睛、戴着呼吸机的尤初。尤初也不知道为什么，忽然就睁开了眼，见到沈浅，他抬起手来。沈浅走过去，听到他在轻轻说话，她凑上前去听。

“打110了吗？”

沈浅一愣，摇了摇头。她没想到都这个时候了，他还在顾及着他那个弟弟。

“浅妹，我是多余的。因为我的出现，害得我弟弟失去了他的亲弟弟和妈妈，我还夺走了他唯一的父爱。所以，我想尽量弥补他。”

沈浅不懂，只是呆呆地望着尤初。尤初艰难地侧头看着沈浅：“不要告诉任何人我是怎么出车祸的。”沈浅蹙眉，但还是答应了。

“我弟弟比我可怜，我有爸爸照顾，他什么都没有。这是我欠他的，我多想照顾他……”他突然急促地咳嗽了几声，沈浅吓了一跳。

“浅妹，我先睡会儿。”

沈浅点头。

尤初真的睡了，可是五天后，他再也没有醒过来。

沈浅有时候会拿起尤初最后留下的东西，看着他钱包里身份证上的照片。她脑海中回荡着尤初对她说的最后一句话：“我弟弟比我可怜，我有爸爸照顾，他什么都没有。这是我欠他的，我多想照顾他……”

那个人，真的那么可怜吗？

自尤初死后，沈浅的妈妈就再没对沈浅兑现自己的承诺，她又去了外地。

沈浅升了高中后，又一次听到了尤然的名字。那是一则处罚通报，通报上写着他参与外校一起聚众斗殴，思想品德败坏，影响学校名誉，因而撤除他学生会主席的位置，并且在学籍档案上记一过。

沈浅想：他该是个坏孩子。

但其实他不是，他的口碑很好。大家都说他斯斯文文，话虽然不多，但绝对为人正派。至于打架，是为了他一个最要好的朋友陆子昂。

沈浅发现，她对尤然有太多好奇。她这一好奇起来，就喜欢顺着自己的心，去探究一番。

她课余时间跑去他的教室看他，发现他要么是在睡觉，要么是拿着铅笔在本子上画素描，再要么就是学习。

尤然不住校，但也不住在家里，他住在一间旧宅别墅里。那栋别墅很大很壮观，却只有他一个人住。他自己买菜，做饭，打扫卫生，写作业。每天如此，没有任何不良作风。

沈浅观察了尤然一个多月，然后在一个月后的某一天，被尤然给逮住了。尤然冷眼看着她，问道：“一个月来你鬼鬼祟祟跟着我干什么，有什么目的？”

沈浅有着瞬间的僵硬，但见他如此冷漠，她反而厚起脸皮说：

“因为我好像中了丘比特的箭啊。”

尤然忽而红了脸，他闷闷地看着她，仿佛挤牙膏一样慢吞吞地说：“想太多。”

沈浅嬉皮笑脸的，一脸轻松得意。她吹着口哨，大摇大摆地转身回去，对身后的他摆了摆手：“走啦。”留下站在原地一脸错愕的尤然。

这只是他们的开始。沈浅不知道，后来的她会有多么喜欢尤然，喜欢到一生只想付出这么一次感情就好。而尤然也不知道，原来身边有人陪伴是那么幸福的事情。

沈浅是个五音不全的人，所以她很讨厌音乐课。偏偏学校注重素质教育，一个星期必须上一节音乐课，但沈浅他们班的音乐老师却突然辞职了。这老师走了还上什么课？招聘老师又需要时间，空下来的一节课当自习课又嫌浪费，于是学校便找了高年级的同学带一带。

偏巧尤然上体育课正是沈浅上音乐课的时候，学校便邀请尤然去上一节课。当尤然穿着浅蓝色校服走进来的时候，整个班顿时沸腾了，大家都瞪大了眼睛看着这位有名的美学长。

与沈浅同桌的那名女生兴奋地杵了杵还在打瞌睡的沈浅：“上课了。”

沈浅嘟囔两句，迷迷瞪瞪地睁开眼，伸长了脖子看传说中学校派来的学长。当她看见坐在钢琴旁边的那个男生时，整个人几乎要跳起来，她难以置信地望着尤然。

尤然抬起眉梢，草草扫了一眼呆若木鸡的沈浅，淡然说了一句：“我也不会讲什么课，就学你们之前的老师一样，给你们弹曲子吧。”

尤然刚调了下音阶，沈浅就嚷了一句："尤然学长，弹个《梦中的婚礼》吧。"她对他嬉皮笑脸。尤然白了她一眼，冷冷地拒绝道："不弹。"

沈浅只顾着逞一时口舌之快："不弹我今晚就不让你回家。"

班里的男生一下子都开始起哄，他们暧昧地眨巴眼互看，有的还大声吆喝："连家都知道在哪里哦。"

那些好事的男生还反问沈浅："你该不是暗恋学长，跟踪到他家吧？"

沈浅与尤然的脸同时红了起来，沈浅忍不住瞄了一眼尤然，偏巧尤然也偷偷朝她看来，两人的脸又红了一层。

尤然低眉，尴尬得坐立不安，那个好事的男生见他这样，又鬼叫一番："哟，浅姑娘果然是作战迅速啊。"

沈浅抓起同桌的音乐课本，狠狠地朝他扔过去，并且回了一句："我就喜欢先下手为强怎么样？"那本书砸到那男孩的头上，并不痛，但他却鬼哭狼嚎，矫情地做给尤然看："尤学长你看，沈同学有强烈的暴力倾向，特别喜欢用各种武器欺负同胞。你要是喜欢她，以后肯定会被欺负得很惨！"

沈浅不以为然地看着那男生，取笑说："有人欺负也是一种幸福，就怕你想被人欺负结果人家还不乐意，那才是真的悲剧呢。"

男生不服气地轻哼一声，说道："母老虎，没人爱！"

尤然看到沈浅的眼里已经燃起愤怒的火花，他拿起桌上的音乐书，轻轻一笑："这种武器也难不倒我，我可以一手接住。"

班里一群人顿时都沉默了，大家都别有深意地看着两人。

沈浅觉得气氛有些不对，拍起桌子，瞪他："吹牛，你怎么确定自己可以一手接住？”

尤然笑了起来：“我以前试过很多次啊。”

“哦……”大家集体发出一声了然的长叹。

就这样，学校里关于尤然学长能轻松制住沈浅小学妹暴力的传闻不胫而走。后来不管谁提到这两人，都觉得他们的关系不一般。

其实那时候他们真的还没有什么交集呢。不过因为他们之间的传闻，沈浅对尤然就更加关注了，不由自主地就会想着他，猜测他此刻在做什么。如果她太长时间看不到他，还会觉得焦躁不安。家里的保姆看她不对劲的样子，瞪大眼睛问她：“浅浅，你有喜欢的人了？”

这一问，让沈浅终于明白自己为什么焦躁了。原来是因为自己喜欢上尤然了……这种时候她自然是想找尤然畅聊一番。才上高一的沈浅不用晚自习，于是她晚上蹲点在尤然家门口等他。

尤然每天下晚自习是九点，沈浅在他家门口都等得睡着了。

“喂。”尤然踢了她两脚。沈浅睁开眼睛，迷迷糊糊地看了他两眼，见到是他，她立马精神许多，跳起来说：“你回来了啊。”

“你来这里干什么？三更半夜的。”尤然古怪地看她。

沈浅又开始嬉皮笑脸地说：“我有喜欢的人了。”

尤然一愣，他极易害羞，立马红着脸说：“关我什么事。”

“事情可大了，因为你是罪魁祸首呀。”沈浅从口袋里摸出一封信，递给他说，“我的情书，拿着。”

“我可以不接受吗？”尤然不敢看沈浅，但他嘴角却带着笑意。

“也可以，我念给你听。”说着沈浅就想自行拆开那封情书。

尤然一着急，夺过那封情书，嘀咕着：“我还是自己看吧。”

“你的脸怎么越来越红？”沈浅贼兮兮地朝他坏笑。尤然白了她一眼，然后看了下沈浅写的情书，却差点儿吐血。

“你……你不要脸！”尤然把情书丢回给沈浅。

沈浅蹙了蹙眉：“我向你表白，你怎么骂我？”

“你这哪里是表白，你明明是……耍流氓，而且，你的英语语法还都是错的。”

“啊？”沈浅上下左右看了个遍，也没看出问题所在，反正她的英语一直不好，于是她反问尤然，“我哪里耍流氓了？我想说的是，我们要谈一场大大的恋爱。”

尤然的脸红了一下，又好气又好笑地问：“好端端的，你干吗要用英文写？”

“因为你是英语课代表。”

“这种水准的英文情书，英语课代表是绝对不会接受的。”

“那你教我英语啊。”

“……”

沈浅很黏尤然，放学以后，她总是早早地到他们班教室等他。他读高三，放学总是比她晚，然后她总喜欢把他送回家。可到了尤然家门口，尤然又得折回来把沈浅送回家。

沈浅哈哈大笑说：“尤然，你太能折腾自己了。”

尤然瞪她：“还不是你个不听话的，每次都要先送我。你明知道你一个女孩子家，我放心不下，一定会送你回家。”

沈浅得瑟地笑：“我就是想跟你多待一下，让你多指导一下我的学习嘛。”

尤然明白她的心思，没点破，也没反对。反正沈浅跟他在一起，大多数时候都很乖巧很懂事。

刚开始，中午放学沈浅总是跟着尤然回家做饭。后来冬天到了，学校把作息时间调整后，午休时间缩短了，他们就只能在学校吃饭，吃完饭后再一起到图书馆看书。

有尤然在身边，沈浅很安心，学习起来也更有劲头。可尤然的眉头却皱得越来越紧，因为他已经高三了，学习越来越忙，忙到根本没时间吃饭，更别说指导沈浅的功课了。后来，尤然的学习成绩竟然越来越差，从班里前几名一直掉到倒数前几名。

班主任找同学了解情况后，才知道尤然和沈浅交往过密，便找尤然谈了话，但他对这件事矢口否认。班主任思前想后，为了尤然的高考着想，便把这件事情通知了尤司令。

尤司令决定采取曲线救国的方针。在尤然将近十八年的生命里，他对尤然不闻不问，现在突然插手，恐怕会引起尤然的强烈抗拒。从战略角度考虑后，尤司令把这件事拜托给了他的参谋长，郑参谋。

郑参谋是从小看着尤然长大的，一直对尤然十分照顾，尤然对他多少有几分敬意。

那也是郑参谋第一次见到沈浅。当时，她正在尤然家的厨房里切菜。尤然给郑参谋开门时，嘴角还挂着笑容。郑参谋喊沈浅出来的时候，她身上还系着一条围裙，她将双手在围裙上擦了擦，用好奇的目光打量着郑参谋。

郑参谋一愣："你们住在一起？"

"没有，浅浅只是过来补习的，晚点我就送她回去。"

"这样。"郑参谋到嘴边的大道理一下子咽了下去。两个孩子的眼神都很单纯，虽然交往有些频繁，但重心还是在学习上。再说，这些年尤然身边一直没人陪，笑容一天比一天少。有这姑娘陪着他一道学习，郑参谋私心还觉得很欣慰。

他是看着尤然长大的，心里再明白不过，尤然那孩子真正需要的是什么。虽然他们这些家长能给，但是尤然的心在排斥。

他与沈浅聊了一会儿，觉得她是个心直口快不做作的女孩。更重要的一点，他知道沈浅也是在单亲家庭中长大，她说自己会好好学习，更不会耽误尤然的学业。

最后郑参谋跟尤司令说，尤然是个聪明的孩子，他有自己的决心和打算。

尤司令以为事情办妥了，也没有再理会。

沈浅的妈妈原本说要回来，结果沈浅却等了个空。她妈妈给她打了一笔钱，让她放暑假了报个团，自己出去玩。

沈浅找到尤然大哭一场，觉得自己是个没人要的孩子。

尤然说："没事，我会陪你。"

"陪多久？"

"一辈子。"

沈浅笑嘻嘻地说："一辈子长得很，谁知道以后我们会变成啥样。"

尤然说："不管变成啥样，我都会记得你错到变态的情书。"

沈浅大怒："你个浑蛋！"

"如果想天天缠着浑蛋给你讲课，你就得活得长久一点。"

"哼。"沈浅冷哼一下，"我给你做饭，你就得把所有空余时间都留给我，要是敢给其他女生补课，我就掐死你。"说着，她伸出双手扑到尤然身上，做出掐人状。

两人嬉闹了一会儿，尤然静静地看着她，突然喊了一声。

“浅浅。”

“嗯？”

“我会等你。”

“等我干吗？”

“等你暑假一起出去玩。”

“嘻嘻，尤然真好。”

之后不久，尤然便跟尤司令说自己成绩太差，高考估计考不上好的学校，他情愿留级。尤司令同意了他的做法。

知道尤然没有参加高考后，沈浅特别感动。她想，尤然肯定是舍不得丢下她一个人。虽然方式有些极端，但沈浅也可以理解，因为她知道尤然非常聪明，他知道自己想要的是什么，并且一直在为之努力，比如他的画，比如他的琴。

9月份开学，沈浅上了高二，尤然还是高三。

开学后，沈浅的左耳上多了七个耳洞，并成一列，极其显眼。沈浅是第一次一下子打那么多耳洞，没有好好保养，很多都发炎化了脓，耳朵肿得跟猪耳朵一样，滑稽中又带着可怜。

那是尤然第一次没纵容她，一边帮她处理脓水，一边骂她：“你吃饱了撑着，打一两个就算了，一下子打七个，你以为你真是流氓吗？”

沈浅不禁委屈道：“我打这么多耳洞，还不是希望你今年好过一点？”

然后尤然就听沈浅仔细说了七个耳洞和他生辰的关系，知道真相的他哭笑不得，心里却甜甜的。

那天吃饭的时候，他看着沈浅，说："等你左耳好了，我们一起去打一个耳洞，男左女右。"

"干什么？"

"记住你为我做的。"

高考后，两人终于正式在一起交往了。恋爱后，他们的关系越来越好，直到那天下了雨，两人被淋了个透，沈浅换上尤然的白衬衫……然后，他们偷尝了禁果。用沈浅的话来说："亚当终于被夏娃诱惑了。"

尤然哭笑不得。但他觉得也没什么，他这辈子反正是一定要娶沈浅的，所以他早早地把沈浅带到了他最不想回去的那个家，给他爸爸看。这是一种宣告，无论他爸爸同不同意，他只是想告诉他爸爸，他身边已经有这么一个人了。

直到沈母回来以后，一切都变了……

沈浅自她妈妈回来后再也不能陪尤然，即使她想陪，她妈妈也不同意。

沈浅还记得当她把她和尤然交往的事告诉她妈妈以后，她妈妈铁青着脸，抬手一巴掌掴了过来，还恶狠狠地扔了两个字给她："可耻！"

她的亲生母亲骂她可耻……

之后沈浅被妈妈禁足，书都没去念，足足被禁足了一个月。好不容易到"释放"的那天，她发疯般地去找尤然，却看见尤然与和她关系比较要好的于南的妹妹于橙搂在一起，俩人有说有笑地朝她走来。

沈浅以为这是碰巧撞见的出轨，她不知道这其实是尤然布的局。

尤然等着沈浅上来掐死他，却只等来她一句话："我果然可耻。"沈浅笑了，第一次对她用生命爱着的尤然露出那么冷漠的表情，她咬着牙说："尤然，我们分手吧。是我，不要你了。"

尤然抿抿嘴，星眸闪烁不定，淡淡地说："这样，也好。"

沈浅没在他面前哭，而是大大方方地转头，一步步离他远去。唯有尤然耷拉着肩膀，心痛地看着她一步步走远，他脑海里回荡着他爸爸对他说的话。

"你知道沈浅没爸爸吗？"

"我知道。"

"我就是她爸爸。她与尤初是同一个妈妈所生。"

第九章

CHAPTER 1

有个情深的男人

尤司令看沈浅的目光太过灼热，导致秦政也不由得多看了沈浅几眼。

“秦爷爷。”于橙笑嘻嘻地从后面拍了拍秦政。秦政受惊转头，见是于橙，脸上笑得跟花开一般灿烂，他乐呵呵又慈祥地说：“橙橙，今天很漂亮啊。”他看了看周围，不见秦昊的踪影，又问，“昊昊呢？”

“不知道。”于橙搀着秦政，一副乖乖女的姿态，见到尤司令，她礼貌地点点头，“尤伯伯好。”

尤司令特别喜欢于橙，一来她嘴甜，二来人又活泼，如果他儿子尤然能跟她在一起是再好不过了，正好性子能互补一下。可惜他这儿子……他又忍不住朝尤然那方向看去。

于橙顺着目光看去，带着讽刺地笑道：“尤伯伯，那个是沈浅呢，你未来的儿媳妇。”

秦政一怔：“啥？然然交女朋友了？”

“爸，那个就是然然的初恋。”尤司令略有无奈。

秦政知道尤然的初恋是那次交通事故以后。警方本来是想处罚尤然未上高速就超速行驶，被秦老爷子给压了下来。但后来警方又调查发现，这次车祸根本不是意外，而是人为的。

这可了不得，是什么原因，让他这正在人生巅峰的宝贝外孙想不开？要知道飞行学员毕业以后，能特批成种子兵的人那是凤毛麟角，以后肯定前途无量，加上尤然有他爸爸做后盾，以后这孩子的人生更是不用说。在这种情况下，尤然还有什么事想不开？

秦老爷子找尤司令去了解情况，不想尤司令却告诉他一个荒唐事：尤然是得知他的初恋女友死后，觉得女友的死都是他一手造成，所以想不开。秦老爷子气得用拐杖直直地杵着地面：“男人应以事业为重，怎能为个女人要死要活？！”

秦老爷子喜欢于橙，一来这女孩自身不差；二来她的家世好；三来，他以前就一直觉得她和尤然般配，他早就承诺，他家的人若娶了于橙，就会得到他百分之八十的财产。

这无疑是对尤然说的，秦老爷子以为钱是万能的。他就一个养女一个养子，养子家的那孩子去了国外，养女家的就尤然一个儿子，难道尤然不想要这唾手可得的万贯家财？

偏偏这样的条件打动不了他这个固执的外孙，尤然不仅不愿意娶于橙，还说了一句让秦老爷子气得浑身发抖的话。

“外公，你不知道，我这一辈子只想要一个女人，是她让我知道被依赖的感觉，是她让我知道家的温暖。我已经没有多少温暖给别的女人，我不想去毁了另一个女人，让她不幸福。”

“感情是培养出来的，你怎能这么武断！”秦老爷子气得又开始杵拐杖了。

“那我爸爸和我妈妈为何培养不出来？”尤然反问一句，让秦老爷子缄默不语。尤然当时眼已经瞎了，什么也看不到，但他的目光却还是如过去一般柔和，他说：“外公，感情是可以培养，只是如果心里填满了曾经或者内疚，就只能伤害到另一个无辜的人。我的所有喜怒哀乐已经不在我身上……”

秦老爷子想起自从那年事故以后，一直过着眼盲生活的尤然，别提多心酸了。前段时间尤然给他打电话，说自己愿意治疗眼睛的时候，他还以为尤然是重新看上哪个小姑娘了，心里不断嘲笑这小子终于觉悟当初的想法是错的了。

可是秦老爷子没想到，尤然前前后后做了那么多事，还是为了那个女人。

“我说老尤，这次你想怎么做？”秦老爷子目光一直定在沈浅的背影上，淡淡地问了一句。

“爸，然然可不是当初任由我们摆布的然然了。”

“呵呵，是呢，然然对那个女人的占有欲很强。瞧……”秦老爷子嘟了嘟嘴，脸上带着不深不浅的笑意，“别的嘉宾都是女的挽住男的，偏偏然然是揽着那个叫沈浅的女人。”

沈浅抖了抖身子，想甩开尤然揽在她腰间的手，但又不能表现得太明显，毕竟尤然在给她介绍他的朋友。

沈浅一直在想，“佛靠金装，人靠衣装”果然没错，那些上流社会的人长得其实也很普通，可这衣服一上档次，这人的感觉也就跟着上了档次。但像尤然这种样貌俊俏，不靠衣装也能把自身的气质发挥到淋漓尽致的人，还真是少。

“陆子昂？”尤然盯着前方那香槟酒桌旁，穿着一身黑色礼服，身形修长，正在独斟自饮的男子，轻唤了一声。那男子转头过来，眉目深邃，脸上的五官好似上帝精心雕琢般俊朗。

他朝尤然走过来，轻笑道：“好久不见。”

“你也是。”尤然也很有礼貌地回了一句。

陆子昂随意瞥了沈浅一眼，并没有停留多久：“你真长情。”

尤然从旁边的桌上拿起一杯香槟酒，抿了一口，说：“听说你要结婚了，怎么没见到弟妹？”

陆子昂顿了顿，原本意气风发又傲然的脸，一下子暗淡下来，他道：“闹了点脾气，过几天就好了。”

“她没在船上？你还真舍得让她闹脾气闹两个多月？”

“明天船在马六甲靠岸，我就下船，不劳你操心。”陆子昂多看了沈浅两眼，再把目光转回，调侃一句，“你够幸福的。”

“怎么，你不幸福？”尤然反问一句。

“你不知道我早在五年前就信基督教了吗？婚前不能干坏事。”陆子昂浅浅地呷了口酒，“所以我现在只能喝喝酒。”

“我可不信你这么虔诚。”

“是啊，就因为不够虔诚，她闹脾气。”

沈浅听得一愣一愣的，感觉这两位关系匪浅，什么话都敢说。尤然反笑：“她还没看清你，不知道你陆家大少的真面目吗？”

“我想这话，该是沈姑娘心里的想法吧？”

沈浅猛点头。

尤然对此哭笑不得，俯在沈浅耳边说：“我的真面目你见了几次呢？就认出来了吗？”

沈浅脸色羞红，对于尤然如此公然调笑的行为实在招架不住，她羞得想钻进地洞不见人。不想，这陆子昂反而见怪不怪，只是摆摆手道：“你们继续，我喝酒喝多了，到那边休息休息。”

“好。”尤然保持他优美的微笑，点点头。

订婚典礼迟迟没有开始，宾客们都开始议论到底是怎么回事。尤然不禁蹙眉，他有一种不好的预感，于是他叮嘱沈浅待在原地不要乱跑，然后就向大厅的后台跑去。沈浅望向四周，都是些面生的人。

她只好走到陆子昂身边，坐了下来："你是尤然的朋友吧？"

陆子昂稍稍挑了下眉。

"那个，你以前认识我吗？"

"不认识，你和尤然在一起的时候，我出国了。"陆子昂放下酒杯，睥睨她一眼，神情带点儿慵懒。沈浅一愣，喃喃自语道："我还以为你对以前的我有点熟悉呢。"她本想套出点关于自己以前的点点滴滴。

"我知道你失忆了。"陆子昂淡笑道，"尤木头真是长情，这么多年，对你真是一心一意啊。"

"我也没找别的男人。"沈浅嗫嚅道。

陆子昂一愣，扑哧笑了起来："你这样子，很难想象是害尤木头挂彩一星期的猛女。"

"嗯？"

陆子昂突然说："你不知道？有次接吻你把尤木头的嘴唇都咬破了吗？"

沈浅脸色发青，翕动着嘴唇半晌也说不出话来，这……她还真不知道。不过，尤然怎么什么都跟别人讲，这个也太尴尬了！她红着脸，整理了下自己的仪容："那我先过去了，等会儿还要参加订婚典礼呢。"

陆子昂双手交叉，一条腿跷起，撇下嘴："这订婚典礼可能成不了了。"

"呃……怎么说？"

"新郎没了，怎么进行订婚典礼？"

"什么！秦昊不见了？"

“他借了我的直升飞机，假扮成我的人，飞走了。”陆子昂捏了捏额角，有些疲惫地说，“你继续等吧，我酒喝多了，回屋休息一会儿。”说着，他就起身离开了。

沈浅错愕不已。这时，尤然也从后台出来了，他走到沈浅面前，神情有些严肃：“这下闹大了，秦昊不见了，这订婚典礼得取消。”

沈浅一脸担忧，看着络绎不绝的宾客，总觉得这样很不妥。船上都是有头有脸的人，如此一出闹剧，秦于两家以后都很难下台。这事以后会成为这些无聊的上流人士津津乐道的谈资。

尤然这表情，似乎也将这最后的结果猜得八九不离十。沈浅安抚地拍拍他的手背：“那两家现在怎么安排？”

尤然叹了口气：“长辈们都焦头烂额，觉得丢不起这个人，倒是于橙很平静，这让他们少了点忧虑。只是，我外公很好面子，现在既生气又担忧。这一船的人，大多是我们市有头有脸的人，落人笑柄不说，他们大多数都有自己的工作，时间很宝贵，为了来参加这场订婚典礼，他们从全国各个海岸上船下船，颠簸劳累，要是这样贸然取消典礼，以后外公很难立足。”

“那……那现在怎么办？”

“我提了个建议，全都赞同了。”

“什么建议？”

尤然很认真地看着沈浅，微微一笑，煞是迷人。

根据沈浅对尤然的了解，她感觉尤然的这笑里有另一层意思。他细长的眼眯着，神情就像一只狐狸打算骗乌鸦嘴里的肉。

而她沈浅就是将要掉到他嘴里的那块肉。

“浅浅，你今天的礼服很漂亮。”尤然忽然执起她的手，微笑着说，“不好好利用这身礼服实在是太可惜了，嗯？”

沈浅不耐烦他一直卖关子，说了句：“直说你的建议吧。”

“反正你是我的人。”尤然摩挲她的手背，一直来回摩挲。沈浅也不动，等尤然接下来的话。她忽然猜想，这个计划似乎跟他们俩有关。

果不其然，尤然幽幽地抬起眉梢，撇了下嘴说道：“今天改成我们的订婚了。”

“……”沈浅感觉自己头顶飞来了一只白色乌鸦，稀罕又无语。这……这根本就没跟她商量啊！她还没回话，尤然又接着说：“现在一切都在火速筹备中，你知道待会儿要怎么表现吗？”

“我……”沈浅迟疑了一下，显得十分慌乱，她不知所措地说，“那这到底是真订婚还是假订婚？”

尤然抓起她的手，放在自己胸口上，反问她：“你认为呢？”

“我不知道，我现在心里有点儿乱。”这突然而至的事件，让沈浅不知所措。她喜欢尤然没错，而且也愿意嫁给他……唯一让她纠结的是，她是私生女，尤然不介意，不代表他的家庭不介意。而且，她还没跟她妈妈商量，就这样贸然私订终身，不是很好吧？

尤然见沈浅犹豫不决，叹了口气：“只是订婚而已，离结婚还有一段距离。这次也是解决燃眉之急，别那么在意。”

沈浅点了点头，心想，就算是帮个忙吧。

尤然把沈浅领到后台，那里已经站着尤司令、秦老爷子，还有于天阳一家。于南站在一边，用看好戏的眼神看着她妈妈，于天阳的老婆——胡雅诗胡女士。当胡雅诗看到尤然旁边的沈浅时，她目光中突然涌出太多的情绪，恐怖、惊慌，还有那种做了坏事的害怕和心虚。

于天阳没有发觉异样，只是对尤然说了声：“谢谢你，要不橙橙以后该很难做人了。”

秦老爷子敲着拐杖，恨恨地说：“都是秦昊那臭小子，等我找到他，非扒了他的皮不可。”

尤然睨了一眼憋笑的沈浅，自然知道这小妮子脑子里想到了什么。他不动声色地握住她的手，把她牵到尤司令面前，介绍道：“爸，这是沈浅。”

尤然向尤司令重新介绍沈浅，刚开始尤司令不大理解，后来他想想，尤然和沈浅的过去有种种遗憾，包括他和沈浅过去的小过节，尤然的意思就是一切重新开始，以前的事就随风而逝。尤司令难得地朝沈浅微微一笑，要知道尤司令自从失去幺子，失去老婆，失去尤初以后，他就很少笑过了。

于天阳这会儿仔细打量了下沈浅，总觉得她有几分面熟，他努力回想，大悟道：“沈浅姑娘貌似和我们家南南认识，曾经到过我家吧？”于天阳用询问的目光看向于南。

于南还没来得及说话，胡女士连忙上前插一句：“你记错了，南南性格孤僻，哪来的朋友。”

于南不以为然地补上一句：“是啊，我没有朋友，爸。”

于天阳说不上话，只能讪讪而笑，缓解自己的尴尬境遇。尤然多看了胡女士几眼，觉得有些奇怪，明明沈浅和南南曾经是很要好的朋友，胡女士曾经也很喜欢沈浅，可是她为何要矢口否认？再加上于南的配合，莫不是有什么隐情？

“好了，时间不等人，这典礼都拖了将近四十分钟了，赶紧各就各位吧。”秦老爷子不咸不淡地说了一句，在这个群体中，最能说上话的也只有他这辈分最高的长辈了。

尤然轻轻附在沈浅耳边说：“老婆，一切有我。”

沈浅脸一红，瞪了他一眼，但是眼里闪着让人嫉妒的幸福。于橙很不耐烦地看着他们俩，内心十分气愤。

于橙到现在还清楚地记得，她第一次见到尤然的情景。

那一天她去给她姐姐于南送校牌。于南所在的学校校规很严格，没戴校牌、没穿校服就不能进学校，学校门口有人专门检查。

于南忘记戴校牌，被拦在校外，而拦着她的就是她平日口中所说的朋友沈浅。那是于橙第一次见沈浅，只觉得对方身形比平常女孩子高大，脑后扎着利索的马尾，不像她，头上会夹很多漂亮的发夹。

于橙到校门的时候，早自习的下课铃都响了，于南也急哭了。早自习迟到只是扣0.3的学积分，要是旷课了，那就是一分的学积分，被扣超过四分的学生就无法评选三好学生和优秀干部了。

于南拿到校牌以后，哭着跑进了教室。于橙看着一脸淡定的沈浅，心里满是厌恶，觉得她没人情味。

传达室的老伯对沈浅说了一句：“沈浅，哨岗时间到了，你赶紧去于南班里给她解释解释。教学楼楼梯口有教务处老师检查，要是查到，可是要扣三分学积分，你这也是为她好。”

“没事，给她个教训也好。”沈浅把手臂上的红袖拿了下来，细致地折好，端端正正地放在桌上，和传达室老伯道了别。她还没走出传达室，老伯又嚷起来：“你家男朋友给你送早餐来了。”

这就是于橙第一次见到尤然的情景。尤然那天穿着宽大的校服，原本不成形的校服穿在他身上有着特别的味道，怎么穿怎么好看，他温和地一笑。在那个没有太阳的早晨，于橙感觉整个天空都明朗了。

可是，这样的美好少年，不是对她笑，而是对着沈浅笑。他把早餐递到沈浅手里，然后大大方方地把沈浅搂在怀里，两人有说有笑地走进了学校。而她只能看着，可望而不可及。

大厅的灯光忽然打得骤亮，婚庆主持人笑意盈盈地说：“欢迎今天的男女主角。”

接着阵阵掌声响起，沈浅和尤然盛装携手登场。

刚刚迅速换上新郎装的尤然，穿着一身雪白的西装礼服，额前的刘海被随意固定在一侧，朗目星眉，俊俏无比。

而他身边的女伴，没穿白色圣洁的晚礼服，也没选高贵典雅的黑色晚礼服，而是选了很简洁随意的咖啡色单色晚礼服。她一头栗色微卷的头发被梳在一侧，光洁的另一侧很完美地拉伸了她雪白修长的脖子。她的身材很好，剪裁得恰到好处的晚礼服，更能凸显她的曲线。

“这是哪家的千金，怎么没见过？”台下一些人开始议论起来，有些八卦人士还爆料道：“台上的新郎不是尤司令的儿子，曾经飞龙队的队长吗？”

“哎呀，这是怎么回事？这不是秦老爷子的孙子和于师长小女儿的订婚典礼吗？”各路名流们有些摸不着头脑，齐刷刷地看向台上那对偷天换日的新男女主角。

而坐在沙发上休息的陆子昂则高深莫测地看着他们。他主要是看台上那神采奕奕、嘴角含笑的尤然。在陆子昂和尤然的朋友圈子里，他们两个最出名。一个是温润的谦谦君子，一个是不羁的翩翩阔少。自然，温润的是尤然，不羁的是他陆子昂。可如今，陆子昂都有点佩服尤然的城府，为了得到这个女人，他还真是预谋计算得辛苦。

陆子昂挑了挑眉毛，举起茶几上那杯剩余不多的酒，一口饮尽。看来要得到一个女人，不用些手段是不行的。

婚庆主持人做出让大家少安毋躁的动作，高兴地说："秦老爷子有话说。"

台下集体鼓掌。自然，谁都会买秦老爷子的账。这个黑白两道通吃的老头，谁不敬畏？

秦老爷子笑眯眯地说："我知道大家很惊讶，为何请帖上的男女主角跟现在台上站着的俩人不一样？在这里我解释一下，这其实是声东击西，掩人耳目之计。你们也知道现在的媒体杂志，喜欢搞些八卦事。我秦某的外孙要订婚了，那些记者必定会跟过来。大家也知道我这外孙的一些事迹，记者写过关于尤然和他初恋的事情。到时候问些隐私问题，如果不回答，大家也知道媒体的能力，他们一定会挖到真相才罢休。"秦老爷子绝对是演技派，他用手指着沈浅说，"她是一名很普通的兽医，但为人善良稳重，能吃苦耐劳，我们全家都喜欢她，喜欢的就是她的这份天然。他们现在到了谈婚论嫁的时候，但怕新闻媒体的添油加醋，他们不想曝光，只求平平淡淡。"

"所以秦老爷子就以你孙子的名义发帖？"这时从人群里面挤出一位戴帽子的男人，他瘦骨嶙峋，身形很小，面容尖嘴猴腮。

秦老爷子蹙了蹙眉，以他多年的经验，这个人肯定是狗仔队之一。

秦老爷子不愧是久经沙场的老将，他随和一笑："不这样怎么给你们制造一些噱头呢？"

那小伙子红了脸，静悄悄退了出去，在场的观众其实都心知肚明：这里的嘉宾中，潜伏着很多狗仔队，突发事件制造的噱头一定不同凡响，因为此事是如此劲爆。

尤然忽然站了出来，一脸温和地说：“今天是我与沈浅的订婚典礼，我和老婆不喜欢繁文缛节，一切从简，大家随意即可。”

沈浅偷偷白了尤然一眼，什么叫一切从简？明明是时间来不及，只能空壳上阵。

尤然悄悄在她腰间掐了一把，依旧对外保持淡定的笑意，嘴里却碎碎念着：“终于和你站在了一起，我亲爱的老婆。”

尤然把沈浅揽在怀里，在她额头上轻轻落下一个吻，呢喃道：“我爱你，浅浅。”

他话说得很煽情，显然是在作秀，但是沈浅还是为之动容。只是她不理解，他这么卖力作秀是干什么？

台下响起了排山倒海般的掌声。

沈浅瞪着晶莹的大眼睛，扑闪扑闪地凝望着尤然：“你也是演技派。”瞧瞧台下那些名流，都被他的深情打动了。

尤然并没有开口辩驳沈浅的话。

婚庆主持人上来递给尤然一个盒子，小声地招呼：“秦老爷子给你们准备的，让尤少爷给沈小姐戴上。”沈浅一愣，这场秀还真下血本啊。

尤然打开一看，不由愣了愣。这条项链的来历可不小，它是秦老爷子这辈子最珍惜的东西。秦老爷子这辈子虽然没有孩子，但有一位妻子，这项链就是他妻子留给他唯一的信物。秦老爷子小时候家里很穷，娶不起老婆，那一带的人也不愿意把女儿嫁给这个穷小子。偏偏有一位地主的女儿愿意跟他。为了跟他，她与她家里闹翻，甚至决裂。而这条项链就是她唯一的嫁妆。那个时候，秦老爷子就暗自发誓，一定要出人头地，让人知道他妻子嫁给他是再正确不过的事。后来全国抗日，他找准时机，跟着别人到外面做了军火买卖。由于四处动乱，他把老婆留在家里。在那期间，秦老爷子狠狠地大赚了一笔，之后他又去国外私卖军火，从此发了家。只是他白手起了他的“财”，回来后却不见了他的家。

邻居说，他老婆等了他五年，最后病死家中，一个多月后，她的尸体发臭了才被人发现，被草草埋在土坑里了。他去了那土坑，上面已经长了很高的草，他这才发现，他在外面整整待了八年未回过家。

那间破旧的土房子里，什么都没有。但他在他们结婚那时藏酒的地方发现了一个木匣子，里面孤零零地躺着一条红色绳子，上面串着一只翠绿的翡翠玉兔。

那是秦老爷子一辈子最后一次流泪，他从此再没娶妻。

尤然不禁把目光投向秦老爷子，那眼神中夹杂着感激，还有一种理解。

秦老爷子只是微笑着点头。想他当初把女儿嫁给尤司令不过是想名利双收，因为以前赚得的大部分要黑道白道均摊，他急需一个稳定可靠的靠山。当时尤司令还不是司令，是秦老爷子一点点帮他爬上来的。尤司令经常在秦老爷子家做客，两人之间来往多了，秦老爷子那情窦初开的女儿就喜欢上了尤司令，于是后来的事情就都顺水推舟了。

直到遇见于橙，秦老爷子埋葬心底多年的回忆被挖掘了出来，这于橙太像他已故的妻子了。他见尤然和于橙关系不错，于是想要于橙嫁到他家来。可他这时才发现，尤然竟然迷恋他的初恋女友，迷恋到了那么疯狂的程度。

秦老爷子不理解，他认为，钱和利益才是一切，他以为用这些作为诱饵能使尤然就范，然而他错了。尤然的执着，近乎一种偏执，就像他的妻子一样，不为钱，不为名，只为心口处的一份简简单单的爱。

其实秦昊的离奇出走，是秦老爷子放的水。这船上四面八方都有勘察员，还有雷达，秦昊哪能那么轻易地逃过，还是他拜托陆子昂借对方的私人直升机给秦昊用，让秦昊得以逃婚。

当秦昊到秦老爷子的房间说要退婚，说不要他的财产的时候，他颇为惊讶。问秦昊原因，他只是说："爷爷，表哥不肯娶于橙，是因为心有所属。我当初要娶于橙，是看中那笔财产。可是我现在发现，表哥那条路才是正确的。对不起，爷爷。"他鞠了个躬，然后就坚定地离开了秦老爷子的房间。

秦老爷子想，当初他那么拼命去赚钱，想证明自己可以出人头地，难道真是为了不让他的妻子受别人的嘲笑吗？其实不过是他自己的自尊作祟罢了。纵然他有千百亿家财，但他却很少体会到真正的开心。而他的女婿尤司令，又得到过什么？除了名利，他恐怕失去的更多。他们都是因身外之物，辜负了爱他们的人。

从沈浅上船的时候起，秦老爷子就知道了沈浅就是尤然的初恋，他从尤司令的口中也知道了他们的过往。但不知为何，秦老爷子觉得心口闷闷的，像压了一块石头，让他喘不过气。

台上，尤然正把那红绳子系在沈浅的脖子上，然后在她脖子上轻轻落下一个吻，对她微微一笑。

沈浅瞪着他，却又娇羞地说："台下那么多人看着呢，你干吗要这样啊？”

尤然伸手刮了下她的鼻子：“我现在是名正言顺的。”

“不要脸。”沈浅扭捏着身子，向台下的宾客鞠个躬便逃到后台去了，那样子倒像是一只受了惊的小兔子。台下的名流们扑哧笑了起来，有位男士对台上的尤然说：“尤少，你的美娇娘害羞了。”

尤然淡笑着追了过去。

坐在台下的尤司令看两人这么闹，一阵头疼：“这俩孩子……”

秦老爷子侧头问他：“说起来，你后来是怎么知道沈浅不是你女儿的？”

“在沈浅出事一个月左右，她的母亲告诉我的。”尤司令也有一丝不解，“她说沈浅出车祸不是一场意外，而是有人故意撞她们母女。要不是沈浅把她推开，她自己适时地退一个半身，恐怕两人都去见阎王了。她求我帮她们找到凶手。”

“哦？这个有趣，还有人要杀她们母女？”

“我当初也好奇，问了她详细情况。她说事故发生的时候是半夜，她的店刚打烊，两人正准备回家，后面一辆车就直接撞过来了，她当时吓傻了，根本没时间去看什么车牌。”

“那你查到什么了？”

“自然什么也查不到，没有人证，也没有一点儿信息。我问她跟谁有仇，她支支吾吾地说没有。”

“沈浅就一个妈妈？”秦老爷子突然问了个奇怪的问题。

“嗯。当初她来我家，说沈浅是我和我前妻的女儿，还说是我前妻跟我离婚时怀上的。那时我不信，沈浅在年龄上并不符合，但也不排除户口登记晚了。后来我特意查了下她妈妈的户口，上面显示是未婚，所以我就信了。”

“哦？有意思，未婚生子？”秦老爷子用拐杖点了点地面，“这还牵出一场谋杀案来了。”

“沈浅醒后，她母亲就打电话来叫我不要管这事了，之后她们就仿佛从人间蒸发了。”尤司令蹙了蹙眉毛，显然当初他是想管这件事的。

“可能她知道凶手是谁了，只是她不想揭发而已。”秦老爷子从口袋里摸出一盒烟，拿出一根点燃了，吸了几口，“这事目前我们就别插手，静观其变吧。”

“爸，这事我知道，我不这么多年都没插手吗？”

“嗯。”秦老爷子闭目点了点头。

第十章

CHAPTER 10

有个别样的身世

尤然有些懊恼，在这偌大的游轮上要找一个人很难，何况现在手机也没有信号。他兜兜转转，找到了甲板上，终于见到倚靠在栏杆上，手里拿着手机晃啊晃的沈浅。

尤然走过去问她：“你到这来干什么？”

“想打电话，告诉我妈妈。”沈浅摆正姿势对着他说。

尤然叹息道：“现在船还是在远洋航线，到了近海应该会有信号，到时候再打吧。”

“哦。”沈浅把手机握在手里。

尤然牵起沈浅的手，发觉十分冰凉，对她说：“赶紧回去，外面海风太大了。”说着他就拉着沈浅往舱里走。由于走得太急促，沈浅脚步不是很稳，她不由自主地一个趔趄，脚后跟不小心踩到自己的裙摆，一声长长的裂帛声划破这宁静的夜。沈浅身上的裙子从接线口开始，一路被撕开了。

“你赶紧把眼睛闭上，还有……脱衣服。”沈浅指着尤然的衣服，瞪着她那一双水汪汪的大眼睛，一脸霸道地说道。尤然那标志性的笑容瞬间化开，朝她靠近几步。沈浅伸直手，阻止他前进：“不准动。”

尤然止步，面色友善，轻笑道：“这下怎么办？”

“叫你脱衣服啊。”沈浅朝他身上的衣服努了努嘴。

尤然忍着笑，三步上前，把拖在地上垮下的裙摆捡了起来，围在她的腰间，给她打了个结。

沈浅双手捂住胸部，心中满是愤愤不平。这是什么破礼服，就算当初于南跟她招呼过因为大面积修改，有些接线拆了，针脚没有那么紧密，但这也散得太离谱了吧。

尤然随手一抄，把沈浅整个人搂进他怀里，深邃的眸子闪得比天上的星星还要亮。他微笑着说："如此良辰美景，可不能虚度。你说呢，老婆？"

海风那个吹啊，海浪那个摇啊……沈浅在风中凌乱了。她推开尤然，双手抱着胸准备朝舱口走去。她刚准备走进舱口，便听见不远处有人在嬉笑地说："晚上吹吹海风别有一番滋味。"

"是啊是啊，吸吸潮气。"

沈浅顿时惊慌失措，她向四周望了望，希望能看到有可以暂时躲避的地方。只见四周都是平坦的甲板，视野空旷，唯有身形伟岸的尤然能挡住她。而在不远处的尤然似乎也听见有人来了，他笑得更得意了，眯起眼睛，勾勾手指，像召唤小狗一样，召沈浅过来。

沈浅那个悲愤啊，但她无处可逃，只能像一只乖乖的哈巴狗快速小跑到尤然的怀里，尽量把自己缩小，窝在他怀里。

尤然笔直的背部对着舱口，沈浅偷偷侧着脸看着舱口处即将上来的人。

"浅浅，我们这样太假了。"尤然撇了撇嘴，颇有深意地说，"这一看就是两个人，我们两个人就这么干抱着，反而会引得别人多看几眼。"

这个心理沈浅很有体会。因为她也是这种人，对于可观又让人遐想的事物，总是会多看几眼的。她感觉更加惊慌，要是被人这么看到了，她还不如死了算了。

她抓着尤然的衣服，惊恐地听着舱口处越来越大的谈话声，她着急地说：“我们现在该怎么办啊？”

尤然的手轻轻抚过沈浅露出的雪白背部，唇附在她耳边，轻轻地呼吸，一丝丝热气吹着她敏感的汗毛，他说：“非礼勿视。”

“……”

就在沈浅发呆之际，舱口处上来两个男人，他们没把目光看向右侧方，而是依然热烈地谈论着什么。沈浅的神经顿时紧绷起来，她深吸一口气，攥紧拳头，视死如归地用双手环住尤然。尤然突然身子一倾，沈浅立刻往后仰，靠在围栏上，她脸上充满了紧张。

可尤然完全不给她时间，他一把捏住她的下巴，狠狠地吻了下去。

沈浅浑身僵硬，她想推开他，不想推他的手被他另一只手抓住，扣在了围栏杆上。沈浅只好死死地抓住围栏杆，以免自己又下意识暴动。

尤然微微侧了头，面无表情地看着站在他背后的两个男人。那两个男人一下子被尤然的急速冻结目光给震慑住了，立马回了魂，飞奔回了舱室。

沈浅半天不作声，脸烧得比烈日还红。

尤然不禁无奈一笑，他把衣服披在沈浅身上，帮她穿好，严严实实地扣上扣子：“这里海风太大。”

“……”

沈浅其实是个自信的姑娘，一直笃信她的意中人是位盖世英雄，有一天她的意中人会踩着七色的云彩来娶她。可是她没猜中开头，也没猜到结局。

她死死地盯着坐在床头怡然自得地给她端盐水的“意中人”。

“别一直盯着我看，赶紧把盐水喝了，润润胃，等下下来吃早餐。”

尤然的脚下坐着大肚子的浅浅，它正用一双好奇的眼睛打量着赖床不起的沈浅。沈浅无奈地笑了笑，她随手拿起手机，本想看看几点了，却见手机有了信号。迟疑了一会儿，她给妈妈打了个电话。那头嘟嘟了几下，便有人接听：“喂。”

“妈。”沈浅的声音压低，在等电话那头的声音，只是那头保持着沉默，并没说话。沈浅咬了咬牙，忍住心头的失落，她说：“妈，我……”

“你订婚了？恭喜你。”沈母抢先说了一句。

“……”沈浅略有惊讶，她怎么知道这件事情了？

“报纸上登了，你那晚很漂亮。”沈母轻笑，接着又是一阵沉默。沈浅也不知道怎么回答。她与她妈妈感情比较淡薄，加上失忆，在一起也不过是五年时间，她妈妈对她的冷淡，有时她虽无所适从，心里却已经习惯了。

“浅浅。”沈母那头忽而久违地唤起她的小名。沈浅轻轻“嗯”了一声，沈母说：“尤然的眼睛……是不是完全复明了？”

“应该是。”沈浅不禁把目光转过去，尤然正低头看着她。

“那就好。你对他好点，那孩子为你吃了不少苦。当初是我一时糊涂。”

沈浅顿了顿：“妈，对于我跟他的过去，我脑子里还是一片空白。”

“是吗？那你回来以后，回家一趟吧，我给你看点东西。你当初很喜欢他，很疯狂地喜欢他。”沈母的语气很沉，沈浅有些愣愣的。

沈浅抬起头的时候，正好看到尤然目不转睛地盯着她，露出温柔的微笑。沈浅咬了咬牙问道：“妈，你要跟尤然说话吗？”

“嗯，可以。”

沈浅走上去，把电话递给尤然。尤然愣了愣，接过电话，他叫了声“妈”。

沈浅的眉毛一抖。

尤然听着电话那端的声音，一会儿后，他吐了个字：“好。”就把电话挂了。

沈浅连忙问：“你们说了些什么？”

“你喝了以后，再告诉你。”双手递过手中的杯子，尤然脸上挂着认真的表情。这让沈浅更是疑惑，她象征性地喝了几口。尤然说：“咱妈说……”

沈浅瞪着一双又大又水灵的眼睛，急迫地盯着他看，眼里传达着强烈的求知欲望。

尤然半眯着眼：“浅浅。”

“啥？”

“咱妈说，让我们快点结婚。”

“呃……”沈浅的嘴角抽了起来，不会吧？她斜睨着看尤然，不大相信地问，“你没唬我？”

“你可以打电话问。咱妈说，你睡觉总喜欢踢被子，忌辣食。那次事故以后，身上落下很多病根，半年得去医院看一次……”

“……”

“浅浅，咱妈怕我不要你。”

“……”

“浅浅，我知道你认为她对你太冷淡。不过，你要相信，她是爱你的。”

沈浅不说话，默默低头。她想到她刚醒来的时候，那个扑到她身上，放声大哭的女人；想到她还在康复期，那个无论刮风下雨，每天推着轮椅带她去医院的女人；想到暴雨天，那个总把伞完完整整地遮在女儿身上，而自己却被淋得睁不开眼的女人；想到自己总爱踢被子，那个每夜起床五六次，帮她掖好被角的女人；想到那个总是掐算好日子，打电话叮嘱她去医院复查的女人……沈浅死死咬着牙，她抬起头看向尤然，只听见他说：“天下有哪个母亲不爱自己的孩子？”

沈浅的嘴唇微微弯成一道弧线：“是啊。”

“所以，等我们回去，就去领证结婚吧。”

“……”

游轮终于到了下一个港湾，很多人开始下船登船，工作人员也在进进出出，一切都很忙碌。两人刚出了船舱，就见李美丽在甲板的另一侧冲他们招手。

沈浅走过去，见她独自一人，不禁愣了愣，问道：“高长丰呢？”

“下船给我买特产去了。”

“你还真是无时无刻不惦记着吃。”沈浅嗔了一下。

不一会儿，高长丰手里提着一大袋东西，跑了过来。

李美丽扬扬得意地扭动着身子往高长丰身上靠，娇滴滴地说：“老公，有什么好吃的吗？”

“你看看。”高长丰打开塑料袋，一脸笑眯眯地递给李美丽。

沈浅脸色阴沉地看着这对夫妻，尤其是高长丰。这高长丰表现得特别宠爱李美丽，而李美丽也似乎沉溺在这份宠爱中，这到底是怎么回事？沈浅侧了下头：“你们搞什么啊，这么古里古怪？”

尤然细细观察高长丰手里提着的袋子，都是些钙片和维生素，还有点小零食，话梅、山楂，偏酸类。而李美丽今天穿的是一件比较宽松的连衣裙。在尤然的印象中，李美丽平时喜爱穿短裤配紧身背心。

这些现象只能说明一件事……

尤然不禁微笑起来，把沈浅搂在怀里，对他们夫妇说：“我们先回去了。”说完，他硬拉着沈浅进舱口。

沈浅嘴里嘟囔着：“干什么啊？”

尤然不说话，把她扯进他的101室，然后对她置之不理，自己倒茶喝去了。

尤然端了杯水过来，坐在沈浅旁边，依旧不说话，好像在思考什么。沈浅很郁闷，也不说话，心里却有些着急，这男人到底怎么了？

尤然微微动了下眼皮，专注地看着手上拿着的马克杯，然后他眯了眯眼，把脸转向沈浅，说：“浅浅，我心里难受。”

“啊？”沈浅一愣，刚才到现在，尤然一句话也不说，看起来确实是有些阴沉，但是对于他突然说起自己很难受，她有点消化不良。她眨巴眨巴眼，愣愣地看着尤然，等着他的下文，他怎么难受了？

尤然这会儿却没下文了，而是把马克杯放下，身子朝她倾了过去，清澈的眸子里闪着一丝狡黠的光，他问：“你还记得我最向往的生活吗？”

沈浅嘴角抽了抽，说道：“一边牵着我的手，一边牵着孩子。”

“但我们现在一个孩子都没有。”尤然叹息一声，右手轻轻滑过沈浅的脸颊，嘴唇，下巴，然后盯着那只翡翠玉兔看了几秒，他抬起眸子，漂亮的眉毛挑了挑，意味深长地看着她。

沈浅只好弱弱地回应他：“没结婚之前，我不能怀孕的，我……不想我的孩子出生后跟我一样，没有爸爸。”

这是沈浅的原则。没有爸爸的疼爱，疏远的亲情，让她的生活举步维艰。她平常总是很乐观地以为缺一点儿父爱没什么，可每次见到别人提起他们爸爸对他们的好时，她心里总是忍不住泛起丝丝羡慕。

人生中三种情，亲情、爱情、友情，其实缺一不可。在没遇到李美丽前，她只有她妈妈，体会到了生活的相依为命，过日子的寂寞。有了友情以后，她充实了一阵，只是那心口处总觉得缺了一块，直到遇到尤然，她的心终于充实了。

可是她心中还有一处心结，那便是与她相依为命的母亲。她当初来这座城市，只不过想看看那个能让她妈妈甘心为其一生负累的男人，他到底有什么好？

可她见到的却只是个再普通不过的男人，两只眼睛一个鼻子一张嘴，除了长相刚毅外，没有一点儿特别之处。

沈浅不禁抿着唇，咬得嘴唇泛白。尤然见沈浅这模样，以为是他的逼迫让她为难，有些心疼地揉了揉她的发：“你想什么时候结婚都可以，我等你。”

沈浅愣愣地看着尤然，他的脸上泛着一丝无奈的笑意。

时至今日，这个男人还愿意等她，她有什么资格让这个男人一等再等？

突然，门铃响起。尤然起身上前去开门。

“哎呀，然然，你这里有治头痛的药吗？”来人不是别人，正是于天阳。

“有，于伯伯先进里屋坐。”

于天阳看了看里面沙发上正坐着的沈浅，道：“不了，我拿了药就走。”

沈浅多看了他几眼，脸上并没表露出过多的表情。只是……

沈浅不禁站了起来，对于天阳说：“你流鼻血了。”

于天阳连忙用手帕擦了一通，尴尬一笑：“最近上火太严重了，常常头痛流鼻血。”他的笑容与他的外表很不对称，却让沈浅的心下沉了一寸。

这个男人……就是她的爸爸啊。

尤然从里屋出来，手里拿着止痛药递给他：“我建议于伯伯还是去看看医生的好。”

“哎，这是老毛病了，肝火重，没事。”于天阳又悄悄地对他们说，“对了，这事不要告诉你于伯母。我最怕她念叨了，要不也不会找你这药罐子借药。”

尤然失声笑了起来。送走于天阳后，沈浅立马问他：“药罐子？”

“没什么，事故后遗症而已。”

沈浅一下子沉下脸来……

她一直不知道，尤然有事故后遗症。他每天都对人笑，那么温和淡然，可谁又知道他常常在吃止痛药？就连常与他待在一起的沈浅都不知道，他有吃药。

他是在什么时候吃的药？沈浅暗暗告诫自己以后一定要多长一个心眼。她虽然也发生过车祸，可并没有留下后遗症，唯一的变化就是她的身体没有以前壮实了，还有了嗜睡的毛病。也就是这嗜睡，让她错过了尤然不为人知的一面。

那晚，她一直没睡，佯装躺在他旁边。凌晨三点多时，她身边有了动静，她早就做好准备，把脸对着他那一面。只见他微微蹙着眉，捏了捏额角，然后幽幽睁开眼睛，看了眼沈浅。见沈浅睡着，便站起来走出卧室。

沈浅蓦然睁开眼，死死盯着他的背影出神。她坐起来，轻手轻脚踩着碎步跟了上去。沈浅把头伸向外厅，只见尤然那颀长略显单薄的背影站在吧台旁倒水，又从吧台抽屉里拿出药瓶，倒了几粒药放在手上，一口放进嘴里，就着水喝了下去。

沈浅立即转身窜进被窝，背对着他，继续佯装睡觉。

尤然进了卧室，上了床，身子靠了过来，从背后抱着她睡下。沈浅睁着眼睛，无神地看着前方。

沈浅观察了很多天，尤然几乎每天都定点起床吃药，然后回到房间继续抱着她睡觉。沈浅一直忍着，终于有一天晚上，在他回卧室的时候，沈浅正对着他侧躺，眼睛睁着。

尤然似乎早就料到一般，轻笑道："怎么醒了？"

沈浅慢悠悠地坐了起来，苦着脸很不满地说："你老实交代，你这后遗症严重不严重？为什么你每天吃药，而且背着我不让我知道？"

"那只是止痛药。"尤然摸了摸她的小脸，亲昵地轻轻掐了一下，"这也只是最近的事，不会有事的。"

"看医生了吗？"沈浅固执地看着他。

尤然捧着她的脸，亲了一口："看了，没事。"

"医生怎么说的？"沈浅继续盘问，看起来不依不饶。尤然很喜欢沈浅这个时候的固执，嬉笑道："我告诉你了，你怎么奖励我？"

"岂有此理，这个时候还跟敢我讲条件？"沈浅怒了，瞪着一双眼看着尤然。尤然反而笑得更欢了，他一直以为沈浅失忆以后性子变了很多，如今看来，不过是藏了起来，现在才又开始显露。

他依旧保持谦谦君子的模样，点点头。

沈浅吧唧着嘴，很不满地说："你什么条件我都答应，快说。"

"哎。"尤然悔恨地摇了摇头，"要是知道因为这事能让你这么听话，我早告诉你就好了。"尤然做出一副颇为可惜的样子。

沈浅不禁眉毛抖了下，感觉自己上了贼船。

果不其然，尤然坏笑着靠近她，用那饱满的指腹点在她的嘴唇上，借着外面的光，她能清楚地看到尤然那高深莫测的笑容。尤然说："我就是偏头痛而已。"

"……"

尤然别有深意地抚摸着沈浅的嘴唇，有一下没一下的，眼里含着能掐出水来的柔情。沈浅不甘示弱地咬住他的手指，他只是微微蹙了下眉头，并没有过多的表情。沈浅心满意足地松开嘴，扬扬得意地笑了起来："你自然是想怎么样就怎么样，只是我也可以想怎么抗拒就怎么抗拒。"

"哦？"尤然微微眯起眼，那双漂亮细长的丹凤眼打量起沈浅，看得她毛骨悚然。

尤然忽然打了个哈欠，淡定自若道："我困了，睡觉吧。"

这突然的"性冷淡"倒是唬住了沈浅，她呆头呆脑地"哦"了一声，就见尤然倒在床上背对着她睡去。沈浅盯着他发傻，看了好几秒钟，才反应过来。

为什么她反而发虚呢？沈浅缩头缩脑地也跟着躺下来，可头却对着尤然的背，而且是一直盯着看……

忽然，尤然一个翻身，把脸朝向她这边，他睁着眼睛看她："怎么还不睡？"

"我……我现在就睡。"沈浅声音有些不稳，急忙闭上眼睛。

第二天早上，两人准备去餐厅吃饭。走了一段路，尤然忽然驻足。沈浅有点儿奇怪，也跟着停下来，抬头看他。尤然说："你听到什么声音没？"

沈浅静下心，慢慢地凝听。果然，在她左边那道长廊边上，有人在说话，声音不算小，似乎在吵架。而且这声音怎么有点儿耳熟？

尤然搂住沈浅，继续走："这事我们当没听见。"

沈浅明明听见一个女人嚷嚷："什么老毛病，你以为我没看到那张报告吗？你就那么想死吗？"

"你到底有完没完？"一个男人很不耐烦的声音响起。

沈浅怎会听不出来这个男人的声音呢？是她那个没有相认的爸爸，而那个女人则是他的妻子，胡女士。两人显然是吵架，但至于吵什么内容，沈浅大概能猜出来了。

聪明如尤然，他更是知道了。不过，他说得对，这不是他们该管该插足的。

直到……

"天啊！天阳，天阳！你醒醒！"胡女士开始尖叫。

这下他们可不能镇定自若地继续走了。尤然赶紧跑了过去，一边安慰胡女士，一边掐昏倒在地的于天阳的人中。沈浅只是傻傻地站在一边看着那个倒在地上紧闭双眼，嘴唇泛白的男人。

她心里很平静，就像看个陌生男人一样看着。她对这个所谓的爸爸真的是一点儿感情都没有。

胡女士立即站了起来，打算去找医护人员。当她见到站在一边冷眼看着的沈浅，一愣，眼里泛起很多复杂的感情，沈浅看不出那复杂的眼神中包含着什么。

胡女士也就顿了一会儿，然后就急忙跑开了。过了会儿，医护人员过来，把于天阳抬走，胡女士的表情看起来似乎要哭出来一般，很是柔弱，跟刚才失去理智吵架的妇人判若两人。

沈浅忽然想起了她妈妈，要是她妈妈知道这个男人昏倒了，会不会跟这个女人一样，着急得想哭？也会把原本冰冷的外表撕下来，露出柔弱的一面吗？

想必是不会，因为她妈妈哪有资格这么大大方方地去哭。

尤然顺着沈浅那幽深的目光看向渐行渐远的于天阳，他的目光中带着一丝探究，他在思考沈浅到底为何用那种认真的表情看于天阳。

沈浅说：“我想回家一趟，不想旅游了。”

这便是她沉思许久的话。尤然先是一愣，停顿几秒，他给出答复：“嗯，船下一站靠岸的时候，我们就走。”

沈浅露出一丝恍惚的笑容：“你可以继续旅游的。”

“不了，我也想去看看咱妈，还有藏了我的浅浅那么多年的地方。”尤然对她微微一笑，那张漂亮的脸加上温和的笑容，把沈浅的心焐得热乎乎的。

“好吧。”

与沈浅一道下船的还有于天阳一家。

小道消息说，于天阳病得十分严重。虽然这不关沈浅的事，可她的心就是无法平静，一直七上八下的，就连第一次坐飞机，她都没有“乡下人进城”的那种稀奇感了。

国际航班的头等舱可以舒舒服服躺着，座椅由电子控制可变成一张床，还配有平躺式座椅的私人包间、迷你小酒吧，内置大屏幕液晶电视。这跟电视上的那种经济舱差别可不是一般的大。

沈浅不禁嘀咕：“有钱人真是会享受，钱果然是个好东西。”

坐在一旁的尤然斜睨一眼，忍俊不禁道：“那你我该庆幸不用为钱愁了。”

“我？你？”沈浅对于尤然这句话颇为奇怪，用疑惑的目光看着他。尤然抿着嘴笑了笑：“就是说，只要是钱能买到的东西，我都能得到。”

“那是你的庆幸，有这样的家庭，关我什么事？”沈浅忍不住又翻白眼了。

尤然把手放在额头上，一副慵懒的样子，他说：“我是你的，我的就是你的。”

沈浅沉思一番，觉得这话中听，她肯定地点头：“嗯，你的就是我的，我的还是我的。这个我喜欢，嘻嘻。”

尤然显然不在意她的霸道，反而笑了起来，捏了捏她的脸。

舒适的环境，让人觉得慵懒惬意，似乎才一眨眼的工夫，沈浅还没缓过神，飞机就到目的地了。

下了飞机，尤然直接开车带沈浅去了那座古城镇。进城镇后，尤然把车开得很慢，他仔细地观察这个小城镇，车道窄，来往的车辆也少，他这辆劳斯莱斯幻影显得十分扎眼。

当车停在沈浅家门口的时候，沈浅率先下了车。老宅子的邻居们就如打地鼠游戏中那些迅速蹿出来的地鼠一样，都探出个脑袋，好奇地看着他们。

跟沈浅玩得比较好的菁菁窜到沈浅旁边，小声地盘问："浅浅姐，你去趟邻市，傍大款了啊？"

"不是傍大款。"沈浅有些尴尬。

这是一座古城，没什么有钱人，一般有好车来的，都是菁菁口里所说的，女人在外傍上大款"衣锦还乡"。说也奇怪，这古城的漂亮女孩出去以后回来，都是带有钱男人回来的，至于是否是正室，那就无从考据了。

沈浅的妈妈一直在做个体户生意，卖点婴儿用的奶粉，还是薄利多销那种。

当尤然施施然从车上下来以后，菁菁瞪大了眼，喃喃自语道："好帅的哥哥啊。"

沈浅无奈，尤然根本不该开这么扎眼的车，更不该……在午休的时候，带她回家。这城镇本来就不大，流言传得很快，他们这样回家，还不知道会引起什么话题呢。

尤然按了下车钥匙，劳斯莱斯幻影发出警铃"嘟"了一声。尤然走到沈浅面前，把她搂在怀里，看了看眼前这间很老的宅院。

一个院子，左右邻居加起来也有七八户，这些正从窗台或者门口打量着他们的邻居，都是老一辈的人，也许沈浅的母亲是这里最年轻的住户吧。

菁菁一直盯着眼前这位帅哥哥看。菁菁是个17岁的高中生，一个人小鬼大的小女生。她越看尤然越觉得眼熟，想起前不久在家收拾堆积如山的旧报纸变卖的时候，有一则交通事故头条，上面那有钱人家的少爷跟眼前这位帅哥哥有九成相像。

“浅浅，你确定你妈这个时候在家？”他观察了整个院子，独独只有正西边那户门和窗都是关着的。

沈浅点头：“嗯，我去敲门。”其实她有钥匙，但她选择了敲门。

她敲了一阵子，门还是没动静。沈浅微微一愣，觉得奇怪。她妈妈中午都喜欢回来做饭，然后睡个半个小时的午觉，再继续开店。这种经营方式虽然赚不了钱，但她妈妈开这个店也就图个温饱而已。

“浅浅，你妈妈在屋里，可能睡着了，你再敲敲。”隔壁的阿婆，好心提醒有些动摇的沈浅。沈浅点了点头，继续敲。

果不其然，里面有了动静，不一会儿一个头发有些凌乱蓬松，穿着碎花棉布睡衣的中年女子开了门。

沈母对于还在旅游的沈浅却突然站在家门口表示惊讶。然而更让她惊讶的是沈浅身后那个她久未谋面的人，尤然。

沈母第一次见到尤然，也是这样的情况。只是那年天气很热，她习惯了中午小憩半个小时，电风扇在闷闷地转动，沈浅在外敲着门，她开门后，见到了本该在校的沈浅还有她身后瘦高的少年。沈母不喜欢长得标致的男孩子，觉得他们不可靠，花心。

尤然不仅标致，还可以说是难得一见的漂亮。他有一双深邃乌黑发亮的眼睛，笑起来的时候，眼睛似乎都能说话。这样的少年，哪个少女不迷恋？而且那年沈浅年少不懂事，自己这个当妈的刚回家，沈浅就迫不及待把男孩子带回来，这是什么情况？这不是重蹈她当年的覆辙吗？

沈母是个极其专一的女人，她年轻时候也有个长得标致的男朋友，那人便是于天阳。但他们那个时候的感情很纯粹很干净，连拉拉小手都不敢。

往往初恋都不会成功，却会铭记在心，刻在心底最深处。于天阳考上大学，去了远方，她只考上了一所不伦不类的三流大学，便放弃继续求学，到针织坊做了女工。他们从此南辕北辙，偶尔的通信也不知不觉中断了，一段感情就这样不了了之。后来机缘巧合，她和于天阳重逢，她以为可以重来，因为她早就认定了于天阳会是她的真命天子。只是……最后她却遭遇了曾经她最嗤之以鼻的遗弃。她有了身孕后，他却迫于家庭压力与别的女人结婚了。

那次以后，她彻底消失在那个男人的世界。她背着他，生下了沈浅，一个人带大一个没有爸爸的孩子。

沈母非常忌讳沈浅这么早就谈恋爱，这样的感情懵懵懂懂，是最初的情动。对于有些人也许会是一生的情动，但这如果只是一方付出所有，那对于付出真心的人来说，这一切就是灾难。

但到了后来，在沈母扼杀了这段感情之后，她才明白，这两个孩子，都是把最初对对方的情动作为一生的情动来对待。

沈母的脸上有稍纵即逝的错愕，随即恢复了平静，她侧着身子，让出道来，说：“进来吧。”沈浅不禁把嘴抿得更紧，她拉起尤然的手，走进里屋。

几乎是同时，沈母与尤然把目光瞟向了沈浅握住他的手。沈母眼神飘忽，也不知在想什么，尤然更是高深莫测地盯着看了一阵。

两人像是达成了协议一般，又同时收回目光，四目相对。这情景与五年前是何其相似，当初沈浅也是拉着尤然的手进屋，沈母也是面无表情地盯着他们交握的手看，然后望向尤然。

唯一不同的是，尤然那个时候把手抽开了，不好意思地笑了笑。如今，他却用淡定自若的目光看向沈母，那眼神中夹杂着真诚的笑意，还有一份坚持。

当初的少年因为羞涩，可以轻易放开手，如今却不同了。沈母是个聪明的女人，她莞尔一笑，随后又收敛住所有情绪。

沈浅和尤然乖巧地坐在沙发上，静静地等着去倒水的沈母。沈母倒了两杯凉白开放在他们面前，笑道："天气有些热，就不泡茶了，喝白开水将就吧。"

尤然微微一笑："妈，我喝什么都行。"

沈浅斜睨他一眼，眼神似乎传递出：谁准你说胡话的，不准乱叫妈。

沈母也不适应他突然的称呼，淡淡地回应："说实在的，虽然我很感激你对浅浅的爱，只是你也知道我姐姐和你家的关系，她当初也是一腔真情，倾尽所有去爱，下场也不过如此。要我同意把女儿嫁到你家，我还是有些芥蒂的。"

沈浅有些疑惑，不懂她妈妈这话的意思。尤然微微垂下脑袋，轻轻地点了点头，浅笑道："我没有浅浅是活不了了。撇下浅浅，那就是撇下我的命。我还是希望自己命长点。"

沈浅皱了皱眉毛，古里古怪地看着尤然，心想：平常那么温润淡漠的人，居然说出这么肉麻的话？

沈母扑哧一笑："那我自然是不能草菅人命。"

沈浅更是大惊了，她妈妈很少笑，这话居然把妈妈逗笑了，难道有那么好笑？

沈母收敛了笑，对尤然说："我想，是时候告诉浅浅一些事了。"沈母站了起来，回到自己的卧室里。不一会儿，她端着一本厚厚的相册出来，递给沈浅："浅浅，这是你的过去。"

沈浅一愣，笨手笨脚地接了过去，然后慢慢地翻了起来。第一页是她满月的时候，趴在床上，傻傻地看着镜头。往后翻依次都是些很小的照片，大部分照片上都只有她一个人，偶尔几张有她妈妈的身影，但寥寥无几。

在她十几岁的照片里，只有她一个人的身影。翻到后来，终于有了另一个人影，她搂着一个高个子的男孩，虽然两人都照得很傻，但两人笑得是那么的甜。

"这个男生叫尤初，是你阿姨的儿子，也是尤然同父异母的哥哥。"沈母深吸一口气，紧闭双眼，而后慢悠悠地睁开，只是睁开以后的眼睛里透出一丝掩盖不住的疲惫。

沈浅有些讶然，愣怔地侧头看向尤然。但尤然只是轻轻地笑道："原来你们认识。"

之后的大部分照片都是沈浅和尤初两个人的合照，直到最后几张，才有沈母的出现。沈浅愣愣地看着这些照片，脑袋忽然有些疼痛，倒带一般想到一个个片断……

"哥哥，你长这么帅，应该有很多女孩子追吧？"沈浅盯着刚出来的相片，看着上面的小帅哥调侃地说。

那个小帅哥说：“可多了，可没有一个像浅浅这么可爱的，我一个都不想要。”

“嘁——给你点颜色你就开染坊了。”沈浅抄起旁边的衣服，一把朝他扔过去。沈母很无奈地说：“好了，好了，别闹了，吃饭啦。”

两人乐呵呵地聚在餐桌边上。

沈浅不禁蹙眉，不愿意让自己去想，因为她发现她越想，脑子就越疼。她继续翻着照片，然而后面都是空白。沈浅一愣，抬起头看向她妈妈。沈母笑了笑：“后面是你的秘密，你怕被我发现，特意空了很多页，你继续翻就是了。”

沈浅依言继续翻了起来，翻了好一阵子，才见到一张涂鸦得乱七八糟的照片，而照片的主人翁就是在座的沈浅与尤然。

显然，这张照片是特意照的。椅子被搬到教室后面的黑板前，两人还穿着校服，笔直地坐着，笑靥如花。在他们后面的黑板上，写着一个不太好看的大红字：囍。

两人都露出洁白的牙齿，笑起来很甜。这张滑稽的照片被涂画得很厉害，两人的额头都画了“三”字，尤然脸上被画了胡子，还用红色水笔在手上添了一笔。她在尤然手上画了个小小的框，在框里端端正正地写下了三个字：结婚证。

尤然默默地注视着这张照片，眼神有些空洞。这张滑稽的照片是沈浅非要拍的。那个时候他没告诉她，他准备复读一年，她以为他要走了，便拉着他特意向照相馆借了照相机，让于南帮着拍的。

照片洗出来以后，沈浅欢呼雀跃，将照片递给他：“这是我们的照片，到了大学，要尽量放在显眼的地方，不准你忘记我噢。”

“浅浅，你好傻啊。”

“你才傻呢，反正听我的，一定放在最显眼的地方，天天看一万遍。”

“天天看你这么个傻样，我会吃不下饭的。”

“你竟敢嫌弃我？我可是都没埋怨你扔下我一个人呢。”沈浅突然拿起一支笔，在相片的右下角写道：浅浅是我最重要的人。

尤然忍不住抽了抽嘴：“你好不要脸，自说自唱。”

沈浅拽着他的胳膊，对着这张照片左看右看，自我满足地说：“回头我要把其他照片也添上几笔，真有意思。”

尤然回想起来，不禁扑哧笑了出来。沈浅在看到这张无厘头的照片以后，一脸黑线。天啊，原来她当初这么幼稚，简直无法直视好吗？

她赶紧翻过去这一页，结果还是这张照片，只是上面没涂鸦，而是在右下角写了一行字：沈浅是尤然的女王。

沈浅默了一会儿，对尤然说：“你写的？”

“你认为可能吗？是你自己写的。”

“……”沈浅现在怀疑，她当初脑子肯定进了水，还不止一次。

她又翻了一页，还是那张照片，右下角依旧用水性笔写了一行字：尤然是沈浅的骑士。

沈浅继续沉默。她想，她年轻的时候，应该是有少女妄想症的吧。

沈浅继续翻着，结果还是这张照片。沈浅忍不住翻白眼，他们就只照过这一张照片吗？但是这张照片没有写任何字，干干净净的，旁边却夹了一张纸条，上面清清楚楚地写着两个字：再见。

沈浅一愣，她再去翻找，什么也没有发现。她疑惑地看向尤然：“什么叫‘再见’？”

尤然不说话，只是把沈浅的手握得很紧，大概是害怕她抽手，他用足了力道。沈浅被握得手有些疼了，但也不吭声，而是用询问的目光看向她妈妈：“妈妈，这‘再见’是什么意思？”

沈母说：“你跟妈妈走了，所以再见了。”

沈浅半信半疑，把目光转向尤然。尤然淡淡地笑道：“再见的意思就是再次相见。”

“……”

沈浅在接下来的几天里，真正感受到了什么叫幸福。她早上陪妈妈去晨练，然后跟尤然去菜市场买菜，将近中午的时候两人牵着手进厨房，他主刀，她后勤。然后他们一起等她妈妈下班回来吃饭，一起聊聊天，吃吃饭，话题平淡，却带着温暖。

沈浅本以为以后的生活也可以一直这样下去，直到不速之客的出现。

那天，沈浅和尤然买菜回来，见到一辆名车停在院子门口。尤然看到这车，脸上浮现一丝困惑。他认得这车，这是于家的私家车，只是为什么会出现在这里？

沈浅还笑道：“难道我邻居傍上大款了？”她边说边笑，当差不多走到自己家门口的时候，菁菁从自家门口窜出来：“浅浅姐，你跟哥哥是私奔回家的啊？”

沈浅哭笑不得："谁说的？"

"你家来了个阿姨，对你妈妈一直哭，求你妈妈让你跟她走一趟。"

沈浅蹙了蹙眉，也不知这个不速之客是谁，为什么突然造访，而且还提出这么莫名其妙的要求。尤然微微眯起眼睛，眼神变化莫测。

进了屋子，只见沙发上坐着的除了沈母，还有两个人。一个是胡女士，于天阳的妻子，还有他们的大女儿于南。

沈浅一愣，站在她身后的尤然则把目光瞟向胡女士。但是胡女士见到尤然望着自己后露出了诡异的表情，不断地逃避他的注视。

"妈，这是怎么回事？"

沈母面无表情地对胡女士说："我女儿长大了，这事你还是跟她说吧。"沈母撂下这句话，就进了里屋，留下分外尴尬的几个人。

胡女士咬了咬牙，看向站在门口的沈浅。她站起来，走到沈浅面前，有些犹豫地说："沈小姐，我是于天阳的妻子。"

沈浅阴沉着脸，不说话。

"你母亲说你知道你的生父是谁。"

沈浅的表情更冷了几分："你放心，我不会找他。"

胡女士眼睛一闭，朝沈浅跪了下来，她原本就透着几分苍白的脸顿时泪如雨下。她哽咽地说："求求你去救救你的爸爸！你爸得了白血病，他一直不告诉我，现在化疗也于事无补了，只能骨髓移植。但是我两个女儿都不匹配，现在唯一的希望就是你了！"

"妈。"于南想拉住胡女士，偏偏她不依，依旧死死地跪在地上。

沈浅大惊失色，除了被胡女士突然的下跪吓得不知所措外，还震惊于那个她前不久还见到的男人居然生了这么严重的病。

莫怪沈浅冷血，她没感到一丝难受，更多的是惊讶。

“这个男人真可笑，病得这么严重了才来找我，认我。”沈浅不冷不热地说，也不扶起跪在她面前的胡女士。胡女士静默一阵子，眼泪依旧吧嗒吧嗒地流下：“他从来不知道他还有个女儿，这次是我自己私下来的。”

沈浅苦涩一笑：“现在是你们有求于我，但实在太没诚意。”

胡女士不说话，站在一旁的于南终于开了口：“要不是你妈的出现，我爸爸和我妈妈关系不会这么糟，你还好意思说我们没诚意？我妈都给你跪下了！”于南现在的情绪很复杂。是，她和沈浅曾经是好朋友，但如今沈浅失忆，她们之间也横亘了太多难以跨越的鸿沟。她和沈浅，可能再也无法做朋友了。

“为什么把责任都推到我妈身上？是那个男人管不好自己，并且他们早就认识了相爱了，是彼此的初恋，你妈妈认识得更晚。你有什么资格说我妈？”沈浅也激动了，她不由得提高了音量。

于南愣怔得说不出话，胡女士怒瞪她一眼，让她闭嘴，然后和颜悦色地对沈浅说：“他毕竟是你爸爸，你总不能见死不救吧？”

“我又不一定能救他，不要把我看得太重了。”

“多一个机会就多一分希望。”

沈浅冷着脸回道：“我的意思还不够明确吗？我——不——去。”她一字一句地说完后面那三个字。

胡女士闷着不说话。于南看不下去了，她拉起胡女士：“妈，我们走，我们不受这个气。”

“可是南南，你爸爸……”

“妈，爸爸那么对你，你还对他这么好？我从小到大，看着你们因为那个女人的事情，天天吵，每次都吵得不可开交。爸爸夜不归宿，你在家里砸东西，我和妹妹总是半夜被送到外婆家。是他对不起你，你现在为了他去求一个害了你一生的人，你平常引以为傲的自尊心呢？！”

“啪！”一个巴掌打在于南脸上，胡女士咬牙切齿地说：“现在躺在病床上奄奄一息的是你爸爸！他再怎么错，也是我们一家的支柱，是给了你生命的那个男人，你这个不孝女！”

胡女士睨了沈浅一眼，恨恨地离开了。于南抹了把泪，跟了上去。沈浅傻愣愣地看了这一台戏，不知道该哭还是笑。尤然走过来，把她搂在怀里，安慰说：“男人最聪明的做法还是专心对一个女人好，不招惹别的女人，也不让自己的女人伤心，对吧，浅浅？”

沈浅哭笑不得：“你在说你？”

“当然，我的做法很明智对吧？”

“嗯。”沈浅依偎在他怀里，安静地闭上眼睛，还好她遇到一个聪明的男人。

“浅浅。”沈母从里屋走了出来，脸上还带着泪痕。沈浅从尤然怀里出来，愣愣地看着自己母亲那低落的表情，喃喃地说：“妈，你……”

“你去一趟吧，毕竟是你爸爸，他要是死了，我……”她突然捂住脸，拼命压抑自己的情绪，“浅浅，我当初生下你，你知道是为什么吗？”

“爱他？”

沈母摇头：“因为我恨他。我想让他的孩子不好过。可是我忘了，他的孩子，也是我的孩子。生下你以后，我就后悔了，之所以对你不好，是因为我心里有结，这个结太深了，我没办法对你好。”

沈浅不说话。

沈母走了过来：“妈对不起你，因为自己受过伤，不信任男人，而尤然的父亲又是那种抛弃妻子的男人，我怕他的孩子和他一个样子，所以……我做了糊涂事，硬生生拆散了你们。后来我才知道自己做错了，可是什么都于事无补。还好，你们姻缘天注定，现在终于可以在一起了。你就算积点德，当是救个陌生人吧。”

沈浅的心里五味杂陈，她不知道如何回答眼前这个双眼哭得通红的女人。她知道她妈妈还是爱着于天阳的，她更加知道，如果于天阳就这样死了，那么她妈妈也活不成了。

当天，沈浅一直没有答允她妈妈，只是闷闷地不说话。

到了晚上，沈浅还是傻傻地坐在床上，一动不动。尤然走过来，搂她入怀：“这个抉择很难吗？”

沈浅抬起头看向眼前淡定自若的尤然，反问他：“你恨你爸爸吗？”

“我把他当反面教材。”

“那要是你爸爸得了白血病，要你去配骨髓，你愿意去吗？”

尤然想了想，一脸认真地捧着沈浅的脸：“就像你妈妈说的，当是救一个陌生人，给别人一个希望，成就自己的一点爱心。”

沈浅点了点头，忽然转脸忧心忡忡地对尤然说：“你不介意我是私生女吧？”

尤然扑哧笑了起来，俯身亲了她两口：“我不管你是谁的女儿，以后是我老婆就行了。”

沈浅最终答允了去配骨髓，不过她事先跟胡女士达成协议，不能告诉于天阳有她这么个女儿，她不想自己和妈妈现有的生活受到打扰。

胡女士满口答应，这对于天阳无疑是有益的。怎么说于天阳也是师长级别的军人，军人有私生女，传出去会影响名声，惹人口舌，严重的话，还会被停职调查，引来很多麻烦。

其实沈浅哪有想那么多，只是她妈妈一再要求她这么做。

沈浅不禁抱怨道："别人都叫我妈沈母，我看叫圣母得了。"

尤然扑哧笑了起来："圣母的孩子是耶稣，哪天把你绑起来？"

"你敢？！"沈浅愤恨地说。

从沈浅留下骨髓样本到化验结果出来，等了差不多有半个月的时间，那个时候，沈浅和尤然已经回到江夏小区了。值得一提的是，沈浅和尤然在古镇的时候，拉布拉多犬浅浅已经生下狗宝宝了，一窝生了五个。沈浅说："狗一般生两个到四个，生五个的不多见，可见我的混血儿是多么强大。不过去年我家院子里虎子的老婆一胎生了七个呢，小狗崽个个都很强壮。"

混血儿哪有空理她，它要帮它的孩子洗澡呢，其实就是用舌头舔。沈浅不禁泪流满面："混血儿，以前我夸你的时候你多兴奋多满足，现在你居然没反应？"

"混血儿做得那么好本来就是事实，你特意这样强调，难道是因为你其实心里不满意？"尤然挑了下眉。混血儿似乎听懂了尤然的话，停下动作，慢悠悠阴森森地转头看沈浅。

"……"

尤然扑哧笑了起来，揉揉沈浅的头发："你这样可是要把混血儿气死哦。"

“好吧，我错了。”沈浅再次泪流满面。

沈浅去医院的时候，于南、胡女士、尤然都陪着她。沈浅有些坐立不安，尤然在一旁搂着她，但于南看起来有些烦躁，双手交叉，目光里夹杂着焦灼和不安。

胡女士是最紧张的，她一直将双手紧紧交握在一起，青筋绷紧，骨节泛白。

终于轮到他们了。

医生说：“一个好消息，一个坏消息。”

所有人都一愣。

“好消息就是，沈小姐的骨髓与于先生的骨髓配对成功。”

所有人都一言不发，目光胶着在医生的脸上，屏住呼吸等着医生接下来的话。他们不知道是该高兴还是不高兴，因为还有个坏消息。

“坏消息就是，沈小姐怀孕了，要是想捐骨髓的话，孕妇不行。要么把孩子打掉，要么……只能作罢。”医生也露出无奈的微笑。

这个坏消息，只是针对某些人而言，比如说沈浅。她一听到“怀孕”两个字，第一反应便直直地望向尤然。只见错愕的神色在尤然脸上一闪而过，随即变得平淡，他也看向沈浅。

他看起来不是很开心。沈浅是这么认为的。

胡女士听到这个消息后，一脸担忧，她颤抖着嗓音问道：“沈小姐，你看这事我们怎么办？”

沈浅耸肩：“这事不是我一个人说了算，给我们半个月考虑一下吧。”

胡女士一愣，看向尤然，只见他正面无表情地看着她。胡女士憋着不说话了，身为一个母亲，可能要失去自己的孩子，这种为难，这种要承担骨肉分离的痛楚，她自然心知肚明。沈浅走向尤然，窝在他怀里，杵了杵他的手臂，可怜兮兮地说：“我有了。”

尤然微笑回应：“知道，我的。”

尤然顺势把她搂在怀里，接着说：“回家好好犒劳你。”

沈浅疑惑地看着尤然，他的表现很诡异，让沈浅猜不透。

眼看沈浅就要被尤然带走了，胡女士迟疑了好一阵子，欲言又止，最后还是说了句：“希望沈小姐尽快给我们答复。”

沈浅只是摆了摆手，算是应了。

其实，沈浅得知自己怀孕了，心情很复杂。一来这孩子来得太突然，最近发生了这么多事情，她根本没有想过要孩子，也没有当母亲的心理准备。二来，他们还没有结婚，之前只是昭告天下，她订婚了。这也应该算是未婚先孕吧？她不喜欢未婚先孕。这也是第三个让她倍感纠结的地方。她不喜欢未婚先孕，可是她又不想打掉孩子，连她自己都不知道这是出于什么道理。

总之，现在的沈浅六神无主，只能依靠尤然了。偏偏尤然这种不冷不热的态度，让她有些郁闷。

一回到家，混血儿就窜到了门口，摇晃着尾巴迎接他们。为了方便它快速大小便，浅浅的窝被移到了外厅，这样它能多点时间看它的孩子。此时奶狗们正发出清脆的叫声，肉嘟嘟的小身子滚来滚去，特别招人疼爱。

尤然一进屋，便径直去看浅浅，他安抚地摸了摸已经为人母的浅浅，然后笑着转身摸跟在他身后的沈浅的头。沈浅不高兴地拍掉他的手，道：“我昨天才洗的头。”

尤然突然把她抱了起来。沈浅惊呼一下，拍着他的手：“你干吗啊？”

“让我抱抱看你重了多少。”

“医生说才一个多月。”沈浅白了他一眼，一个多月还只是个胚胎，能有多重？

尤然把她放下，盯着她的脸看了一通，然后又反复看了一轮，最后才开口：“浅浅，我只要你一句话，你想不想要这个孩子？”

沈浅一愣，原来尤然不是不冷不热，是介意她会不想要这个孩子。

沈浅认真思索片刻，有些为难：“其实我对于天阳没什么感情，我承认我有些自私，要是让我从肚子里的孩子与于天阳中选择的话，我说不定选择前者。可能这样做我会被人骂死，但是……”

尤然捂住她翕动的唇，微微一笑，示意她不用再说下去了。

沈浅眨巴眨巴自己的大眼，显得很无辜。尤然是嫌弃她不孝顺吗？可是她和于天阳，根本就没有父女之情，甚至她对于天阳还有责怪之意，并无恩情。于理，沈浅是有这个义务去救于天阳；但于情，沈浅似乎可以自由选择。

沈浅把尤然的手扒开，接着说：“我……”

“浅浅。”尤然叹了口气，拉着沈浅走向沙发，他把沈浅抱在自己的大腿上，轻轻握住她的一只手，凝视了很久，他才开口缓缓地说，“自我体会到爱情的滋味的时候，我就曾对自己发过誓，以后我只要一个女人，不去招惹别的女人，也不准别人招惹我的女人。我一辈子只要一个她，只有她可以为我生孩子，然后我会用尽所有的爱去疼那个我唯一的女人生出来的孩子。”

“浅浅，在你出现之前，我不是没考虑过找别人。”尤然苦笑道，“每个女人都有每个的好，一旦发现了那种好，那就会不可抑制地去思考合不合适。可是……”

沈浅默默地看着尤然，静静听他说完。她知道尤然说的是心里话。

“我不愿意将就。我只想找到能真正打动我的那个女人，直到我遇见了你。我清楚明白自己心里最重要的女人是谁；我清楚明白以后的日子，我最想宠爱的子女是与谁生的孩子；我更明白，有些人是替代不了的。所以在你离开我以后，我阻止别人进入我的世界，把自己封闭起来。”

沈浅捧着尤然的脸，心里发酸，她很想说一句话，却又说不出来。

尤然摸摸沈浅的头发，帮她顺了顺：“我很明白，我爸对我妈并不是完全没有感觉，可是中间横亘着他的发妻，他没办法全心投入，或者说他无法去全心投入。而我妈为自己感到不平，最后郁郁而终。这么明显的例子摆在我面前，我更加不能去将就。”

“你是想说，你是因为不想伤害另一个女人，所以才非我不可？并不是对我专一？”沈浅撇撇嘴。

“不是，是因为心里一直有你，容不下别人，将就下去，对谁都不好，还不如不将就。”尤然搂了搂沈浅，“今天知道你怀孕了，我想了很多，因为我发现这一路走来，都是我在逼你，一步步把你带到我心里，没有问你愿不愿意。”

“喂，生米都煮成熟饭了，你现在才知道反省？”沈浅一脸愤愤地看着尤然，然而脸上已经笑开了花。其实她真的很庆幸尤然的主动，带着她一步一步走到这里，要不然她方向感那么差，肯定会绕很多弯子，才能走到终点——他的心上。

沈浅暗笑，圈住尤然的脖子，指着他的心口，甜甜一笑，娇滴滴地说：“尤先生，谢谢你把我带进你心里，我很喜欢。”

尤然扑哧一笑，扑上去，亲上她的唇，眼波流转带着一丝妖异：“进来了，就出不去了。”

“没事，我把自己的心也带上了，可以好好在里面待一辈子。”

尤然咬了她几口，忍不住轻轻地笑了起来：“早就看出你带好自己的心了。”

“你……”沈浅咬牙切齿，他就是不会让自己吃亏的主！

两人耳鬓厮磨一阵，沈浅有些不安地捧着尤然的俊俏脸庞，嗫嚅地说：“那个……我想把孩子生下来。”她凝视尤然好一阵子，终于还是低下了头。她怕尤然责怪她，她这样，确实是太自私，太不通情理了。

尤然啄了啄她的嘴：“于伯伯的骨髓，我来想办法。”

“你有办法？”

“我们国家人口这么多，总有匹配的吧？”

“可不是每个人愿意捐赠的啊？”

“那要是能够满足对方的要求呢？”尤然眯了眯眼，“放心，有外公在，他一定会想尽一切办法保住这个曾外孙。”

“你想惊动你外公？”

尤然无奈地耸耸肩：“只有外公有这个实力，能帮我们完美地解决这件事情，而且这事不能告诉我爸爸，他不喜欢冒这个险。”

“那……那要是还是没有呢？”

尤然的表情暗了暗，他抚摸沈浅的发丝，专注地看着她，眼睛里流动着无限的温柔："浅浅，他虽然对不起你们，但是……于理，你必须帮他。孩子还是会有的，可是父亲毕竟只有一个，无论你承不承认。你妈妈肯原谅他，你也应该要学着原谅。"

沈浅闷哼一声，不说话，久久才说："你真的舍得吗？"

尤然叹息道："浅浅，没有人比我更珍惜这个孩子。"

尤然说完站了起来，走到一边打电话，沈浅就这样默默地看着他，耳朵里什么也听不见，大脑一片空白。她独自一人回到房间，闷在被窝里。

她何尝不知道尤然的珍惜？他打算使用一切手段，去保住这个孩子。她何尝不知道尤然爱她？为她这么苦守许多年。她的孩子，是他和她的结晶，他怎会不珍惜？她什么都懂，只是她自私，她不想懂。

沈浅的手机响了很久，她才接通，是她妈妈。

"妈，你是劝我把孩子打掉吗？"沈浅不冷不热，很平静地说。

电话那头半晌没出声，沈浅也不出声，只有屏幕的亮光在黑暗的房间里幽幽地闪烁。好一阵子，电话那头的人才开口："我理解你。当初在那样的情况下，我都没把你打掉，更何况尤然对你那么好，你和他已经决定要一辈子走下去。这一切我都懂。但是浅浅，妈想告诉你一件事。"

"什么？"

"那个男人过得并不好。"

"所以，你同情他？"

"他之所以娶胡女士是因为胡女士有个厉害的爸爸。在他最受器重的时候，他选择跟我在一起，和胡女士闹离婚，从此他一直被他岳父打压。军人出了这种事会有重罚，甚至坐牢，他岳父以此威胁。他明明什么都知道，却还是要跟我在一起。浅浅，我知道你会骂妈妈，但是……我对他恨不起来。这事，我和他都有错。因果报应，他这些年不好过，我也不好过。他再对不起，也只是对不起我，不是你。他是个好父亲，是我不让你们相认，因为我太了解他，他会不顾一切去认你，无法想一个师长如果传出去有了私生女，会有怎样的后果。”

“妈，你说这么多，我懂的。”沈浅捏了捏额头，又安慰了沈母几句就挂了电话。现在她只觉得自己一个头，两个大。

在接下来的日子里，尤然对沈浅几乎是宠到了天上，虽然沈浅有时候噘着嘴觉得有些不适应，但她还是依着尤然来。尤然说得没错，没有人比他更希望他们的孩子出生了。

在等待的二十多天里，胡女士频繁地打电话来，她很着急。

一直以来，大家表面上没有表现出什么忧虑。那天尤然的表情很轻松，轻轻抚摸沈浅的头，温和地说：“今天去医院做个检查吧。”

“……”

“妇产科。”尤然微微一笑。

沈浅一愣：“那个骨髓……”

“已经找到相配的骨髓，昨晚空运过去了。于伯伯的手术大概安排在三天以后，今天带你去看妇科，顺便看看他吧。”

沈浅激动地搂住尤然的脖子：“我要结婚。结完婚我才生孩子。”

“好，什么都依着你。”尤然把她抱得更紧，告诉她，“外公说，这次可累坏了他，别的没什么要求，就叫你好好护着他的曾外孙。”

“遵命。”沈浅大大地在尤然脸上“啵”了一口，笑靥如花。

沈浅虽然是个兽医，但她并不喜欢医院的氛围。尤其是有太多人看病的医院，消毒水的味道和不流通的空气、各种异味交杂在一起，闻起来让人想吐。尤然见沈浅紧皱着眉，细心地问了句：“怎么了，妊娠反应？”

沈浅摇头：“不是，是医院的味道难闻。”

尤然拍拍她的肩轻声道：“忍忍。”

尤然已经预定了时间去看妇产科主治大夫。在做了一系列的检查后，结果显示都很正常。沈浅被折腾得筋疲力尽，她无力地说：“怀孕又不是病。”

“但要是不正常，比病还能折腾人。”尤然睨了她一眼。沈浅不爱坐电梯，两人就一起走楼梯。当走到二楼的时候，他们撞见了手里拿着药单的于南。

于南似乎也很意外，见到沈浅时她显得有些不自然，于是她别开脸想直接当作不认识。

“于伯伯在住院部哪个房间？”尤然忽然问了一句，语气平淡毫无波澜，也不看她，似乎不像是对她说。于南冷笑道：“尤少爷本事那么大，查一下不就知道了？”

于南刚说完，又看了看沈浅，随即扯出一抹微笑，礼貌又别有深意地说：“沈小姐命真好，找了个这么全能的老公，以后有的是福享了。”

这是暗讽她还是拐着弯地夸尤然本事大？沈浅搞不懂这个阴阳怪气的女人，不愿去搭理她。她拉着尤然往下走，尤然也顺着她，跟着一起走。

“我真搞不懂，我以前会跟这样阴阳怪气的女孩成为朋友。”沈浅不禁向尤然抱怨起来，她觉得于南看自己的眼神有问题，从里到外都是有问题的。

“我也搞不懂，以前她只是比较内向。自从你离开以后，她就这么古里古怪了，于伯伯当初还带她去看过心理医生，查出她有忧郁症，调理了半年，后来就让她去法国学服装设计。我以为她好了，可是最近一段时间她又变回来了。”尤然不禁蹙了蹙眉。

沈浅问：“她是从我离开以后变成这样的？”

“是啊，我上次带你去她那儿，就发现她对你的态度跟以前大不相同，也不知是时间当真能让一个人改变这么大，还是另有隐情。”

沈浅耸耸肩，她就更加不知道是哪里出了错了。

在尤然打了一通电话得知于天阳的病房号后，他们终于辗转来到了病房门口。看到于天阳，沈浅算见识到了生老病死的沧桑能把人折磨成什么样子。她记得前一阵子于天阳看起来还很生龙活虎，声如洪钟，如今脑袋上却只剩稀疏的头发，配上一张苍白得完全没有血色的脸。他看起来很憔悴，眼睛空洞地盯着天花板。

胡女士为他削了个苹果，送到他嘴边说：“天阳，吃点吧。”

于天阳耷拉着眼皮，无精打采地摇了摇头。他说：“你这又是何必，你对我这么好，明明知道我不会领你的情。”

胡女士扯着嘴皮，轻蔑地一笑：“你还恨我当初算计你，让你娶我？在你莫名其妙要离婚之前，就派侦探去监视你，知道你跟那个女人好上了，然后来一出捉奸在床？”

于天阳闭上眼睛，很无力地说：“都过去了，不要再说了。”

胡女士冷哼一声，扔下那个苹果：“这么多年了，你心里还只有那个女人。她有用我一半的心去对你吗？她受了一个打击就逃跑了，我受了这么大的打击还跟你在一起。怪只怪我不够狠，要是我去告发你，你现在已经死在监狱里了。”

“你去告吧，你这句话说了十多年，你不累我都累了。”于天阳没有多大的力气与胡女士过多争辩，显然这样的对话已经重复过很多次了。

胡女士似乎也习惯了于天阳的冷漠，她重新拾起苹果，送到他嘴边，一定要他吃掉。于天阳没辙，接过苹果，慢慢咬了一口。

沈浅觉得这对夫妻真有意思，不禁小声地跟尤然说：“真是奇怪，明明在一起不开心，为什么还要在一起？”

尤然淡淡笑了笑：“我想这就是验证了一句‘爱上一个人，明明不开心也要在一起’。就像我妈，跟爸爸在一起那么不开心，还是要在一起。”

沈浅吐吐舌头：“这多累啊？要是我，情愿不在一起。爱情本来是让人幸福的，又不是只能钻牛角尖。”

尤然伸手刮了下她的鼻子：“这话我爱听。”

尤然带沈浅进了病房。胡女士看到沈浅，浑身僵硬起来，她很不自然地笑了笑：“你们……”

尤然礼貌地笑了笑：“我们来看于伯伯，听说于伯伯马上要动手术了。”

于天阳笑道：“难为你还记得我这个老头子。”他看了看沈浅，眼里柔和一片，“沈小姐今儿看起来红光满面，想必有什么好事吧？”

沈浅正寻思着怎么回答，尤然帮她说道：“浅浅怀孕了，来医院做个检查。”

“我就说嘛，你这小子怎么会想到来看我。”于天阳哈哈大笑，与刚才那虚弱的模样明显不同。尤然也只是一味地浅笑。沈浅不知尤然为何要告诉于天阳她怀孕的事。

出了医院，沈浅就把心头的疑问说了出来，尤然缓缓道：“只是想多一个人知道而已。”尤然忽而牵起沈浅的手，“那么多人知道以后，谁也不敢要你这个孕妇了。突然觉得混血儿很聪明，懂得先下手为强，早知如此，我也干脆学它的算了。”

沈浅睨了他一眼，眼睛眯成一条缝，学着尤然平时惯有的狐狸样：“那实在不好意思，我不是浅浅，我是沈浅，我会一纸诉状告上法院。”

“你信不信你肯定会败诉。”

“为什么？”

“我把你死死地绑在我身边，你就没有机会出庭了。”

“……”沈浅恨恨地看着他。

尤然笑着揽住她：“走吧，我们去试试婚纱。”

“我不去。”沈浅耍赖皮不动，撇了撇嘴，“我懒，我不想动。等生完孩子再折腾这些东西吧。”想起结婚的一系列事项，沈浅就头大。当初李美丽结婚的时候，她这个伴娘都累得虚脱了，更别说新娘了。用李美丽经典的话说：“你知道世界上老得最快的是什么吗？那就是新娘，第二天，就被改口叫成老婆了。瞧瞧，一夜之间啊，就这么老了。”

一向不怕苦不怕累的李美丽都抱怨，沈浅肯定扛不住。所以，她情愿未婚生子，等以后身上没有负累了再说。

反正，眼前这个男人，他跑不掉。沈浅如此想着，也便心安理得了起来。

尤然当然知道沈浅心里打着什么小算盘，他也不去计较。孩子都有了，他也不怕这个女人跑。就算跑了，他也会把她追回来。毕竟如果她带球跑，会慢很多。

怀孕三个月以后，沈浅开始频繁的头晕。到了五个月的时候，偶尔的头晕变本加厉，甚至有时候她会晕厥。那天早晨，无论尤然怎么摆弄，沈浅依旧睡得跟死猪一样，尤然只好自己出去晨练。平时的话，他都是带着沈浅一起去散步的。

沈浅起得晚，醒来的时候已经八点了。她伸了个懒腰，刚下床走了几步，忽然眼前一片漆黑，她感觉脑袋沉甸甸的，双腿发虚，接着她便什么也不知道了。

当沈浅醒来的时候已经在医院里了，四周很安静，沈母垂头丧气地坐在沙发上，看起来没什么精神，似乎熬了夜。沈浅的手正被一人握住，她目光放低，果然，床边倒着的正是在睡觉的尤然，伸长一只手紧紧地握住她。

沈浅抬眼看了看窗外，晨光未明，还是墨蓝的色调，想必此时还是凌晨。她记得自己是八点起床，然后晕了过去，但现在分明是凌晨，难道她晕了一天了？沈浅心里忽然沉甸甸的，她……应该没事吧？

沈浅微微动了动手指，果然，尤然立即跳了起来，见到瞪着大大的眼睛看着他的沈浅，轻轻笑了起来，他说：“以后不要那么淘气了，吓坏我了。”

“我又不是故意的，毫无预兆嘛。”沈浅撒起娇来。

也许是两个人说话的声音有些大，坐在沙发上的沈母一个激灵就从沙发上弹了起来。见到沈浅醒来，她激动地小跑过来，焦急地问：“浅浅，还有没有哪里不舒服？”

沈浅摇头道：“没有啊，我很好。”

沈母的眼神忽然暗淡，欲言又止。沈浅觉得有些莫名其妙，尤然开口对她妈妈说：“妈，这事我跟浅浅说，你先回家休息。”说完便从口袋里拿出钥匙递给沈母。

沈母接过钥匙，点点头，忧心忡忡地看着沈浅，摸了摸她的头发，柔声说：“浅浅，妈妈回家给你熬粥带过来。”

沈浅点头。

沈母走后，沈浅便坐了起来，瞪着尤然：“说，我得什么绝症了？”

尤然顿了顿，说道：“浅浅，我们还是把孩子打掉吧。”

“什么？”沈浅立马提高嗓门，脸也跟着刷白起来，“为什么？！”

“我们先治病，以后还可以要孩子。”

“不要告诉我，我也得了白血病。”沈浅的神色不由得慌张起来。

尤然微笑着摇头：“浅浅身体很健康。”

“那为什么要我打掉孩子？”沈浅咬牙切齿道，“你不是最想要我们的孩子吗？”

尤然微微闭上眼，脸上带着隐忍：“孩子和老婆我都想要，但如果两者只能选择一个的话，我要你，浅浅。”

“什么意思？”

“你知道你为什么失忆吗？”

沈浅的心突然惶恐起来。果然，只听见尤然说：“因为你大脑里有瘀血压迫了海马体，从而导致你失忆。”

“然后呢？”

“这块瘀血在不断扩大，再不做手术，可能会有生命危险。”

沈浅吸了吸鼻子，抓着尤然的手哀求：“还有五个月，五个月以后再做手术不行吗？”

尤然紧紧反握住沈浅的手，轻声安抚她：“本身这手术成功率就不高。外公打算让你去美国做手术，成功率能提升到六成。要是再晚些，别说六成，一成都成问题。浅浅乖，我们不要孩子了，先把手术给做了。”

沈浅咬咬牙，哀怨地看着他：“我不答应。”

尤然痛心地闭着眼：“由不得你，下午我就带你去医院。”

沈浅愣愣地看着尤然，忽然觉得他很陌生。她死死抓着被单，指骨由于用力过度而苍白。她说：“让我不要这个孩子也可以，只是这次之后，我就再也不生孩子了。”

尤然沉默了片刻，倏地起身，冷冷地丢下一句话：“我现在就去安排，下午一定带你去，你先好好休息，我出去了。”

当门被尤然关上那刻，沈浅号啕大哭起来。好不容易保住的孩子，又要失去了？就算她狠下心说以后再也不要孩子了，他也要她打掉这个孩子。

关上门的尤然并没有走，他的背紧贴着身后的门，耳边充斥着门内沈浅的哭声。

这样的决定，对她残忍，对自己更残忍。

沈浅下定决心，不能打掉孩子。虽然她知道尤然是为她好，但是她还是无法说服自己上手术台打掉这个未出世的孩子。

她必须逃跑。

想必尤然也不会料到沈浅会逃跑。沈浅悄悄走出病房的时候，门外并没有人看守。天气开始转凉，穿着夏装的沈浅感觉有一丝丝冷气直灌进她的五脏六腑，让她很想吐。真是可笑，她竟然为了孩子逃跑？她都忍不住自嘲起来，她能跑到哪里去？李美丽还在游轮返航的路上，还有五六天才回来。这座城市她人生地不熟，唯有回到原来的那个小镇，可那个小镇那么小，她能逃到哪里？

沈浅对成功逃跑没抱多大的希望，或者说，她私自出去，只是打算散散心而已。即使是散散心，她也得偷偷摸摸，不能让人发现了。她出了医院，就打车去了菜市场。

偏巧，于南那个时候正在医院门口停车，就见到沈浅站在医院门口招手唤出租车。沈浅脑子里有瘀血急需做手术这事，她知道。她还知道因为要做手术，沈浅必须打掉孩子。她静静地凝望那个双手紧紧环着自己，着急又发抖地招出租车的女人。

眼前这个女人还是当初那样，任性妄为。于南不禁苦笑起来，想起她和沈浅的过往。

那时她是真的把沈浅当作好朋友、好姐妹，沈浅待她也是满怀着真情真意。所以即使沈浅也喜欢尤然，她还是恨不了沈浅。因为沈浅是她的第一个朋友，她真的很珍惜。

她常常带沈浅到她家里玩，沈浅便跟他们家很熟了，她的母亲也把沈浅当干女儿一般对待。只是有一天，她的爸爸妈妈又吵了起来，还是当着沈浅的面，而且还是因为一点儿鸡毛蒜皮的事。上初中的妹妹又哭了，母亲也号啕大哭着，爸爸摔门出去。家里混乱不堪的情况，全让沈浅看在眼里。

于南只能苦笑，从小到大，经历这样的场景多得她都麻木了。沈浅关心她，问她的父母为什么会这样，她说："自从知道我爸爸之前有个刻骨铭心的爱人开始，这个家就再没安宁过了。"

沈浅拍拍她的肩膀，安慰道："我比你更惨，我从小就没爸爸，妈妈说我爸爸在我还没出生时就死了。"

于南那时觉得她们离得很近，近得可以感受到对方的呼吸，有种同是天涯沦落人，相逢何必曾相识的感觉。渐渐的，她的爸爸妈妈很少再吵架，原本支离破碎的家似乎有修补的可能。她暗自庆幸，时间真是个好东西。只是后来，一次偶然的机会，于南和她妈妈一起逛街时遇见了沈母，她热情地朝沈母打招呼，完全忽略了自己妈妈那张惨白无色的脸。

事后没几天，当她爸爸去上班，妹妹去学画画的时候，家里来了个戴墨镜的男人，一脸的神神秘秘。因为好奇，于南躲在门后偷听。

她一辈子也忘不了那个男人说的话。

"她一直没结婚，身边也没男人，我想，沈浅就是你老公的女儿。"

"她不是去外面了吗，怎么突然又回来了？难道是回来讨债的？她是想用她女儿来威胁我老公，还是想让我老公身败名裂？"

"这个我不清楚，都说女人心海底针，这也就你们这些女人才知道。"

“她应该很恨他……”胡女士的脸色越来越苍白，死死咬住牙关，“如果我不要她们再出现在我们面前……”

“胡女士，你确定？要是查出来，你……还有你这整个家……”

“要是她把一切都说出来，我和我这个家就没出路了。”胡女士阴下脸来，脸上已经没有血色，“就这样去做吧……”

于南听了，当即一屁股坐在地上，双腿已经毫无知觉。胡女士听到响声，急忙走了过来。只见自家大女儿跌坐在地上，眼神痴呆地说：“妈妈，浅浅是你干女儿啊。”

胡女士咬咬牙道：“南南，这个家现在这样的支离破碎，你知道是谁造成的吗？是沈浅的妈妈！如今她回来，是要把我们这个家整垮啊！”

于南整个人都蒙了，脑子里一片空白，躲在房间哭了一天。

那个时候，偏巧沈浅和尤然闹分手，沈浅的情绪很不好。于南的妈妈也把于南软禁了起来，怕她乱说话。直到有一次，她终于有机会可以打电话告诉沈浅，警告沈浅小心点。可拿起电话的那刻，她想到从小到大破碎的家庭，她的耳边仿佛再一次充斥着父亲的摔门声，母亲的哭喊声，还有妹妹的号啕声……那样的日子，她不想再过了！好不容易，家里才开始有好转的迹象啊……到最后她还是自私地放下了电话。

后来于南得知沈浅和她妈妈离开了这座城市，她长长地吁了口气。可不到一个月，便传来噩耗，沈浅出了车祸，生命危在旦夕。

她哭着去质问她的妈妈，胡女士也是一阵错愕：“我不是让那个男人收手了吗？她们都离开这个城市了啊！”胡女士连忙打电话过去，发现事情果然是他们办的。

这些人，真的是想接单子想疯了。

胡女士也很混乱，她抓住于南的手臂，紧张得口吃起来："南……南南，这件事……你……你当什么也不知道，知道吗？"

"妈，你是凶手，我是帮凶。"于南死死抿着嘴，不让自己的胃翻滚得更厉害。她现在很想吐，想把肚子里的东西吐得干干净净，尤其是她所知道的一切。

胡女士烦躁地揪起头发："这事你不用管，我会处理。"

于南没有说话，跌跌撞撞地回了房间，闷闷地待在房间三天都没出来。三天以后，她感觉自己有点儿不正常，去看了心理医生，医生说她是得了严重的忧郁症。可是治疗了大半年也不见什么起色，她爸爸见她还是郁郁寡欢的样子，便让她去了法国学设计。

于南用了那么多年的时间去调理，原本也以为自己已经心如止水，直到回国后再见到这个女人，她才发现自己真的无法释怀，她只想远离他们。眼见沈浅快要得到幸福了，没想到最后还是因为她和她妈妈曾经种的恶果毁了沈浅……

于南不知为何，一直死死盯着沈浅的身影，见她钻进出租车离去，她也不由自主地跟了上去。

沈浅去了菜市场，买了很多菜。准备做的菜式她都想好了，有尤然爱吃的，还有她妈妈爱吃的，当然，她也不忘记自己喜欢的。买完菜，她突然又想到一样东西，那就是她和尤然的最爱——黄鱼面。

她不由自主地去了那家店，对那位老板说："老板，给我来两碗黄鱼面。"

沈浅发现这个老板不是之前的那个老板，而是个六十多岁的老头子，瘦瘦高高的。那老板先热情地应了一声，在把目光转向沈浅的那刻，他一愣，叫道："啊……尤小子的老婆，浅浅。"

沈浅一愣："老板，你认得我？"

"怎么不认得你，当初你老公为了让你有食欲，每次都到我这里来让我试菜，那个月我长胖了四五斤呢。后来他虽然把我的黄鱼面学了去，但还是常常带你来吃。说实在，你老公真宠你。"

沈浅呵呵一笑，那个时候他就这么宠她啊？

沈浅抬起头笑着说："老板，你能现教我黄鱼面怎么做吗？"

老板看看时间，现在不是吃饭的时候，不会很忙，于是说道："行，不过时间不多，也不知道你能不能行。"

"试试吧。"沈浅笑了笑。

"真是奇怪，当初你老公也向我学做黄鱼面，怎么你也要学？不是一个会了就行了吗？"老板一边教沈浅，一边看向沈浅，只见沈浅露出一口白牙，笑得很美："原本这就应该是我来学，我真不是个好老婆。"

老板愣了愣，笑了起来："我想在他心里，只要你留在他身边，就是一个好老婆了。"

"老板你这么肯定？"

"他一直吃我的黄鱼面，你去外地读书以后，这小子还是每天来吃，吃着吃着就哭了起来，一点儿也不像个男人。他还开玩笑地跟我说，没老婆在身边，哪里还是个男人？"

"呵呵。"沈浅干笑两下。

"头几个月他还给我发短信，说你回来了，还要来我这吃面呢，偏偏我摔伤了。咦，他今天怎么没一起来？"

“他今天有些忙，我买菜做饭给他吃。”

“顺便给他做一碗爱心黄鱼面？”老板贼兮兮地笑了起来。沈浅腼腆一笑，算是默认了。

于南远远地看着沈浅在学做面，觉得有些莫名其妙。她怎么会偷跑出医院什么事情也不做，反而在悠闲地买菜？现在居然还学起了做面？

她把车停在一旁，愣愣地看着。

在她车后面不停地有人按喇叭，示意她挡道了。于南一愣，此时她的车正停在马路上……她赶紧踩油门，打方向盘，想把车转到十字路口那条大道上。也许是心不在焉，她没有注意黄灯在闪了很多下后，瞬间成红灯。她闯了红灯，在转方向的那刻，十字路口另一个方向的车从侧面疾驰过来，朝她的车重重地撞了过去……

沈浅在店里听见外面传来一阵刺耳的急刹车声，还有人们的骚动声。此时她正在切鱼，抬起头问老板：“什么声音？”

“想必是撞车了吧，我们别管闲事了。你待会儿从小巷子走，那边肯定很混乱。”

沈浅点点头，此刻她确实没必要凑热闹。

沈浅做了一碗四不像的黄鱼面，老板蹙了蹙眉，不想打击沈浅，只能说：“还可以。”

老板说还可以就是可以了，先这样将就一下吧。沈浅刚提着自己的面准备出门，手机就响了起来，她笑了笑，刚才一直关着手机，才刚开一会儿，尤然就打了进来，想必他是急疯了吧。

她接通手机。

“你在哪里？”那头传来尤然很不悦的声音，似乎在极力掩饰自己的焦躁和不安。

沈浅扑哧一笑，第一回叫他："老公，我们回家吃饭吧。"

"我在家。"尤然的声音明显软了几分。

"那我妈呢？"

"在医院守着，我出来找你，就先回家看了看。"

沈浅顿了顿，说道："那我现在就回家，你好好待着等我。"沈浅没等尤然回应，便挂了电话。她又转身对一旁的老板说："老板，我下次有空再找你学，我一定会做得跟我老公做的一样好吃的。"

"好的。"老板莞尔一笑。

沈浅打了车回到江夏小区。小区气派的大门刚进入她的视线，她就看到了站在大门下尤然高挑的身影。沈浅跳下车，给了钱，快步走到尤然面前，拉住他的手说："老公，回家，老婆做饭给你吃。"

尤然任由沈浅拉着，一直保持静默，似乎在思考她的用意，又似乎已经了然了一切。

沈浅在厨房忙着，尤然静静地坐在餐桌边，盯着面前的黄鱼面看，盯了很久，终于拿起筷子吃了几口。不是很好吃，根本就不是那家店的味道。

沈浅此时来上菜，见尤然吃起黄鱼面，有些不好意思地说："我是初学，没达到那个味，以后一定会学好的。"

沈浅给尤然盛了满满一碗米饭，递给他，闪着亮晶晶的眸子，一脸期盼地看着他："这些都是你爱吃的。我还买了我妈妈爱吃的菜，等她下次来，我再做给她吃。"

"浅浅……"尤然握住她的手，沈浅也紧紧握住他的手，凄然笑道："我听你的话，把孩子打掉，然后好好去治病。我不能再让我的老公为我担忧牵挂。”

尤然静静望着她，露出一个动容的微笑。

“不过我去美国，一定要你陪着，我要你每分每秒都待在我身边。”

尤然摸了摸沈浅的头发，说道：“浅浅，我会一直陪在你身边，不离不弃。”

这是一间重症病房，胡女士双手贴在窗户玻璃上，透过窗口望向里面，表情凝重。于天阳安抚着胡女士，胡女士依旧在无声地哭。玻璃窗的另一边，那个满身插着管子，随时都有生命危险的人，是她的女儿，是她身上的肉啊……

在这几天里，胡女士不眠不休地瞪大眼睛盯着玻璃房，害怕于南的病情有任何的反复。

终于有一天，于南颤颤巍巍又吃力地抬起了右手，医生护士赶忙跑进去帮她检查一番，然后出来对胡女士说：“你女儿叫你进去。”

胡女士穿着无菌服进去了。她担忧地看着微微睁开眼睛的于南，强忍住不让自己哭出来，握住于南的手，双唇哆嗦着说：“南南乖，南南会好的，妈妈会陪着你。”

在氧气罩下，于南用她虚弱的声音说：“妈妈，这是报应。”

胡女士立即倒吸一口凉气，她不想让于南继续说下去。可是于南还是固执地吃力地说道：“你总算体会到了沈浅母亲当初的感受，而我也感受到了沈浅那时候出车祸的痛苦。真的很疼，妈……”

胡女士顿时号啕大哭起来。

而于南的眼角也滑下滚滚泪水，她痴痴凝望着天花板，不愿再看胡女士。

有些事情总会尘埃落定，一如久久缠绕胡女士心头的那块心病。于南说的没错，报应来了什么也挡不住，她亲身经历了女儿的车祸，害怕病房奄奄一息的女儿就此撒手人寰。

可她还是没办法去原谅那个女人或者去求那个女人原谅。那段不堪的往事，他们三个人其实都有错，要不是于天阳的贪婪，她也不会变成毒妇，那个女人也不会成为她的眼中钉。

她终于觉得这一切有必要了结了。

她带着一纸离婚协议找到了于天阳。那天她穿得很正式，与平时大不一样。

她约于天阳到他们家的书房里谈话。显然，她这个架势把于天阳吓到了。她深吸一口气，缓缓地说："我们离婚吧。"

于天阳蹙了蹙眉道："理由？"

"你我都明白，我遭到报应了……我的女儿现在再也站不起来！一条腿都被截肢了啊！"胡女士显然有些激动，但她极力控制自己，"我不想让自己第二个女儿再遭到报应，我情愿由我自己背下这一切。"

"遭报应的该是我吧？南南也是我女儿。"于天阳苦笑了起来。于天阳这些年来，真的不好过。他才不过五十岁，白发已经过半，他四十岁就开始有白发，每长出一点，就要去焗油，这一焗，十来年就过去了。

胡女士抹了下不受控制的泪水："沈浅也是你女儿。在一起一个星期以后，我就知道了。我派私家侦探查你，把你结婚的消息告诉那个女人，让她无颜留下，后来她为你生了个女儿，独自抚养女儿长大，她们出的车祸也是我一手造成的。”胡女士言简意赅地把以前的种种都说了出来。她本以为会遭到于天阳的唾弃甚至是打骂，可于天阳太过平静了，他只是淡淡地说：“这样啊……”

胡女士瞪着泪眼看着于天阳，突然不明白眼前这个与她同床共枕那么多年的丈夫，心里在想什么。于天阳不该是这样的反应，他该一巴掌拍在她的脸上，然后不顾一切地去认沈浅，跟那个女人在一起。

可现在于天阳什么都没做，而是把离婚协议书递还给她，他说：“等南南的事过后再说吧。”

胡女士咬咬牙，突然泪如雨下。

一夜之间，于天阳苍老了许多。大病初愈的他，显得那么脆弱，如一张薄纸，随时会被风吹跑，撕裂。他沉默了许久，最终提笔……

沈浅在出国前知道了于天阳家里的一些事。

于南出了车祸，虽然脱离了生命危险，但是腿好像截肢了。不过于南看起来很平静，不像是生不如死的样子，倒是胡女士，每天哭得泪人似的，到处求医。秦老爷子本身就与于天阳一家关系匪浅，马上帮他们找了全球最好的医师，于南目前在治疗中。

更让人想不通的是，于天阳退出了党籍，辞了官。一般党员退出党籍有严格的要求，虽有退党自由，但也要写出充分的理由。于天阳的理由是——不符合党员条件。

沈母知道以后，只是笑了笑，依旧在那个古城卖婴儿奶粉养活自己。沈浅在临走之前去见了她妈妈，她妈妈抱着一桶婴儿奶粉给沈浅，语气柔柔地说：“浅浅，其实你比谁都幸运。”

沈浅自然是知道沈母的意思。她确实比谁都幸运，在她懵懵懂懂的时候，单纯地去爱一个人的时候，恰巧遇见一个值得自己爱的男人。他给予的远远大于她所能拥有的，她是多么幸运，在那样好的年华，遇见一个对的他，从此不离不弃。

沈浅抱着一大桶婴儿奶粉走出来的时候，尤然正倚靠在车上，含笑望着她。沈浅微微一笑，走过去，乐呵呵地抱着怀里的婴儿奶粉："这是妈给的。"

尤然宠溺地揉揉她的头发："以后我们是不是能省下奶粉钱了？"

"嘻嘻，差不多。"沈浅扑哧笑了起来，心中的阴霾似乎被吹去了不少。

她在心里庆幸，这么好的人，让她碰上了，真好。

一晃就到了出国的日子。飞机场上，有一对醒目的情侣，男子气质出众，女子身材高挑动人。情侣旁边，站着的都是名流，首富秦政、A军区空军部尤司令，还有在新闻报纸上刊登了一个星期的头条人物，于天阳。

沈浅带于天阳找过她妈妈。两人见面的时候，没有尴尬，只是一个在笑，一个只说了一句："你还好吗？"

沈浅那个时候不懂，为什么曾经纠葛万分的情人，这么多年后见面却只是这样。

沈浅与于天阳虽然没有相认，但双方都已心知肚明。沈母并没有因为见到于天阳而有什么改变，她依旧是白天守在店里，中午关店回家午睡，下午继续开店。

于天阳偶尔过去坐坐，然后开车回去。

往事都淡了，淡得比水还要清澈。

尤司令知道于天阳是沈浅的生父后，虽然刚开始很是吃惊，但最后他还是失声笑了起来，他说：“男人啊，都不是个东西。”

秦老爷子怒瞪他，拄着拐杖敲着地：“别把你儿子混在你们这些臭男人里。”

尤司令却依旧笑了起来：“好，有些男人是个东西。”

尤然那时正在吃水果，一听这话不小心就呛了一下。

机场里，尤然搂着沈浅，对秦老爷子说：“外公，我会把浅浅安全带回来的。”

“那我曾外孙呢？”秦老爷子蹙眉道，佯装愤怒的样子。

尤然一愣，扑哧笑了起来：“也带来。”

沈浅窝在尤然的怀里，忍不住抚摸起自己微微隆起的肚子。这个孩子，她一定会努力生下来的。

本来他们是打算把孩子打掉，人都到医院里了，在进手术室的当口，却接到了沈浅手术的主刀医生的电话。他说，可以先等孩子长到八个多月，然后剖腹产提早拿出来。虽然对手术有些影响，但他们有这个技术把这影响化成毫无影响。

就这样，孩子还是安然无恙地待在沈浅的肚子里，只等他慢慢长大。

那个时候的沈浅，面对着尤然欣喜若狂而又小心翼翼的拥抱，只是死死地捏紧拳头，在唇边绽放出一个温柔的轻浅的笑容，任由滚烫的泪水一行一行地滑过脸颊……

直到沈浅与尤然进了登机口，于天阳还是没开口说一句话，秦老爷子忍不住问：“天阳，浅浅都走了，你怎么一句话都不说？”

于天阳笑了笑："我们说话了。"

"啊？我怎么没听见？"秦老爷子转头看向尤司令，尤司令茫然地摇摇头。

于天阳说："她刚才对我露出很幸福的笑容，她说……她很幸福，莫念。"

秦老爷子一愣，扑哧笑了起来，摆摆手，拄着拐杖一步步蹒跚走出机场。尤司令拍拍于天阳的肩膀，讪讪而笑："老于，今儿我们下棋，不下围棋，下飞行棋。"

于天阳愣怔，终究忍不住笑道："我今儿人品肯定不错，能掷出六来。"

"嘁，试试就知道了。"

一年后。

某菜市场内。李美丽手里提着大大小小的袋子，艰难地移动着。高长丰更惨，手里抱着孩子，身上挂着满满的袋子，脖子上也挂着袋子，把他的脸都勒得紫红紫红的。

高长丰憋屈地说："老婆，我们买这么多菜，吃得完吗？"

"废话，怎么吃不完……"李美丽白了他一眼道，"瞧瞧那一群狗，我的天啊，这浅浅也太能生了，一年下来，居然生了十二个！"

高长丰抖了抖身子，一提到浅浅，必定会提到李美丽最反感的……

"混血儿到底是像他主人啊，一样的没心没肺，就知道奴役我们！"

"老婆，那你说怎么办？"

“我要把那个没良心的臭小子炖了吃了，我受不了了！”李美丽一毛躁起来，嗓门就比较大。这声音一大，周围的人都听得见，问题是这话……古里古怪的，要吃了没良心的……人？

周围这些人都满脸的疑惑和惊恐，表情复杂地看着这一家三口。

李美丽一顿，羞愧不已。可她还没羞完，便看到一对异常打眼的情侣。

“老公，你走慢点儿。”沈浅一直在喘息。

“谁叫你一大早磨磨唧唧的，现在迟到了吧。”尤然似乎也喘得厉害。

而他们身前的婴儿车里，有个小婴儿贼兮兮地咯咯笑了起来……

番外一

EXTRA 1

独处时间

沈浅最近特别喜欢去东南街上新开张的土家饼店买饼。每天下班回去，她总会凑上去排上两三个小时的队，买两三块饼回家，无视尤然辛辛苦苦下厨做的饭菜。

这天，她又照例去排队买饼了。她刚一靠近那土家饼店，就见到长长的一条龙似的队伍，她的心一下子沉了下去，这下得排多少个小时的队啊？

沈浅还在纠结队伍长度问题的时候，突然看到一个男子迎面走来，穿着一身黑色修身风衣，将原本修长的身子衬得更是体面，他手里捧着三块大饼。

沈浅望着眼前这位气质颇佳的男人，先是目瞪口呆，随即一脸无奈。

好小子，每天念叨她的大饼毫无营养，脏兮兮，现在偷吃被她抓个正着！沈浅二话不说，直接大步流星走过去，夺过他手里的大饼，一口咬下去，顺手把一只手插进他的臂弯里，一脸笑眯眯地道："老公，你真体贴，知道我爱吃大饼，特意为我排队。"

尤然眯了眯他细长的丹凤眼，笑了笑："闻起来倒是不错，可真有那么好吃？"

沈浅一边吃一边猛点头："特有嚼劲，而且还有满嘴的肉香。"

尤然挑了挑眉，莞尔一笑。沈浅突然想到什么，抬起手来，看看腕上的手表，现在时间是下午六点。沈浅连忙问："我们家小尤鱼呢？"

“被她爷爷带回去玩了。”

沈浅眼睛一亮，不顾自己刚才抓过饼的手上的油腻，一爪子抓上他的衣袖，龇牙咧嘴地笑：“老公，难道我们今天有独处的时间了？”

尤然睨了她一眼，微微一笑，倒是看不出他有多兴奋，他的冷静与旁边笑得特别灿烂的沈浅形成鲜明的对比。

不怪沈浅那么兴奋，自从小尤鱼出生以后，她就每天折腾这对如胶似漆的小夫妻。有时沈浅被惹得发起脾气来，比小尤鱼叫得还响，好似两人要拼个鱼死网破才肯罢休。

有人说，女儿上辈子是爸爸的情人。他们家的小尤鱼肯定是小情人中的小情人，沈浅一抱，她必哭。但尤然只要一靠近，她就“咯咯”笑个不停。

如今已经三岁的小尤鱼，更是爱她爸爸爱得惨，每天夹在两夫妻之间，霸占着尤然。沈浅纠结得很啊。

今天小尤鱼不在家，她终于可以为所欲为了。想到她可以独占尤然，沈浅开心地笑出声来。尤然微微侧了侧头，看了眼心里想什么都会在脸上表现出来的老婆，嘴角微微上翘。

果然，一进屋，沈浅便把自己挚爱的大饼扔到桌上，蹭到尤然的怀里，闪着泪汪汪的大眼说道：“老公，你很久没抱我了。”

尤然一脸淡定地收拾沙发上的零食，把垃圾塞到她手里：“拿去扔了。”

“哦。”沈浅火速把垃圾扔掉，又快速折回来，却见尤然正在上楼。沈浅一愣，连忙问：“老公，你这是去哪儿啊？”

“洗澡。”

沈浅一听“洗澡”二字，眼睛顿时一亮，“噌噌噌”跟了上去，本来想一同进屋的，偏偏被尤然堵在门口，他说：“亲爱的，你到隔壁洗。”

沈浅受了蛊惑，傻呵呵地点头，去了另一间房洗澡。沈浅平时洗澡时间大约是十五分钟，尤然一般是十分钟。今天，沈浅出来得更快，一溜烟的工夫便奔向他们最爱的大床，直接钻进被窝了。

她静静凝听浴室的水声，一阵大一阵小，连绵不绝。可水声却一直没有停下来的趋势，沈浅窝在被窝里，等待久了，困意袭来，加上舒适的大床和刚刚沐浴后逐渐放松的意识，她不一会儿就睡过去了。

……

沈浅后来是被尤然压醒的。

鼻息间充斥着二人沐浴后的香气，还有她最熟悉的尤然的味道，她又开始沉沦了。

偏偏，在她准备妥协的时候，她那不争气的肚子又响了起来。尤然一愣，沈浅也是一愣，两人面面相觑良久，尤然问：“你很饿？”

“我中午就吃了一块大饼，刚刚也就咬了一口饼。”沈浅最近疯狂迷恋大饼，一天三餐，除了早餐在家里解决，中午在医院里就是啃大饼，回家顺路再买大饼当晚饭。

尤然缄默不语，安静了好半天，才爬了起来：“我去给你做饭。”

沈浅巴巴望着尤然离去的身影，她周围还残留着他身上好闻的味道。沈浅现在心里空落落的，欲哭无泪，早知道刚才就直接圈住他的腰，不让他走了。

沈浅也跟着起来，下了楼梯，悄悄靠近厨房，只见尤然修长的身体系着围裙，俊朗的侧脸在灯光下，柔和地印在沈浅不安分的心上，而他细碎刘海下那双聚精会神的眼睛更让她为之动容。

她慢悠悠地踱步到尤然的身后，从背后抱住他的腰，一脸委屈地嘟囔：“老公。”

“嗯？”尤然应了一声，随即笑道，“饿疯了吧？马上就好了。”

沈浅鼻息间哪里能闻到什么饭菜的味道，全部都是尤然身上的气味，好闻得不得了。她收紧手臂，把尤然抱得更紧些。

“快了。”

尤然淡定地关掉炉子，转身看她，挑了挑眉：“在这里吃饭？”

“如果可以，我想上楼。”沈浅瞄了瞄厨房里的窗户，窗户非常大，又正对停车库，来往人太多。

尤然二话不说，端着饭菜就上了楼。

第二天，沈浅几乎下不了床。她总结了一下：以后还是要多把小尤鱼送出去，不然后果太惨烈了。

番外二

EXTRA 2

小尤鱼记事

我叫尤鱼，妈咪说我刚出生的样子像被炒了鱿鱼的脸，所以她给我取名尤鱼。而我的前世情人也就是我的爸爸，他告诉我，我之所以叫尤鱼，是因为一段经历。

我是在美国出生的。在我降临的那天，正下着一场大雨，然后我呱呱落地，被护士姐姐抱进了婴儿房。

我妈咪没见过我，她在我出生的第三天才从床上爬起来，靠在婴儿房的玻璃窗边来看我。可惜，也不知是我妈妈有斜视，还是我有斜视，只见我妈妈在含情脉脉，一把鼻涕一把泪地看着我旁边的一位女婴。

她看得很专注，脸上也很有丰富的表情，她最后抱住我的前世情人，娇滴滴地说："老公，我们孩子好会动哦，脚一直乱踢。"

我明明安安静静地躺着流口水，哪里有动呢？

我的前世情人一愣，把眼神转过来看我，我也瞪着无辜的眼神看他，他顿时眯了眯眼睛，拍拍我妈咪的肩膀，好声好气地问："你刚才在看哪个婴儿呢？"

"就是我左手边第三个。"

她指着的位置就是我旁边的那个女婴。原来她不是斜视，我也不是斜视。她从头到尾，用丰富的表情和喜悦的心情去看的孩子，不是我。一想到这里，我哇哇哭了起来，开始手脚并用，乱踢乱蹬。

我的前世情人声音低沉地说："浅浅，你看下孩子名字好吗？"

我旁边那女婴的名字叫贾鱼。我的名字叫尤××。后来，我妈妈为了纪念这场意外，给我取名叫尤鱼，开始我的前世情人无所谓，直到我们回了国，买菜的时候，一位阿姨总喜欢唤我：“来一斤鱿鱼。”

我好像有十八斤，怎么说也该是来十八斤尤鱼吧？

我终于长到三岁，可以爬床了。每天的工作就是爬上我前世情人的床，与他睡觉。我的前世情人很爱我，从来不拒绝我。只是我妈咪很小气，每次都要想方设法地把我赶下去，要我回自己的小木床睡。我很不高兴，对她哭，她最怕我哭了，我一哭，我的前世情人就会把我护在怀里，拍拍我的头，身子背对着她哄我睡觉，不去理她。她每次都会嘀咕：“早知道不生你了，生了你还抢我男人，抢我怀抱，两个没良心的……”她嘀嘀咕咕说了一堆，我也就随便听听，然后就睡过去了。

其实，我觉得我的前世情人很疼我妈咪。我妈咪喜欢吃，虽然她有一手好厨艺，但是从来都是我前世情人掌勺。我前世情人很忙，他有一个很大的酒店要打理，而且渐渐开始有应酬在身，但是我还是由我前世情人带着。妈咪曾经提建议，让保姆带我，但我前世情人不同意。其实，妈咪完全可以辞职在家，做个全职太太，顺便带带我。可惜我妈咪不干，她说她喜欢哺乳陆生动物，超过喜欢海洋生物。我不理解这跟辞职回家当全职太太有什么关系。

我妈咪总说我不像个女孩子，像个男孩子一样，做什么事情都要她来收尾，她不喜欢这么不独立的孩子。有一天她终于忍无可忍，指着我说：“尤鱼，你不要每次吃完饭都要我给你擦嘴好不好？”

我轻声“哦”了下。妈咪反问：“那你知道以后怎么做了吗？”

我点点头，有些弱势地说：“以后你吃饭，我给你擦嘴。”

妈咪顿时泪流满面，她倒在我的前世情人怀里哭得很凄惨，说：“亲爱的，尤鱼怎么继承了你的牛头不对马嘴的思路呢？”

我的前世情人拍拍她的肩膀：“多好啊，以后你有福享了。”我的前世情人向我眨眼睛，我也眨眨眼。我特喜欢我的前世情人，他是我见过最好看的短发人类。

记得某一日，我妈咪起得特别早，她把我拉起床，神神道道地说：“尤鱼，你知道今天是什么日子吗？”

我摇头。

“今天是七夕，既是情人节也是你前世情人的生日，所以我们应该表现一下是不是？”

我很茫然，什么是情人节？不过我知道，今天是我前世情人的生日，我也兴奋起来，咯咯笑了起来。

妈咪先带我去了大商厦，给我前世情人挑了很多款衣服。妈咪似乎不是常客，售货员问妈咪我前世情人的具体尺寸，我妈咪支支吾吾就是说不出来，她索性指着放在门前的模特说：“就是这个样子的。”

售货员笑道：“你老公身材很棒。”

我问妈咪：“为什么你说不出来我前世情人的尺寸呢？”

妈咪吞吞吐吐地说：“我一般要么看，要么抱着，从来没想过要量。”

我觉得这话很有道理，我也不知道我前世情人的尺寸是多少。妈咪给我前世情人买完礼物还不准备走，而是拐到其他地方，是专门卖妈咪穿的衣服的区域。妈咪又让我坐在店里，自己去试衣间选衣服。她选了一件奶黄色的尼龙大衣，摆弄了很久，最后还是没有要，我问妈咪为什么，她看起来很喜欢那件尼龙大衣，妈咪只是笑笑："钱不够了。"

后来我们走走停停又去了很多家，我的脚都酸了，让妈咪抱。妈咪没办法，只好抱着我去看衣服。兜兜转转，我们又转回了刚才那家尼龙大衣的店铺旁边。

后来我听到我前世情人的声音，对话是这样的。

"先生，你太太多少尺寸？"

"三围分别是84、62和86。"他顿了顿，又补充道，"胸围应该大了，87吧。"

售货员一愣，笑了起来："先生很了解您太太的体型啊。"

"是啊。"

哎呀，我的前世情人怎么这么了解妈咪的体型，而我妈咪只能大概估摸他的体型呢？我问："妈咪，我前世情人也只是看和抱，怎么他知道这么多呢？"

妈咪吞吞吐吐，好像纠结了很久才说："他有这个特异功能。"

我了然，我的前世情人一定也知道我的体型，我立即叫："爹地。"其实我想叫情人，但是妈咪和我前世情人都不同意，说在外面还是得有规矩。

我前世情人看见我和妈咪在一起有些意外。售货员也走了过来，她手里提着一个白色的纸袋子，里面鼓鼓的，好像是衣服。我定睛一看，哎？怎么是妈咪心仪的那件淡黄色尼龙大衣？

我前世情人接过衣服，然后抱住我，捏了捏我的脸，问妈咪：“你们怎么来这里了？”

没等妈咪回答，我先说了：“给爹地挑生日礼物。”

我前世情人微微一笑，露出的笑容是我见过最满足的了。

之前我还总跟妈咪提建议，让我前世情人去看病，妈咪问为什么？我说：“李阿姨说我爹地有面瘫，得治。”

我觉得妈咪送他一份礼物，他这面瘫病，就自动痊愈了。

妈咪看了看我前世情人手里的淡黄色尼龙大衣，腼腆一笑。我问过妈咪，为什么这么笑？

妈咪说，心有灵犀一点通。

我听不懂。

但是我觉得，妈咪那腼腆的笑，很漂亮，让人有种幸福的感觉。

典藏番外

HIDDEN EXTRA

爱在拉各斯蔓延

在尤鱼三岁之前，沈浅的日子一点儿也不好过。尤鱼虽是女儿身，却有着男孩子的调皮，特别喜欢乱抓东西，又不放回原地，导致沈浅每次都要跟在尤鱼的屁股后面收拾烂摊子。

妈妈最初的爱是无私的，一旦超过底线，妈妈也可能黑化。

沈浅的底线如其名，一个字，浅。当初执意要自己带孩子的她，直接把尤鱼扔给了她外婆养。尤鱼可聪明了，那天抱住尤然的衣襟不放，撕心裂肺地喊着爸爸。尤然看着孩子哭得这么心碎，实为不忍，为难地看着不为所动的沈浅，说道：“浅浅，你看孩子哭成这样……”

“要她还是要我？”沈浅这次是铁了心肠。对于老公宠爱女儿，她也是有些小吃醋的。嗯，她就是要这么无理取闹。

“别闹。”尤然笑着回她。

沈母见尤鱼死拽着尤然不放，不忍心用力把尤鱼扯出来，劝道：“浅浅，孩子还是你养吧，孩子离不开父母。”

“妈，她是离不开她爸爸！”沈浅瞄了一眼尤鱼紧紧攥住尤然衣襟的小肉手，然后委屈巴巴地朝尤然眨巴眨巴眼，“老公，陪我去度假好不好？”

“度假完了，孩子可以带回家吗？”尤然摸摸尤鱼泪流满面的脸，一副慈父的模样，尽显温柔。

沈浅点头如捣蒜。

尤然便对尤鱼说：“尤鱼乖，你也听见了，这几天乖乖在外婆家住，一个星期后爸妈来接你。你要是现在不撒手，你妈妈可能就不要你了。”

“爸爸要我就可以。”

沈浅很想对尤鱼翻个白眼。

“但爸爸听妈妈的，她不要你，我也不能要你呀！”

“呜呜……妈妈是坏人！”尤鱼终于撒开尤然的衣襟，伸手朝沈浅挥舞拍打，看样子是想打沈浅，奈何手太短，只能瞎扑腾。

沈浅觉得尤然这话说得太有水准了。年轻时候的她，肯定觉得这是甜蜜的情话，如今她可是听出这就是“置身事外”的说话技巧。在女儿面前，自己扮演着无辜，在她面前，扮演着深情，典型的一脚踏两船的渣男！

她就先不跟“伪深情”计较，沈浅的首要任务，就是把这只有吸盘的尤鱼扒开！

“老公，你到底走还是不走？不走的话，我自己走了！”沈浅可没去看尤鱼那怨恨的小眼神。

尤然把孩子递给沈母，俯身亲了亲尤鱼，宽慰她道：“爸爸一个星期后来接你。”

“爸爸要说话算数。”尤鱼一改平时的顽劣，软糯糯地说道。

沈浅不得不佩服，这个尤鱼，是个戏精。

坐到车上，沈浅瘫在位置上，觉得浑身都轻松。尤然看着车，眼睛一丝不苟地看着前方，嘴却念叨：“你真打算出去度假？”

“当然，我全职的这一年里，简直是生不如死。度假完了，我就去宠物医院上班。”

“你喜欢就好。”尤然嘴角始终挂着温柔的笑容，从来都顺着沈浅，就连把尤鱼送到外婆这儿寄养，他都没有半点意见，扮演着百依百顺的好老公的角色。

沈浅其实对尤然这种如水丝滑的性子有些腻了，不温不火的，哪像她，风风火火的。沈浅以前觉得是互补，挺好的，如今也没觉得不好，只是太习惯，总觉得少了点激情，没有了冲动的期盼。

自己果然还是没有成熟，依旧少女怀揣着恋爱梦啊！沈浅扭着头，闭上眼，养养神。

尤然透过余光瞧着沈浅没精打采的模样，脸上的微笑渐渐收了起来。聪明如他，早就发现两人之间过于平淡，太过生活化，没有了戏剧性与冲突性。喜欢搞事的沈浅，肯定觉得很没意思。

想要搞事是吧？那么他就成全她！

沈浅忍不住瞠目结舌！她揉了揉眼睛，仔仔细细地看清楚手机上机票订单的目的地，叙利亚！这不是最近战乱极其严重的国家吗？到这种地方去度假？尤然买错票了？

尤然在认真地收拾行李，背上似乎长了眼睛，知道沈浅在看他，一边收拾一边说道：“你不是觉得生活不够刺激吗？叙利亚够不够刺激？”

“这得要命啊！”沈浅忍不住反驳道。

尤然停止手上的活，说道：“怕什么？有我在呢，别忘记我以前当兵的。”

“好好的天堂你不待，为什么要去人间地狱渡劫？”沈浅不无委屈。

“就好比你一样，喜欢刺激激烈的！”

沈浅觉得自己被尤然戳中了脊梁骨，无力反驳。尤然太聪明了，知道她这些日子的躁动，她也承认自己就是想搞事情，天堂太安逸，逆反心理越来越严重，真是病入膏肓。

沈母知道两人要去叙利亚度假，当即跳起来反对："不准去，太危险了！你们要是敢去叙利亚，我就死给你们看。"

干得好，妈妈！沈浅从来没觉得妈妈撒泼起来这么可爱又迷人。沈浅开始扮演成孝顺女，连忙哄着妈妈："我不去了，不去了就是。妈妈别气坏了身子。"

尤然则冷眼瞧着沈浅。尤鱼的戏精基因不全是他尤然遗传的，肯定有沈浅的份。

叙利亚的机票退了，沈浅原本以为可以找个悠闲自在的地方度假。没想到尤然告诉沈浅，公司突然出了点问题，他要飞一趟非洲，度假等他回来再说。沈浅查了天气，觉得阳春三月飞非洲也可以，看看小时候看的《动物世界》里的动物，感受一下大自然的鬼斧神工，并无不可。于是，她要求与尤然一起飞非洲。

在沈母的心中，非洲除了晒没有其他，也就欣然同意，还乐呵呵地让沈浅带点特产回来。非洲的特产好像就是动物标本？

飞机抵达尼日利亚的前首都拉各斯。以前旅游都是尤然安排，沈浅从未操心过，所以这次她一如往常没有做任何的攻略，全程跟随尤然。

到达出口有人接机。

酒店自然是拉各斯最好的酒店，不过酒店配置的拖鞋竟然是人字拖！穿着丝袜的沈浅觉得很烦躁。尤然见沈浅准备要脱袜子，直接从行李箱里翻出自备的拖鞋丢给她。沈浅一脸惊喜，朝尤然竖起大拇指。

沈浅在床上随意躺了一会儿，起来问尤然等会儿去哪。尤然说道："我明天要去见个客户，我帮你找好了导游。"

沈浅当即从床上坐起来，一脸震惊道："明天就要见客户？"

“如果可以的话，我希望现在就能见。”尤然不以为然，却把沈浅气得够呛。自从尤然接手了外公的百货公司，他的商业头脑似乎一发不可收拾地被挖掘出来，并且涉猎越来越广，开始走外贸这块。这两年尤然频繁出国谈生意，两人虽谈不上聚少离多，但一年里总有个把月是分开的，爱黏人的沈浅硬生生地被改变成独立自主的新新女性。

其实她根本就不想改变，就想做个小女人！她觉得，工作比她重要，他已不像是以前爱她如命的尤然了。

“非洲治安不是很好，不过在拉各斯好很多。”尤然坐在电脑桌旁，一边发邮件一边叮嘱沈浅。

沈浅问：“明天不能陪我，今晚呢？”

“刚刚问过客户了，建议我们去摩洛哥市场转转。你可以先准备准备。”

沈浅点头，以最快的速度换了身行头，见尤然还没完成工作，噘着嘴问：“我还需要等多久？”

尤然起身从行李箱里拿出一瓶维生素片，给沈浅倒了两片，叮嘱她吃了再出门。沈浅觉得奇怪，平时她也没吃维生素的习惯，今儿怎么有了这个习惯？沈浅古怪地把维生素片按进嘴里，接过尤然给她的水杯，喝了几口。尤然自个也倒了两片吃下，末了补充说道：“吃点维生素有益健康。”

“走吧。”尤然直接合上电脑，扯扯西装的衣襟，牵着沈浅的手出了门。

沈浅的脸上这才甜甜一笑，尤然的手好大好温暖，两人似乎很久没牵手了？沈浅细细想了一会儿，自从生了尤鱼，他们两人就很少能单独在一起。在女儿面前，两人哪有时间自然地亲昵？

失策！未婚先孕导致二人世界非常短暂。沈浅表示痛心疾首，还没有过够二人世界呢，真想把尤鱼塞回肚子里，这个碍事鬼。

远在国内的尤鱼狠狠地打了个喷嚏，委屈巴巴地望着沈母："外婆，我感冒了。"

沈母温柔地抱起尤鱼，微笑着说道："乖，你没感冒，一定是你妈妈在骂你！不用担心。以前我骂你妈妈的时候，你妈妈也总是打喷嚏！"

尤鱼一脸蒙，这是什么逻辑？但似乎很有说服力。

摩洛哥市场很大，在市场上一排排低矮的小商铺里，摆放着木雕、蝶画、兽皮、象牙、碧玺等各种工艺品和宝石，吸引了众多外国人的到来。碧玺是尼日利亚盛产的宝石，晶莹剔透，在灯光下非常美观。沈浅想挑一个送给沈母，挑花了眼，实在是有选择恐惧症，便由尤然来选。

尤然直接挑了个手镯成品。沈浅觉得不好看，她更喜欢吊坠。

"既然你心里已经有了答案，为什么还要问我？"尤然叹息。

"这就是一般女人的通病。明明心里有答案，嘴巴上却喜欢说随便，嘻嘻！"沈浅朝尤然龇牙一笑，一排整齐白洁的牙齿露了出来。

尤然盯着她的牙看了好几秒。

沈浅被尤然看得有些脸红，立即用手捂住嘴，问道："你看什么啊？"

"你笑起来很美。"尤然脸不红心不跳地说道。

突然而来的情话，让沈浅一时反应不过来，根本来不及脸红。

在一旁挑东西的一位中年华人同胞听见，忍不住侧目道："你们来尼日利亚度蜜月？"

"正常人会来这度蜜月吗？"尤然朝同胞淡淡地笑了起来。

“所以我很惊讶啊，但你们两人这样又不像老夫老妻，我跟我老伴都是互相怼来怼去或者各种嫌弃对方。”

沈浅觉得她和尤然肯定不会这样，毕竟尤然非常顺着她。

“我们平时也不这样，我只是刚才忽然觉得我老婆特别美，觉得自己很幸运，娶了她。”尤然在外人面前说情话，可不要太溜。沈浅愣愣地看着尤然，再尴尬地看向同胞，一副“关爱智障儿童，从我做起”的模样，希望同胞理解。

同胞似乎很不理解她的处境，还顺着尤然的话，对沈浅说道：“姑娘，你老公嘴真甜。”

并没有觉得……

沈浅干笑两下，继续挑选碧玺，完全无视同胞羡慕的眼神。原本就有心里所选，沈浅很快选了两块碧玺，想结账走人，结果一问价格，就非常恼怒了，明显坑人，价格极其昂贵。沈浅可不是冤大头，心里觉得不值，一定会讨价还价，没达到价位，坚决不掏钱。奈何三流大学毕业的学渣沈浅英语同样很渣，她根本开不了口讨价还价。

她用蹩脚的英语对黑人黑商阐述这个碧玺太贵。黑人黑商跟她噼里啪啦地说了一大串英语，她就只听懂一个主语“you”。沈浅只好求助地看着尤然。尤然则用非常流利的英语与黑人黑商交流，当然，沈浅同样听不懂。

那个华人同胞拉过沈浅，笑嘻嘻道：“你老公正宗的伦敦腔啊，很高的学历吧？”

“也就本科毕业而已，他小学读的是国际学校。”

“找了个很优秀的老公，你很厉害啊！”

沈浅懂同胞的意思，说她高攀了尤然呗。讲真，她没有其他女孩子的自卑心理，她觉得自己被尤然看上，肯定是自己很优秀的某个地方被看上了，否则尤然不会这么没有眼光，看上一无是处的她。

当然，她至今没问过尤然看上她什么了，她也没发现自己哪里优秀，或许她优秀得太内敛？

尤然忽然一把搂住她，似乎与黑人黑商达成了交易。沈浅只见黑人黑商在包装她选中的碧玺，便问尤然："还了多少？"

尤然朝她微笑，说道："你心里的价位是不是一千一克？你选的这两块碧玺算是中上档次的碧玺，一千左右价格是合理的，当时老板开价两千确实高了。"

"你还懂碧玺？"

"来之前我有做功课。"

沈浅无话可说，尤然做事，从来都是井井有条，像个处女座，偏偏是个磨人的巨蟹座。

华人同胞觉得尤然懂价，也让尤然帮忙选碧玺还价格。这位同胞眼光高，挑中的挂饰竟是极品碧玺，价格是沈浅的高好几倍。同胞自然觉得不满了，凭什么自己的价格这么高，一味地让尤然再接再厉地讲价。尤然礼貌地按照同胞的意思与黑商讲了两次价，他也知道这次成功后已经是最后的底线，若再得寸进尺，可能这笔交易就没有然后了。

果然，同胞还想得寸进尺，尤然微笑地对同胞说道："在我看来这已经是底价，若你心里价位不是的话，我相信你有充足的理由说服他。我已经尽力了。"

同胞觉得很羞愧，只好付了款。沈浅的碧玺已经包装好，她与那位华人同胞道了别，抱着尤然的胳膊先行离开了。两人走在市场里，无视商人们的吆喝声，沈浅问尤然："你刚才为什么不再帮她讲价了？"

"你没瞧见那商人眼神里已经有了怒火吗？"

沈浅一脸疑惑，她还真没注意到这点呀。

“再讨价还价，我估摸着他会抽出一把菜刀砍了我。”

“这么猖狂？”

“你不知道这里的人很猖狂？绑架抢劫非常多。不过市区还好，你去郊区要小心点。”

沈浅觉得这是尤然在吓唬她。在尼日利亚前首都这儿，会随处发生绑架抢劫？她一路走来极为太平，根本就没这种迹象，所以她不以为然地去继续看市场上其他的商品，就像在中国一样，心里踏实地逛街。

沈浅似乎特别喜欢这边的碧玺，这回挑的全是极品等级的碧玺，富贵显白到极致，导致旁边摊位的商人都拽着沈浅来自己的摊位看商品，热情得让她害怕。是的，他们太过于热情了，拽着沈浅不放，非要买点东西才肯放人。沈浅只好求救地看着紧跟着她的尤然。

尤然说：“反正我已经没钱了，你爱看就看看吧。”

这话一说，商人们的热情度降为冰点，直接掉头找别的客人，现实得一塌糊涂。突然被冷落的沈浅哭笑不得，只好抱着尤然的胳膊火速离开市场。

“晚上吃什么？”沈浅看看时间，没想到他们已经逛了一个下午的市场。

尤然说：“找个大点的饭店随便吃吃。”

“啊？不吃点特色的美食？”

“我认为这里的东西你都不会喜欢。”

“你又知道？嘁……”

“这边东西并不好吃，听我的。”

沈浅很想倔脾气说，不听他的。但见尤然一副没商量的神态，她只好心不甘情不愿地随着尤然去了一家中餐厅吃中餐。人在国外，却要吃中餐，这是有多爱国啊？

跟细心的男人出去玩，别以为会特别爽，因为也可能会特别不爽。他们会按照自己的规划进行下一步，如若突然变动，有其他打算，他会很不爽，开始找各种理由拒绝。

就像尤然，他计划好吃完饭就回酒店睡觉。沈浅觉得还早，想多逛一逛，却遭到尤然的拒绝，而且理由很名正言顺，明天他有客户要见，不能太疲劳。

沈浅知道，她若撒娇恳求肯定管用，但尤然心里肯定是不乐意的。她也不爱强人所难，只好强颜欢笑随着尤然回酒店早早睡觉。

第二天早晨醒来，沈浅身边的床位已空，伸手去摸身旁的床单，也没有了温热。沈浅闷闷不乐地起床，瞧见床头柜上有尤然留下的纸条。沈浅拿起来看了看。

“给你配好了导游，今天你随便逛逛，尼日利亚没有好玩的地方。委屈你了，这位客人对我来说实在重要，还好一天就可完成，明天带你飞北欧。”

沈浅其实一直都是个懂事的女人，她自然知道尤然的难处，是她自己约尤然的时间没对接好，正好赶上他出差的时间。自从有了尤鱼之后，尤然不再是她一个人的，而是一个家庭的，只是她一直想不开罢了。沈母总说她还没到要孩子的心智要了孩子，会使得婚姻磕磕碰碰。她大概体会到了这种疙瘩。就像现在，清晨起来，再也看不到睡在一旁的爱人，有的只剩下一个人的寂寞。

在沈浅洗脸之际，导游联系了她。这位导游叫关青，也是中国人，不是留学生，而是这边务工人员的家属，在拉各斯生活了三年。两人碰头，关青就忍不住问沈浅为什么要来尼日利亚旅游，简直让人不能理解。沈浅昨天遭遇同胞的质疑，今日又遭到同胞的好奇询问，她基本可以确认，尼日利亚非常不适合旅游。

所以，在拉各斯基本上没有旅行社。关青其实就是尤然这边客户随便从自己的员工家属里找来的，导游专业性为零，只能说是一个翻译加陪游。

关青本想带沈浅去摩洛哥市场逛逛，那是最容易打发时间的地方，奈何昨天沈浅的一下午和晚上已经在这里消耗过了，肯定不想再去一趟。她对“黑商”的热情还是有点儿阴影的。

关青只好带沈浅去了莱基自贸区的海边。这是白人开发的，买了门票便可以在海滩上晒日光浴。沈浅换好泳衣与关青在门口汇合，关青见到沈浅忍不住惊讶地捂住嘴。刚才沈浅穿着松垮垮的衣服，她还以为沈浅是微胖呢，原来是太有料，简直就是“波涛汹涌”……

沈浅很少在公共场合穿泳装，她实在是觉得难为情，她的身材可能让外人眼前一亮，但这也是她的自卑之处。

“哇，夫人，你身材真好。”

沈浅尴尬一笑，说道：“走吧。”

但她真的很想掉头离开海滩。

被关注，是沈浅不喜欢的，因为胸大被许多人观看，更是令她觉得羞耻。她强忍着众人的目光带给她的不适，找到自己的躺椅，开始躺下晒太阳。

但她还没躺到一分钟，就有个白人朝她走来，手里拿着防晒油，热情阳光地问她：“美女，能帮我擦一下防晒油吗？”

沈浅抬眼看过去，说心里话，眼前这位白人帅哥是她非常喜欢的类型，阳光又自信，嘴角的笑容能让人的心都化了。原先沈浅以为自己会少女心爆发一下，没想到她脑子里当即发出警告：勿靠近这个男人。

关青问沈浅：“夫人，你帮他擦防晒油吗？”

这个问题竟然还问她？不知道她结婚了吗？沈浅觉得不可思议，

压住心里的震惊，反问道：“你要帮他擦吗？”

“但是他问的是夫人你。”关青无奈地撇嘴道。

“如果是问你，你会擦吗？”沈浅微笑。

关青一副明白的样子，把沈浅的意思转告了白人帅哥，白人帅哥只好耸肩离开。关青看着帅哥离开后，拿出准备好的防晒油给沈浅抹了起来，嘴巴也没停下来：“在异国底层务工的，很多人都不遵守夫妻之间的忠诚。刚才我失礼了，对不起。”

沈浅一愣，撇头看向给自己抹背的关青。关青没敢在沈浅惊讶的目光里停留太久，直接低头认真抹油，继续说道：“我本来在国内当全职太太，老公每年给家里十万生活费，足够我和儿子生活了。后来听我老公身边的朋友说，他在这儿找了个同在异国打工的女人，对方也有家庭，丈夫在国内。我以为是这两人恬不知耻，后来才知道，这种‘临时搭档夫妻’早就屡见不鲜了。我想离婚，但是我离开社会太久了，我养不起儿子。为了维护这个家，我只能忍辱负重来到这儿拆开他们，可能见多了夫妻出轨的事儿……刚才真的很抱歉。”

沈浅听出了关青的道歉中的诚恳。她也不知道该如何安慰这个被生活压弯了韧性的女人。

“你们富太太大部分也做全职太太，夫人你也是全职太太吧？你老公长期那么忙，夫妻聚少离多，感情还这么稳定，真让人羡慕。”关青小心翼翼地说道，“刚才那位白人小伙可真帅，我都心动了，准备干坏事，可惜他看上的是夫人你。夫人你能不为所动，肯定在夫人的眼里，最帅的还是老公。”

其实沈浅听出关青的潜台词。她是在说反话，在提醒沈浅，男人靠不住，提防着点，不要委屈自己，该让老公绿就要绿。她的心态已经是破罐子破摔了。

沈浅酝酿着词汇，不知道该不该说出自己的婚姻。

“关青姐，我虽然还没遇见你这样的情况，但我的婚姻确实存在一定的小问题。我心智不成熟，我老公太细心，他不能给我带来刺激的东西，我太安稳，让我觉得自己很浮躁。刚才那个白人，确实是我心头好，但我不会乱来，不想追求这个刺激。因为我知道，若是让我老公知道，他肯定跟我离婚，不会要我。也就在那一刻，我突然明白，我心里最想要的其实不是刺激，而是我老公给我带来的安稳。我觉得，你并非真的想让自己给老公染点绿，只是想宣泄一下自己心里那种被背叛的愤怒。”

关青顿了顿，又继续给沈浅抹油。

其间沈浅接到尤然的电话，尤然表示晚上要陪客人应酬，会晚一点儿回酒店。沈浅点头答应，挂了电话，继续趴着躺尸。

晒了一下午的太阳，沈浅说饿了，关青建议去城郊的一家私家小厨。两人招到一辆出租车，便往城郊驰去。出租车走到半路，遭遇堵车，好似前面发生了什么事情。之前原本簇拥的人群忽然被一位黑人小伙扒开，他正在往外冲，身后紧追着一位大汉。大汉三两步便追了上来，一把抓住黑人小伙的领子，把他提起来，狠狠地摔在地上，毫不犹豫地踢了几脚，嘴里骂道：“小杂种，偷东西。”

人们也跟着围堵起来，帮着大汉一起打这个小偷。

沈浅被这样的情景吓呆了。这哪是对待小偷，简直是对待杀父仇人，每个人都红着眼。这要是放在国内，见到小偷都是避而远之，甚至还会庆幸没偷到自己身上。

关青见沈浅一副不可思议的样子，淡漠地说道：“这边对待小偷是可以用私刑的，打死都不算犯法。”

沈浅倒吸了一口气。

出租车行至郊区的路段，沈浅又发现与国内的天壤之别。国内郊区只是不够繁华，还是个现代化模样，可是拉各斯的郊区就是一下回到解放前的模样，落差度极大。沈浅下车后随着关青穿过杂草丛生的一块地，来到关青所说的私人厨房。

就环境而言，沈浅知道很差，但没想到会这么差。更让她意外的是这么差的环境，人还特别多，因为地方小，还需要排队。沈浅和关青坐在门外排了一会儿，老板给客人送来防虫水。沈浅正好觉得自己刚才过草地的时候，被蚊子咬了，直接把防虫水当作花露水用，涂在被咬的地方。

关青瞧见，愣了愣，问道："你被蚊子咬了？"

"好像是，这里的蚊子好毒，包肿成这样。"沈浅撇撇嘴。

关青的脸色顿时惨白，急忙说道："我们别吃了，去医院吧。很有可能会得疟疾。"

"没这么夸张吧？"

"不是开玩笑，初来乍到的华人，只要被蚊子咬，百分之七十会得疟疾。以防万一，我们还是去医院吧。"

沈浅瞧着关青一副这么认真的样子，也有些相信了。她又不是吃货，身体为重。沈浅同意了关青的意见，前往医院。沈浅在去医院的路上，也不知道是不是心理作用，这一个小时的路程她就开始有了疟疾的症状，头晕，恶心，想吐，身子感觉忽冷忽热。

尤然接到电话，得知沈浅得了疟疾，火速赶往医院。

沈浅觉得自己没脸见尤然。这才分开不到一天，她就得了病，让尤然操心。她真是个不省心的老婆。

尤然走进病房，沈浅一见到他，立即用被子把脸捂住，不敢面对他。夫妻多年，他自是知道沈浅这是闹哪一出。他淡定自若地走过去，坐在病床旁的家属椅上，说道：“你来尼日利亚，我就猜到你会得疟疾，你真是不负众望。”

沈浅立即掀开被子，怒瞪着他。

尤然朝她微笑，似乎很享受她的怒视。他说道：“但是疟疾有潜伏期，你这个潜伏期是不是太短了？当天被蚊子咬当天就发作？”

显然，尤然觉得沈浅没得这病。

沈浅可不这么认为，她辩解道：“我真的头晕，忽冷忽热！医生给我打了针，我觉得自己好多了。”

疟疾在非洲实在太常见。沈浅一挂号，只说自己被蚊子叮咬了，怀疑得了疟疾，医生二话不说，给她开了抗疟药还有蒿甲醚，直接粗暴得让她觉得这个医院的医生很不专业。打完针吃完药，沈浅竟然觉得除了头还是晕外，真的好了那么一点点。

尤然耐心地听着沈浅说，一副“你高兴就好”的样子，最后安慰她：“吃点儿药打点儿针也没什么不好，就让医院赚点钱吧。”

“你说得好像我没病乱投医。”

尤然说道：“我来之前不是让你吃维生素片吗？其实那就是抗疟药，我怕你知道这里疟疾很猖獗，不敢放纵地玩，才没告诉你。”

难怪尤然觉得沈浅这次应该不是疟疾，毕竟预先服用了“解药”。沈浅还来不及羞赧，关青拿着病例报告走了进来，一脸兴奋地说道：“夫人，检查报告出来了。不是疟疾，就是普通的受凉。我想应该是你晒了一下午的太阳，晚上降温温差大所引起的。”

关青这么高兴的原因很简单，感冒比疟疾病情轻得多，她不用承担严重的责备。

沈浅瞄了一眼尤然，见尤然“含情脉脉”地注视着自己，终于不受控制地脸红了。

尤然这该死的细心，让她觉得自己就是个糙汉子。

在回酒店的路上，沈浅总是偷瞄尤然。对于尤然的侧脸，沈浅一直毫无抵抗力，是个满分的侧颜杀。尤然的性格属于安静类型，不会花言巧语，只会闷头行动。就拿疟疾这事来说……

沈浅虽然性格糙，但毕竟是个女人。女人都爱听好听的，会说又会做的男人，是每个女人都想要的。尤然就是太不爱说，只会做，让沈浅觉得缺了点儿味。她原以为自己可能随时会出轨，结果真遇见这种事，她秒窝囊了。她可不想冒这种险，她无法想象自己会失去尤然的那一天。

经过今天这事，沈浅是彻底明白了。虽然她对尤然百般抱怨，但内心深处早就让他扎了根。这大概就是爱情的模样吧，所有的胡思乱想都是因为对方。

“老公。”

“嗯？”

“我爱你。”

尤然显然被沈浅没头没脑的话弄得有些蒙。他眨巴两下眼睛：“你怎么了？”

“没什么，就突然觉得我爱你。”

“那我岂不是要天天说这三个字？”

“啊？”沈浅也蒙了，一副“我听不懂你说什么”的二傻子模样。很快，沈浅瞧见尤然脸上有了红晕，并且越来越红。

尤然由于沈浅的“死盯”脸烫得不行，不自然地扭过头看向窗外，声音很小，但足够让沈浅听清楚：“我无时无刻都觉得我爱你。”

沈浅愣住。

尤然察觉身边的女人半天没动静，踌躇着把头扭过来，却见沈浅朝他猛地凑过来，用力地“啵”了他一口。尤然甚至觉得自己的嘴被撞得很痛。

沈浅本来想回报一个深情的吻，没想到没把控好力度，简直是个车祸吻！沈浅疼得捂住自己的嘴，眼泪在眼眶里打转，可怜巴巴地看着尤然。

尤然哭笑不得，捧着她的脸，仔细地端详她的嘴，发现并无大碍。

沈浅偷瞄了眼司机，见司机在认真开车，并没有关注后座的自己和尤然。她立即闭起眼睛嘟起嘴，朝尤然索吻。尤然微微被吓到，身子忍不住后倾。沈浅没感觉到吻，身子便朝尤然倾过去。尤然用力稳住沈浅，眼看力气越用越大，只好看看司机有没有发现他们这么没羞没臊。

司机随意扫了一眼后视镜，十分淡定地继续开车。

尤然只好捧着沈浅的脑袋，在她嘟起的嘴上亲了一口。沈浅得到温柔的吻，立即睁开眼睛，朝不自然的尤然“嘿嘿”坏笑。

尤然放开沈浅，轻轻扯平衣服上的褶皱，正襟危坐起来。

沈浅决定暂时放过尤然，晚上必须折磨他一番，满足自己的恶趣味。

是的，她忽然找到了与尤然相处的调味剂，可改变原来枯燥无味的婚姻生活。

原来调戏自己的男人是这么好玩的事情。

尤然向来早起，由于晚上被沈浅深度折磨，早上就贪睡了。他醒来发现沈浅就像变了个人似的，不仅帮他准备好了今天该穿的衣服，还收拾好了行李。尤然被这么温柔贤惠的沈浅吓着了，穿衣服的时候，手脚都不利索。

“你是不是觉得很奇怪？”沈浅笑嘻嘻地问。

“嗯。”

“你在想，我肯定别有用心是不是？”

尤然犹豫地点点头。

沈浅忽然温柔一笑，抬手帮他整理衬衫的领口，说道：“到了飞机上再告诉你。”

于是尤然的神经一直紧绷到上飞机之后。

但是沈浅似乎没有任何事情，眼看飞机即将到达，尤然终于忍不住问：“你似乎忘记有什么话对我说？”

沈浅自然记得自己在尼日利亚酒店说过的话，但她佯装冥思苦想，像是想到什么。

尤然期待地看着她。

沈浅说：“你是不是一路上都在想，我要对你说什么？”

“嗯。”

“那你说说看，看看你猜对没有。”

尤然狠狠地皱起眉头，不大情愿地说：“你想买什么？或者……这次去瑞士，你有什么安排？”

沈浅如拨浪鼓般摇头。

尤然叹气道：“你总是让我很意外，还是你告诉我吧。我猜不到。”

“你怎么猜不到呢？你不是每次都能未卜先知吗？你看那个痞疾！”沈浅笑靥如花，不像是夸奖，倒像是在翻旧账嘲讽尤然的心细。

显然这次她在将他一军。

尤然无奈道：“你不知道吗？恋爱中的男人和女人一样，智商会下降。我现在非常笨呢。”

沈浅不知尤然会突然来这么一招甜言蜜语。她强装镇定，轻轻咳嗽两声，说：“那好吧，我告诉你，我想干什么。”

尤然做出洗耳恭听状。

“其实吧……”沈浅低着头，瞄了一眼认真聆听的尤然，嘴角忽然化开一个大大的笑容，带着奸佞小人的味儿，“早上我那么贤惠就是我的本性使然，没有原因。”

尤然抬头眯着眼看着沈浅。沈浅“嘿嘿”地朝他笑。

尤然深吸一口气，自知被她耍了，稳住自己要拍死她的冲动，转头说：“我困了，我先去睡一会儿。”

沈浅就见尤然躺了下去，背对着她……

尤然该不会生气了吧？沈浅担忧地靠近他，发现他在看手机，仔细一看他正在在线提问。

问题是——吃了抗疟药，会不会引起精神错乱？

沈浅顿时满头黑线，她的“情趣”……变成了精神错乱？

沈浅注意到了他的提问账号，直接掏出手机，去当回答者。

——吃了抗疟药引起的后遗症是，就想逗逗你，觉得你被调戏的样子特别迷人，让我确定，我很爱你。

回答者的ID是“我的女儿是尤鱼”。

尤然看到这个答复立即转头，看见沈浅拿着手机朝他笑，问他：“你说，这个后遗症是不是精神错乱？”

尤然答：“是的，还有传染性，让对方爱你如病入膏肓。”

沈浅朝尤然扑过去，尤然迅速起来接住这个“投怀送抱”。

两人笑靥如花……